지워지지 않는 흔적

좋은땅

이 글을 쓰고 나서

많은 날을 어정칠월 건들팔월처럼 살아 왔다. 철이 늦게 들어 나이를 좀 먹고 나서 우연한 기회에 글 쓰는 사람들과 어울리게 되었다. 그들과 같이 하는 기회가 차츰 많아지며 호기롭게 소설 쓰기에 덤벼들었다. 들과 산을 헤집고 다니며 정리한 내용을 엎드려 스스로 정비하고 새롭게 거듭나며 무한한 사유의 공간을 넓혀 나갔다. 거친 광야에 흩어져 있는 투박하고 정제되지 않은 언어와 어휘를 주섬주섬 주워 모아 한 행간, 한 연을 다듬어 채워 나갔다.

힘들고 고통스러워 안달복달하다 보면 지치고 머리가 아팠다. 몇 날 며칠 공들이고 정성 들인 작품이 실망스러워 꾸깃꾸깃 쓰레기통을 채워 버리기도 했다. 다시 공들이고 최선을 다해 보았지만, 씀바귀 맛을 벗어나지 못했다.

때로 생각이 미치지 않아 허구가 아닌 실체의 치부가 드러날 때는 창피함과 부끄러움을 참고 감내해야 하는 용기도 한몫 거들어 주었다.

거듭된 퇴고에 무력감과 회한을 느끼며, 내 안에서만 궁글다 사라져 버리는 글귀는 끝내 찾아내지 못하고 마치게 되었다.

그래도 졸작은 아니라고 최면을 걸어 보았지만, 막상 선을 보이자고 했을 때 망설여 쭈뼛거렸다. 반쯤 열린 문틈 새로 원고를 드민 결과 오늘 새 생명이 탄생하게 되었다.

책을 좋아하는 지인들과 많은 낯선 사람들이 찾아 왔으면 참으로 좋을 것 같다.

2025년 2월 19일

차
례

찌그러진 화경

한겨울 눈이 많이 내린다고 알려진 대관령이지만, 올해 겨울에는 한 달 전 무릎이 넘도록 한 번 내리고 난 다음 지금까지 겨울 가뭄이 계속되고 있다. 큰 터 공회당 앞에 차를 세워 두고 반쯤 얼음으로 눌어붙은 오솔길을 자라목을 하고 걸어가고 있었다. 오늘 아침에도 영하 20도가 넘을 것 같다. 1,400m가 넘는 황병산 쪽에서 간간이 희뿌연 흙먼지가 회오리를 만들며 휘몰아치는 북서풍에 몸을 한껏 움츠리며 걸어가야만 했다.

내속골 송부연의 집을 다시 찾아가는 중이다. 요즘같이 매서운 한파가 계속되고 있는 때에 농한기 산촌에서 긴한 일이 아니면 굳이 길바닥을 나설 필요가 없겠지만, 미리 연락이 되어 있는 상태라 기다리고 있을 것이다. 어두컴컴한 토방 집 안방에는 한겨울 바깥의 칼바람과 달리 군불로 달군 훈훈한 온기와 특유의 쾨쾨한 바람벽 흙냄새가 코를 자극했다. 어둠이 차츰 눈에 익자 방 안의 사물이 조금씩 드러났다.

아랫목에 자리를 잡고 있는 모친으로 보이는 노인네가 슬며시 자리를 비켰다. 송부연은 삼십 대 중간 나이로 농촌에서는 보기

드물게 장가를 못 간 상태로 청각장애인인 어머니와 함께 생활하고 있었다. 낯선 손님이 들어오자, 무언가 눈치챈 송부연의 어머니는 한 사람이 겨우 꾸부리고 드나들 수 있는 쪽문 문지방을 넘어 윗방으로 자리를 피해 주었다.

"자, 이제 뜸 들이지 말고 아주 결정하는 겁니다. 다시 말하지만 송 형도 알다시피 버들미 부근은 비가 많이 오면 발이 푹푹 빠지는 습지라 농사가 안돼 일대 땅을 평당 30,000원에 전부 매입한 것을 알고 있잖아요. 엊그제 만나 약속했지만, 송 형 땅 15,000평을 평당 50,000원으로 계산해 받아 가지는 겁니다. 그리고 실제 송 형에게는 3,000원을 더 얹어 33,000원을 주고 차액 17,000원은 우리 회사로 넘겨주는 것을 지켜야 합니다. 군말 없이 이렇게 결정이 되어 돈이 오가면 우리는 죽을 때까지 그 비밀을 지켜야 한다는 걸 알고 있지요. 나는 이 동네서 송 형이 제일 믿음이 가고 송 형도 내가 남자답다고 하였으니 우리 꼭 약속을 지켜야 합니다. 알다시피 그 차액은 내가 먹는 것이 아니라 우리 회사 비자금으로 사용하기 때문에 더욱 입막음하여야 합니다."

다시 한번 다짐하며 일러 주었다. 송부연은 조금 우직한 면이 있지만, 단단히 못을 박아 놓아야만 했다. 만약 주변 매도자들과 얘기하는 도중 눈치 없이 무용담 삼아 말하였다가는 어떠한 사달이 날지 모르기 때문에 다짐을 받기 위해 일부러 다시 찾아온 것이다. 유관수가 방바닥에 펼쳐 놓은 서류에 계산기를 두드리며 설명을 해 나가자 송부연은 곧은 자세로 눈을 껌뻑이며 이야기를 듣고 있었다. 전혀 손해가 나는 일이 아니라는 것을 잘 알고 있었다. 보다 더 많은 돈을 챙길 수 있다는 것을 확실하게 이해하고 믿고 있었다. 잘났다고 빵빵거리는 사람들을 제척하고 자기가 선택된 것에 은근히 자부심을 가지고 있었다. 이 동네에서 제일 믿을 만한 사람은 송부연 씨 당신이라고 치켜세워 주었다.

유관수는 유림건설에 입사한 후 3년이 지난 올해 3월, 대관령 황병산 아래 골프장을 포함한 대형 리조트 사업을 추진하고 있는 '유림 리조트 본부'에 추가 인력이 요구되어 현지 토지보상 2과에서 토지 매입 업무를 담당하게 되었다. 발령장을 들고 사무실을 찾아갔을 때 본사 직원들의 깔끔한 모습과 정돈된 집기와 달리 주변 분위기는 어수선했다. 정장을 한 유관수는 흙먼지가 묻어 있는 후줄근한 작업복에 신발 끈을 동여맨 작업화 차림의 직원들이 낯설고 왠지 썩 내키지 않았다. 현장을 다녀와서 그런지 머리카락이 뻗쳐 부스스한 머리에 무표정한 과장이 손을 내밀었다.

"나 남석태요. 우리 부서가 유림 리조트 본부에서 가장 중요한 중책을 맡고 있으니 앞으로 잘해 봅시다."

"네, 열심히 해 보겠습니다."

총 토지 매입 면적은 850ha로 그중 유관수가 인수한 업무는 비항리 2구역으로 550ha로 구획되어 있었다. 이 구역은 농지를 포함해 임야까지 대부분 지역 농민 소유 토지로 이미 절반 정도는 매매 계약이 체결된 상태였다.

감정가가 높게 책정되어 몇 년째 농사가 안 되어 농협에 농자재값이 밀려 있고, 더러는 사채를 써 이자가 늘어나 감당하기 어려운 농가는 쉽게 계약할 수 있었다. 이미 오래전부터 진행되어 오고 있는 프로젝트로 비밀리에 내부 임원들의 차명으로 매입된 토지도 다수 보였다.

그러나 나머지 토지를 매수하는 작업은 녹록하지 않았다. 유림 리조트 확장 사업 계획 구역의 정보를 당초 입수한 윤진연은 일정 구획선과 맞물린 토지의 보상금을 조금이라도 더 받을 욕심으로 이유도 되지 않는 억지 조건을 제시하고 있었다. 감정가격에 웃돈을 더 요구하며 3년 동안 무상으로 농사를 지을 수 있는 조건을 제시했다. 아니면 인근 무항리 지역에서 지금의 2배에 해당하는 옥토를 매수하여 교환하는 방법을 제시하는 등 수용하기 어려운 조건을 내걸고 마음대로 해 보란 식이었다. 집성촌으로 똘똘 뭉쳐 있는 윤씨 집안에서 힘깨나 쓰는 윤진연은 사촌 동생 윤진태에게도 그런 방법으로 해 보라고 일러 주었다. 그도 '나는 그 땅이 아니면 우리 식구 굶어 죽는다.'며 절대 팔지 않고 농사를 지어야겠다고 막무가내로 뻗대고 있었다.

남석태 과장은 이 지역 사람으로 주변 사람들과 인맥이 잘 형성되어 있었다. 허름한 외모와 함께 소탈한 성격으로 초등학교

선후배의 두터운 인맥으로 형님 아우 하며 어디서나 농민들과 격의 없이 소통하는 능력이 남달랐다. 기억력도 매우 좋았다. 휴대하고 다니는 두루마리 도면과 필지별 내역서를 닳도록 들고 다녀서 그럴까. 수백 필지가 넘는 지번, 지적, 소유자, 평당 가격을 거의 머릿속에 암기하고 있어 재치 있게 협상에 응할 뿐 아니라 합리적인 설득력도 돋보였다. 또한, 누구를 만나든 먼젓번 얘기했던 내용과 숫자까지 번복이 없이 일관된 말을 하여 믿음과 신뢰가 있어 보였다. 유관수는 한 달여 동행하며 남석태 과장의 성품과 일 처리 능력을 알 수 있었다.

어느 날이었다. 잔무를 처리하느라 늦은 시간까지 서류 정리를 하고 있을 때였다. 직원들은 모두 퇴근하고 남 과장과 둘만이 남아 있었다.

"유 대리, 우리 조용히 얘기 좀 하자. 의자를 가지고 내 옆으로 와 봐."

그는 때로는 존칭어를 쓰지 않고 반말하는 경우도 있었다. 그런 말에 거부감은 없었다. 도리어 큰형같이 편했다.

'그냥 그 자리에서 전하면 될 것을 왜 옆에까지 오라고 할까.' 의아했지만, 별생각 없이 가까이 다가앉았다.

"우선 내가 하는 말은 절대 비밀로 하는 것을 전제로 하고 하는 말인데 잘 들어봐. 회사에서 비자금을 마련하라는 지시가 있는데 우리 부서가 책임을 맡게 되었어."

이미 사전에 밑그림이 그려진 것처럼 치밀하게 자금 조성 계획을 설명하여 주었다. 버들미 송부연 토지와 사태골에 있는 천정수, 노루목재 선종태 토지를 외형상 주변 가격과 같은 금액으로 알려 지급하되 실제는 상향된 감정평가 금액으로 만들어 그 차액을 회사의 비자금으로 만들어 내자는 것이었다.

"그 처리 방법과 어떤 문제가 발생할 시 책임은 전적으로 내가 다 질 테니 내가 하고자 하는 대로 따라 하면 되니까 이행할 수 있도록 해 보자구. 가만히 보니 유 대리는 믿고 일할 수 있을 만큼 머리가 명석하고 날카로워 어려움이 없을 것 같아 얘기하는 것이니 아무튼 천천히 진행해 보자구."

그는 메모지에 작업 대상자의 이름을 말하며 송, 천, 선이라는 성씨만 써 내린 글씨 위에 서너 번 동그라미를 그리며 버릇처럼 말 중간마다 특이하게 뾰족한 혀끝을 입 밖으로 내밀었다. 그의 눈에서는 정기가 흐르고 목소리는 진지하게 들렸다. 너무나 황당한 지시였다.

반사회적 행동에 공모하자는 그의 말에 울컥 치밀어 오르는 불쾌감을 눌러 참았다. 공범이 되기를 요구하는 남 과장의 지시를 받아들일 수가 없었다. 회사에 입사한 지 3년이 넘도록 여태껏 사회적인 윤리나 회사의 규칙에 반하는 부정행위는 단 한 번도 한 적이 없었다. 줄곧 기획 부서에 근무하다 승진하면서 이곳으로 오게 되었는데, 현장에서 느끼는 회사의 불투명한 비전과 목표 의식에 동조할 수가 없었다. 이 무슨 말도 안 되는 의식의 굴절이란 말인가. 깊이 생각해 볼 여지가 없었다. 매몰차게 거절하고 말았다. 미필적 고의와 같은 범죄행위에는 절대 가담할 수가 없기 때문이었다.

“회사의 비자금 마련을 왜 우리 부서가 맡아야 합니까. 나는 절대 그 일에 참여하지 않겠습니다.”

더 이상 그와 얼굴을 마주하고 싶지 않았다. 벌떡 자리를 차고 일어나 버렸다. 자리에 돌아와 남 과장을 쳐다보았다. 그는 등받이에 몸을 젖히고 팔짱을 낀 채 지그시 눈을 감고 있었다. 아마도 구성원으로서 단합과 일체감을 형성할 수 없다는 비애 때문일까. 아무 말 없이 한동안 같은 자세로 있다가 무겁게 입을 열었다.

“좋아, 오늘 한 얘기는 없었던 것으로 하지.”

사고무친인 유관수는 남석태 과장을 대할 때면 나도 저런 편한 형님이 있어 의지하고 싶다고 생각하였는데, 뒷짐을 지고 무겁게 터벅터벅 걸어 나가는 모습이 왠지 짠해 보였다.

가설 건물에 난로까지 꺼진 사무실은 냉랭하고 써늘했다. 늦도록 책상에 앉아 턱을 괴고 곰곰이 생각하다가 회사 문을 나섰다. 분분하게 불어오는 차가운 바람결에 보안등만이 명멸하며 휘청거리고 있었다.

승진하고 지방으로 발령이 나긴 했지만, 회식 자리에 나가기만 하면 술을 따르라며 옆자리로 부하 직원을 불러 뒤통수를 툭툭 치는 못된 주사를 가진 김 부장을 참을 수 없어 반사적으로 밀쳐낸다는 것이 그만 팔꿈치로 얼굴을 가격하게 되었다. 김 부장은 수치심에 벌떡 일어나 박차고 나갔으나 누구도 말리는 사람이 없었다. 건너편에 앉아 있던 사원들도 대리 만족을 느끼고 있는지 연신 웃음을 참지 못하고 입을 가리고 있었다. 기업 질서와 품위 유지 의무 위반에 따른 징계가 걱정되었으나 유야무야되고 넘어가게 되었다. 하지만 그 때문인지 다른 동료 승진자들과 비교해 제일 험지로 발령이 나고 말았다. 그런데 이곳에서도 상사로부터 신뢰는 고사하고 업무 능력을 인정받지 못한다면 영영 이곳에서 벗어나지 못할지도 모른다는 두려움에 혼란스러웠다.

대학을 졸업하고 여기저기 입사원서를 제출했으나 번번이 불합격 통지를 받았다. '귀하와 함께 일할 수 있는 기회를 갖지 못하게 된 점을 매우 안타깝게 생각하며, 우리 임직원 일동은 귀하께서 보내 주신 뜨거운 관심에 힘입어….' 어쩌구저쩌구하는 말을 덮어 두며 2년 동안 여기저기 원서를 냈지만, 불합격 통지서만 날아왔다.

다행히 유림건설에 입사하게 되었고, 누구나 인정하는 기획부서에서 창의적인 사고와 새로운 모험에 가담하며 일익을 수행하여 왔었다. 특히 자기가 하는 일에 사명감과 책임감을 느끼면서 좀 더 도덕적으로 회사 발전에 기여할 것을 다짐하며 자긍심을 가지고 근무하여 왔었다. 당연히 지켜야 할 직업윤리 덕목을 지켜 나가리라 했다. 덕분에 선두 주자 부류로 구분되어 승진하여 여기까지 왔다.

시월 초순, 해발 700m가 넘는 대관령의 골바람이 아린 볼을 스치며 상처를 만들어 내고 있었다. 계곡 양안에는 암흑으로 묻혀 있는 거대한 절벽이 좁혀 오며 가슴을 조여 오고 있었다. 비탈길 왼쪽에는 '쿠울쿨 쿨렁쿨' 무엇이 서럽고 원통한지 거친 대장부의 울음소리처럼 바위를 후려치고 맴돌며 통곡하는 물소리가 유관수를 대신하여 밤새 소리쳐 울어 줄 것만 같았다.

엉켜 있는 실타래를 풀어 줄 사람은 어디에도 보이지 않는다. 괴로움을 털고 이야기를 들어 줄 부모님도 없고 살갑게 맞아 줄 피붙이도 생각나지 않았다. '어떻게 해야 할까.' 의식과 사고가 혼란스러워 마음을 정리할 수가 없었다. 만약 이 업무를 거부한다면 다른 부서로 옮겨 갈 것이고, 이 자리는 다른 직원으로 대체될 것이 너무나 자명한 사실이었다. 그렇게 되면 이곳 대관령에서 한직 부서로 전전하다 결국은 따돌림을 당하면서 자멸하게 될 것이 명약관화할 것만 같았다.

청렴함만을 주장하며 해당 업무를 거부하는 것만이 능사가 아닐 것만 같았다. 거세게 흘러내리는 대세에 튕겨 나가는 한 방울의 포말쯤은 세상사가 인정해 주지 않을 것이다. 있어도 되지만 없다고 하여 도도하게 흐르는 대하가 휘어지거나 막히는 일은 전혀 없을 것이 분명해 보였다. 개인의 목적보다 공동의 이익이 창출되는 방향으로 나아가는 것이 집단에 도움이 된다면 바른길이 아니라도 그에 따르는 것이 옳은 생각일까? 이것이 시류에 따른 관행이고 패러다임이라면 남 과장의 지시대로 움직이는 것이 비록 정의로움은 아니지만, 자신을 지탱해 나가는 데 이로울 것 같았다.

구름에 들락거리는 달빛을 밟으며 굽이진 계곡을 벗어나자 멀리 가물가물 불빛이 보이기 시작했다. 읍내가 멀지 않았다. 찬바람에 감기면서 이십 리가 넘는 밤길을 걸어오며 내린 결정이었다.

밤잠을 설쳐 가며 곰곰이 생각한 결정이 아침이 되면 바뀌어 버리기가 반복되었지만, 다시 한번 다짐했다. '책임은 내가 다 질 테니 내가 하고자 하는 대로 하면 되니까 이행할 수 있도록 해 보자구.' 남석태 과장의 말을 절대 믿기로 하고 최선을 다해서 일해 보기로 했다. 며칠이 지난 뒤 퇴근 무렵 남 과장에게 말했다.

"비자금 조성에 같이해 보겠습니다."

남 과장은 그럴 줄 알았다며 반색을 하며 반겨 주었다. 그날 우리 둘은 읍내 고깃집에서 소주잔을 놓고 도원결의를 하였다.

유관수는 초등학교를 다닐 때까지 선민의식을 가지고 살아왔다. 멀리 심리산을 등받이로 한 남쪽 공릉천에서 피라미도 잡고 자맥질하며 하루 종일 뛰어놀 때는 남부러운 것이 없었다. 손만 내밀면 용돈을 듬뿍 집어 주던 어머니가 있어 그 돈으로 친구들을 불러 모았다. 동네에서 우쭐대는 골목대장이었다. 놀이터에 나가 깡통 차기를 할까, 비석치기를 할까, 모든 놀이의 의사 결정은 관수의 한마디로 결정되었다.

하루는 동네 공터에서 공차기 할 때였다. 6명씩 편을 갈라 시합하게 되었다. 상대편의 주장은 배순태였다. 우리 편이 2:0으로 이기고 있을 때였다. 순태가 쫓아오면서 관수의 발등을 밟아버리고 말았다. 관수는 뒤로 벌렁 넘어지면서 두 손으로 오른발을 움켜쥐면서 소리를 질렀다.

"야, 이 새끼 봐라. 너 일부러 내 발을 밟았지. 용서할 수 없어."

절룩거리며 순태한테 다가섰다. 순태는 나이가 두 살이나 많아 키가 머리통 하나는 큰 아이였다. 순태 편 아이들은 뻴쭘하게 지켜보고만 있었지만, 관수 편의 아이들은 다들 주먹을 불끈 쥐고 순태를 둘러쌌다. 누가 시키지도 않았는데 자기편 주장을 함부로 대한다는 의미였다.

"한 번만 더 그러면 가만두지 않을 거야."

기가 살아 있는 여럿이 함께 달려들자, 순태는 주눅이 들어 비실비실 도망을 가고 판은 깨지고 말았다. 그 후 한동안 순태는 관수와 같이 하는 놀이에는 들어올 수 없었다.

유태수는 6대 독자였다. 중시조 유치산은 강계 유씨 상서령파 24대손으로 임진왜란으로 평지풍파가 된 집안을 정리하여 멀리 평안도 강계에서 살기 좋다는 고양 원당 각성바지 마을에 이거하여 입향조入鄕祖로 뿌리를 내리고 득세하며 살고 있었다.

유태수는 아버지의 뜻에 따라 가문이 좋다는 인동 장씨 집안

장녀를 맞아 조혼하고 딸을 하나 얻었으나 부부 사이가 좋지 않았다. 선도 보지 않고 장가를 갔는데 신부가 박색이었다. 튀어나온 광대뼈에 들창코였다. 더군다나 아들을 낳을 줄도 몰랐다. 점점 얼굴도 보기 싫었다. 더 이상 살 수 없어 제 어미를 닮은 딸과 함께 한 살림 밑천이 될 만큼 챙겨 주고 이혼하고 말았다.

이 무렵 강계 유씨 위 항렬에 해당하는 아저씨가 국회의원에 출마하여 선거운동에 적극 나서게 되었다. 밤낮없이 온 힘을 다한 덕분에 당선이 되었고, 그때 선거운동을 같이 하며 뚝도면에 있는 오달수를 알게 되었다. 매일 사무실에서 선거운동을 하며 여동생과 접촉할 기회가 있게 되었다. 여동생 명자는 사범학교를 갓 나와 초등학교 교사로 재직 중이었다. 조그마했지만 얌전하고 예쁘장했다. 은은하고 청순한 느낌을 듬뿍 주는 명자나무의 꽃말과 같이 고결하고 겸손하게 살아가라고 하여 그의 아버지가 명자라는 이름을 지어 주었다고 하였다.

유태수는 총각 행세를 하였다. 친척뻘 되는 사람이 국회의원이 되어 배경도 괜찮고, 원당에서 부자 소리를 듣고 있다는 소문과 훤칠한 키에 준수한 모습이 신랑감으로 손색이 없었다. 이것저것 여건을 대며 의젓하게 서울에서 결혼식을 하고 그곳에서 살림집을 차리게 되었고, 딸을 둘이나 얻게 되었다. 돌림자를 따서 진숙이와 진유라 이름 지었다. 무위도식으로 충무로 거리를 배회하며 지낼 무렵이었다. 국회의원이 된 친척의 주선으로 충무로 2가 우체국 옆에 인쇄업을 마련하게 되었다. 국회사무처와 서울시에서 의뢰하는 인쇄물로 윤전기를 밤새워 돌려야만 했다. 일거리가 넘쳐나 영화 전단 같은 것은 다른 곳으로 보내 주며 선심을 쓰기도 했다. 문선공, 식자공을 포함해 직원은 열 명이 넘었지만, 일손이 모자랐다. 또다시 직원을 채용해야만 할 정도였다.

점심때였다. 점심 약속이 있어 막 사무실을 나가려는 참이었다. 여직원이 쫓아 나오며 급한 전화가 왔다며 받아 보라는 것이었다. 원당에서 전화가 온 것이었다. 아버지가 돌아가셨으니 빨리 오라는 내용이었다.

아버지는 '난 절대 서울에 올라가 살 수 없다.' 하여 행랑채에 머물며 살림을 도맡고 있는 집사 내외에게 아버지를 모시도록 하였다. 아버지는 천식이 있어 불편해했지만, 별일 없이 잘 지내는 것으로 알고 있었는데 지난밤에 주무시다 조용히 돌아가셨다고 집사가 알려 주었다.

아내를 앞세우고 집으로 달려갔다. 까마득히 잊어버려 상상조차 하지 않았던 이혼을 한 전처가 어디서 소식을 들었는지 나타났다. 딸아이 뿌리를 찾아 주기 위해 왔다고 하였다. 지금은 천안 번화가에 큰 건물을 2개나 가지고 있으면서 소일거리로 여행 사업을 하고 있다고 하면서 앞으로 이곳에 눈길도 돌리지 않을 것이니 걱정 말고 잘 살라고 하였다. 장례를 끝내자, 아내는 전처가 있었다는 과거에 충격을 받았으나 그 여자의 얼굴을 보고 그럴 수도 있겠다는 생각이 들었다.

이 무렵 충무로의 뒷골목은 다방업도 성행했다. 사업상 늘상 다니는 초원 다방에 새로운 종업원이 들어왔다. 틀어 올려 부풀린 머리에 오동통한 얼굴의 아가씨인데 미스 정이라 하였다. 손님 대하는 태도와 찻잔 내려놓는 솜씨가 세련되어 있었다. 동글동글한 모양에 앳돼 보이는 데다 딱 붙은 니트 원피스를 입고 실룩실룩 비대칭으로 걸어가는 풍만한 뒤태로 보아 아들 생산에 제격으로 보였다. 누가 낚아챌까 봐 물량 공세로 선심을 쌓고 점을 찍은 지 얼마 지나지 않아 별로 힘들이지 않고 살림집을 마련해 주었다. 인쇄소가 있는 뒷길을 돌아 사람의 왕래가 적은 깊숙한 곳에 주인집과 한 마당을 쓰는 별채의 두 칸 방 사랑채였다.

미스 정은 분홍빛 색깔과 같이 가슴에 맞춤하게 들어왔다. 밀착할 때는 전신을 파고드는 통통한 살갗 체취에 따뜻한 양감이 들었다. 끊임없이 격렬하고 집요하게 몸을 뒤척이며 배고픈 어린아이처럼 핍절하게 보채기를 계속해 왔다. 의도한 바와 같이 얼마 지나지 않아 임신이란 소식을 듣게 되었다.

까만 어둠에 덮여 숨소리마저 들리지 않는 삼경이었다. 꿈결이었다. 갓난아기의 울음소리가 일각대문을 넘어 안방 문틈을 비집고 요란하게 들려왔다. 명자 씨는 잠에 취해 있는 진숙을 깨워 대문을 열어 보았다. 강보에 싸인 갓난아기가 '나 좀 살려 달라.'라고 하듯 목청을 한껏 높여 숨이 넘어가도록 울어 대고 있었다. 주변 어디든 어른거리는 그림자도 보이지 않았다. 망설일 틈이 없었다. 엉겁결에 아이를 안고 안방에 들었다. 포대기를 열고 오줌에 젖어 있는 기저귀를 열어 보았다. 고추가 달린 사내아이였다. 배냇저고리 속에는 조그마한 메모지가 있었다. 동글동글한 여자 글씨체였다. '1962년 5월 11일 3시 30분 생.'이라고 적혀 있었다.

속설에 의하면 업둥이의 '업'은 재물을 지켜 주는 수호신이라 하여 사람이든 짐승이든 한 번 집안에 들인 것은 업으로 여겨 아주 귀하게 여긴다는 얘기를 들어온 터라 명자 씨는 아기를 곱게 보듬었다. 소식을 듣고 단숨에 달려온 유태수는 눈을 비벼대며 아이의 눈, 코, 입에 광선을 쏘며 방 안을 떠나지 못하고 서성대고 있었다. 포대기 속 아이가 신기하고 귀여운지 들었다 눕혔다 하며 어울리지 않는 행동을 하고 있었다. 지금껏 딸들을 키우며 한 번도 보지 못한 행동이었다. 온 집안에 경사가 일어났다. 연무로 뿌옇던 집 안팎에는 박꽃 향내가 창문을 밀치고 무시로 들어와 가슴을 문질러 주었다.

아기의 이름도 지어 주어야 했다. 버들 유 자 성에 사주에 맞는 음양오행과 용신을 제대로 잡을 수 있는 이름이 필요했다. 지금까지 항렬로 내려온 '참 진' 자는 물과 불이 만나 제대로 되어 가는 꼴을 보지 못했다고 생각한 유태수는 7대 독자를 이을 아들 이름 짓는 데 몰두하고 있었다. 알려진 작명가에게 이름을 부탁했다. 유관수! 버들 유 성에 물 댈 관, 목숨 수. 대하가 유유히 흐르는 곳에 흙과 나무가 어우러져 천년만년 살고 지는 이름이라 하였다.

막내 진유와는 두 살 차이밖에 안 났지만, 하나밖에 없는 남동생이라 사랑과 귀여움을 독식하며 거리낌 없이 자라났다.

유태수는 공릉천 앞 농지 수만여 평을 소유하고 있는 지주로서 사경으로 쌀 여덟 가마씩 주고 있는 장정 머슴을 셋씩이나 두고 있었고, 집에서 멀리 떨어진 화전리에 있는 토지는 소작농으로 하여금 농사를 짓게 하고 있었다.

유태수는 인쇄업으로 벌어들이는 사업으로는 도무지 성에 차지 않았다. 금배지를 달고 다니는 아저씨뻘 국회의원이 한없이 부러웠고, 그 역시 고향에 내려가 군수를 한번 해 보라는 권유를 여러 차례 해 주었다. 국회의원의 배경과 선거자금 조달이 유리하다는 지인들의 권유로 군수에 두 번이나 출마했다가 고배를 마시고 말았다. 두 번 다 간발의 차이로 떨어지고 말았다. 화전리 토지를 몽땅 처분해야만 했고, 세우자리 한 섬지기 논도 팔아 버려야만 했다. 허탈했다. 주변의 시선도 예전 같지 않았다. 잃어버린 명예와 땅을 되찾겠다고 둘러보았지만, 마땅한 사업이 보이지 않았다.

이 무렵 어디서 살고 있는지 알지 못하는 처남이 찾아왔다. 며칠을 묵으면서 들락거리더니 유태수와 함께 강원도 장성읍으로 향했다. 오랫동안 그곳에서 덕대라는 탄광업을 하고 있다던 처남 오달수는 그 지역에서 유지처럼 행세하며 탄광업에 종사하는 사람들과 친분을 가지고 있었다. 지역경제 활성화로 밤거리는 흥청망청이었다. 가을이 지날 무렵까지 사업성을 검토해 본 결과 성공할 확률이 높다고 판단하였다.

이듬해 봄, 전 재산을 담보로 석천광업소의 채굴권을 사들이게 되었다. 열량이 높은 무연탄이 어마어마하게 매장되어 있다는 11광구를 사들였다. 머지않아 일확천금을 획득할 것이라 장담했다. 처음 시작과는 달리 얼마 지나지 않아 차츰 매장량도 변변치 않았지만, 다시 시작한 갱도에서는 고열량의 광물이 쏟아져 나오기 시작했다.

그러나 유태수는 향후 국가 에너지 추진 방향을 전혀 예측하지 못했다. 때는 국제 에너지 환경의 변화로 석탄 합리화 정책이 시작될 무렵이었다. 국내 무연탄 가격은 채산성 하락으로 가격경쟁력이 약화되어 가고 있었다. 가스, 석유, 전기 등 고급 에너지에 대한 선호도가 가속되어 가고 석탄 수요는 계속 감소하여 가고 있었다. 영세하고 부실한 탄광업이 정리되며 구조조정이 실시되어 가고 있었다. 정부의 정책적인 지원 사업도 예전 같지 않았다. 이대로는 현상 유지가 불가했다. 무엇인가 끄나풀도 붙잡아야 할 심정이었다.

때마침 정부의 고위 관리가 황지읍에 와 있다는 소식이 들려왔다. 인맥을 동원해 저녁 식사를 함께 하는 자리에 참석하게 되었다. 화석 연료의 중요성과 정부의 지원이 절실히 필요하다고 열변을 토하며 강력히 주장하였으나 요지부동이었다. 석탄

산업이 사양길이라는 것을 절실히 느끼게 되었다. 그날 자리를 바꿔 늦은 시간까지 술을 하게 되었다.

저녁부터 내리는 빗줄기는 그치지 않았다. 이곳에서 잠자리 하고 내일 떠나자고 하였으나 처남 오달수가 굳이 떠나자고 하며 자기가 운전대를 잡겠다고 했다. 빗물이 전조등을 삼켜 버려 시야를 분간하기 어려웠다. 동점 삼거리쯤 이르렀을 때였다. 요란한 엔진 소리와 함께 자동차는 전속력으로 달려 나갔다. 빗길에 미끄러지면서 깊은 구문소에 추락하고 말았다. 유태수는 현장에서 사망하였다. 이와는 달리 오달수는 왼쪽 다리에 찰과상만 입었을 뿐 멀쩡하였다.

관수는 서울로 유학을 와서 이름난 고등학교에 다니고 있었다. 3학년 졸업이 얼마 남지 않은 맑은 가을날이었다. 체육대회가 있는 날이라 종일 농구 코트에서 뛰어놀다 지친 상태로 하숙집에 돌아오니 주인아주머니가 기다린 듯 다가왔다. 근심 어린 눈빛이었다. 어깨를 다독이며 조심스럽게 말해 주었다. 아버지가 돌아가셨다고 연락이 왔으니 빨리 집에 가 보라고 하였다. 망연자실에 단숨에 집으로 달려갔다.

청천벽력의 소식을 들은 어머니는 며칠이 지나도록 제정신이 아니었다. 한 사람의 가장이 무너졌을 때 집안이 처참하게 영락의 나락으로 떨어진다는 것을 처음 보게 되었다. 교통사고에 의한 사망으로 알려지자, 현장으로 달려간 촌수가 못 미치는 친척 몇 분과 광업소 직원들에 의하여 시신을 수습하여 원당에 있는 선영으로 모시게 되었다. 갑자기 일어난 재앙이라 모두 경황이 없었다. 어머니는 흐트러진 머리에 동공마저 희미해진 시선으로 두껍게 쌓여 있는 향내 피어오르는 허공을 붙잡고 허우적거리고 있었다. 큰누나를 비롯해 모두 다 흰 치마저고리에 꽁꽁 묶여 울음바다를 만들어 내고 있을 뿐이었다.

장례식이 끝나자, 외삼촌은 어머니와 의논해 광부들의 노임과 자잿값을 해결해야 한다고 앞장서 담보 설정이 되어 있는 논밭과 임야 문서를 들고 장성으로 향했다.

유관수는 지금까지 거리낌 없이 물살을 가르며 달리는 고래등에 올라타서 한없이 달려왔다. 모든 것이 내 편이었고, 하늘은 언제나 쪽빛처럼 파란색만 칠해 있었다. 쉴 틈 없이 즐겁고 세상은 만만했다. 그러다 예고도 없이 갑자기 터진 태양의 파편이 몸통을 가격하자 망망한 사막에 나가떨어지고 말았다.

한가롭게 비치는 달빛 그늘 아래 측백나무 울타리만 덩그렇게 서 있을 뿐이다. 안으로 들어서니 마당은 있는데 기둥이 안 보인다. 억수같이 퍼붓는 소낙비에도, 칼바람 불어오는 눈보라에도 당당히 서 있던 아름드리 기둥이 흔적 없이 사라지고 말았다. 어디로 갔는지 도무지 알 수가 없다. 지붕도 없어지고 안방도 안 보였다. 지나가는 양 떼에게 물어보았다. 내가 가야 할 곳이 어디냐고. 양떼들은 저 뒤에 따라오는 나그네에게 물어보라고 하였다.

대학입학 예비고사일이 발표되는 날이었다. 누구든 얼굴도 마주하기 싫었다. 옷깃을 스치는 것마저 꺼림직했다. 덩그렇게 혼자이고 싶었다. 종례가 끝나자 집으로 돌아왔다. 하숙집 아주머니가 마루에 앉아 기다리고 있었다.

“관수 학생, 오늘도 빨리 집으로 가야 하겠다. 왜 이런 일이 거푸 일어날까.”

두 손을 꼭 잡고 안쓰러운 표정으로 나직하게 말해 주었다. 직감적으로 집안에 무슨 변이 생겼을 것만 같았다.

가방을 팽개치고 집으로 달렸다. 대문을 박차고 안으로 들어가니 집안이 고요했다. 장독대 아래 디딤발에 얼굴을 묻고 쪼그리고 앉아 있는 둘째 누나 진유는 눈물범벅이 된 얼굴로 손짓했다.

어머니가 안방에서 광목 끈으로 극단적 선택을 한 것이다. 모두 다 병원에 가 있다고 하였다. 얼마 전부터 이유 없는 외로움에 말수가 적어지고 잠을 이루지 못하는 공황장애를 앓고 있었다. 아버지를 먼저 보내자, 의지를 이겨 내지 못하고 끝내 삶의 영역을 누구한테 증여하고 돌아오지 못하는 강을 건너 버리고 말았다. 모든 것이 엉망진창이 되어 가고 있었다.

어머니마저 사망하자 어디서 나타났는지 외삼촌은 집안 어른이랍시고 가족들을 불러 모았다. 아버지의 재산에 대하여 장황하게 설명해 나갔다. 전문적인 법률 용어를 사용하며 그곳 장성 사업장에 있던 채권 · 채무 관계는 깨끗이 정리하였으므로 후손들에게 채무 증여는 절대 없을 것이라 말하였다. 그러면서 나머지 재산은 상속인인 너희들이 알아서 처리하기 바란다는 내용이었다. 재산 관리인으로서 의무를 다하고 떠난다는 말이었다. '내 그동안 도의적인 책임이 있어 잇속 없이 어려움과 고통을 참고 인내하며 사업장을 정리하였다.'라는 공치사를 남기고 한참 뜸을 들이며 주위를 살폈다. 염치없이 그동안 고생한 수고비를 요구하는 줄 알았다.

그런데 구석 자리에 앉아 있는 관수를 가리키며 나직하면서도 묵직한 목소리로 좌중을 둘러보며 말하려고 하였다. 귀에 딱지가 끼도록 아버지한테 수없이 들어 본 말일 것이다. 이미 준비는 하고 있었다. '관수 너는 강계 유씨 양반집 37대 종손으로 조상님들 받들어 잘 모시고 대가 번창하도록 몸가짐을 잘하고 건강하게 살아야 한다.'라며 뻔한 얘기를 무게를 두르고 어른답게 말할 것이라 생각하고 있었다.

"이쯤 되면 알 건 알아야겠다. 진숙이, 진유, 니네들은 알고 있었지. 관수는 배가 다르다는 것을, 너의 아버지가 대를 이을 아들이 없기 때문에 밖에서 데리고 온 업둥이란 것을…."

경동맥을 타고 올라온 거친 불덩어리가 훨훨 머리를 불사르고 있었다. 까맣게 타 버려 잿더미가 된 고등학교 3학년 유관수라는 유정물은 훠이훠이 허공에서 사라지고 있었다.

한 거구의 사내의 소음만이 윙윙거릴 뿐이었다. 아무런 연고도 없는 그 누구에 의해 뽑혀 버린 더듬이로 방향 감각을 잃고 말았다. 갈팡질팡하다 거친 대륙의 광야에 버려지고 말았다.

아버지를 대신해 팔을 걷어붙이고 가슴을 찔려 가며 성긴 울타리를 만들어 주는 큰누나가 보듬어 주고 감싸 주기는 했지만, 스스로 장막을 치고 외면해 버렸다.

이곳에는 집성촌이랄 만큼 윤씨가 많이 살고 있어 기밀 유지를 위해 그들을 배제하고 타성바지로 선정하여 놓았다.

버들미에 살고 있는 송부연은 아둔한 면은 있으나 입 다문 조개처럼 말수가 적은 착한 성품이고, 사태골의 천정수는 남 과장과 초등학교 동창으로 어려서부터 아래윗집에서 피붙이처럼 허물없이 지낸 사이였다. 노루목재 토박이 선종태는 남 과장의 고종사촌 형님이었다.

천정수와 선종태의 토지는 남 과장이 먼저 일을 처리했다. 서류 정리는 유관수 대리가 도맡아 정리해 나갔다. 그 대가로 남 과장은 유 대리에게 3회에 걸쳐 건건마다 활동비라는 명목으로 고액권의 뭉칫돈을 쥐여 주었다. 처음 안아 보는 현금 다발이었다. 남 과장의 언질도 있었지만, 자금 출처가 염려스러워 은행에 맡겨 놓을 수가 없었다. 언제 캐낼지 기약 없이 눈을 찔끔 감고 부엌 귀퉁이에 있는 껌껌한 연탄 광 밑바닥을 파고 비닐봉지에 둘둘 말아 깊숙이 묻어 버렸다. 치사하고 유치한 방법이었지만, 이 짓만이 안심이 될 것 같았다. 사정 기관의 수사로 예기치 못한 사건이 발생하였을 때를 대비해 근거가 없이 숨겨 놓았다. 철저하게 피의자의 물적 증거를 인멸하기 위해 아무도 찾아

낼 수 없는 현금 보관이 제일 안전하다고 판단했다.

어느 불자가 새우젓을 넣은 김치 맛을 보더니 옷을 벗어 이를 잡아먹더라는 우스갯소리처럼, 전체적인 업무를 파악한 유관수는 남석태 과장에게 먼저 협잡을 제의했다. 여러 가지 방법이 눈에 들어왔다. 그리고 실행에 옮겨 연탄 광이 부풀어 오르도록 돈을 묻어 놓았다. 신바람이 났다.

이런저런 과정을 거쳐 토지 매매가 완료되어 토지보상과는 해체되고 해당 서류 일체는 재산관리 부서로 이관하였다. 남석태 과장은 그 공로를 인정받아 차장으로 승진하였다.

토지 보상 업무는 정말 힘든 과정이었다. 매도하는 농지만큼 농사를 지을 땅을 대체해 달라며 형평성에 맞지 않는 억지를 부리는 농가도 있었고, 종중 땅이기 때문에 절대 팔 수 없다고 막무가내로 팔을 내두르며 거들먹거리는 종손들에게 굴종하며 결과를 얻어 낸 경우도 있었다. 남 과장의 인내심도 대단했다. 해주 윤씨 문헌공파 종손한테는 스물일곱 번을 찾아가 도장을 받아냈다. 부재자를 찾아 전국 곳곳을 몇 날 며칠 사정을 하며 다니는 날이 허다하였다. 웬만하면 도중에서 포기하기도 할 텐데 참으로 부지런하고 끈기 있는 사람이었다. 승진하는 데 충분조건을 갖출 수 있었다.

2여 년을 지나다 보니 사연도 많았다.. 지주들과 협상하기 위해 허구한 날 못 마시는 술을 늦도록 마시는 바람에 밤새도록 토하는 곤욕스러운 날도 있었다. 주량도 차츰 늘어가고 있었다.

남 과장과 헤어지게 되면서 때를 같이하여 유관수도 본사로 올라오게 되었다. 경영지원팀에 발령받았지만, 그동안 주로 필드로 뛰면서 현장 업무에 종사하는 일이 습관화되어서일까. 늦은 시간까지 자리에 앉아 격무에 시달리다 보니 답답하고 짜증스러워졌다. 의욕이 떨어지면서 업무의 효율성도 뒤처지고 진척이 더뎌졌다. 언제 과장으로 승진하여 차장, 부장, 상무로 승진할 것인가. 승진한들 뭐 그리 출세할 것으로 보이지 않았다. 이 모두가 믿는 데가 있기 때문이었다. 본사 발령과 함께 한밤중 덩치 큰 캐리어에 가득 담아 가지고 올라와 장롱 속 이불에 숨겨 놓은 돈에 모든 신경이 집중되어 있었다. 방문을 단단히 잠가 놓았지만 불안해 견딜 수가 없었다.

유림 리조트 사업본부에 있을 때 경험으로 익혀 두었던 토지 매매 사업이 불패 사업으로 미래에 근간을 이룰 것이라 확신이 들었다. 뭉칫돈도 있겠다, 더 이상 근무하는 것이 무의미하다는 생각이 서서히 꿈틀거리기 시작했다.

도시 발전이 급변하고 있었다. 중화학공업 육성으로 대규모 산업기지 건설과 도시기반시설 기본 계획이 본격화되면서 경기 호황으로 곳곳에 부동산을 팔아 졸부가 탄생하였다는 얘기가 여기저기 들려오기 시작했다.

더 머뭇거릴 필요가 없었다. 원당에서 지업사를 운영하는 큰누나를 찾아갔다. 큰누나만이 유일하게 간간이 연락하며 관계를 유지하고 있는 사이였다.

얼마 만인가. 13년 만에 돌아와서 그런가, 강산이 변해 있었다. 굵은 모래알에 부딪혀 튕겨 나가며 만들어 내는 반짝이는 햇살과 살랑대는 모래톱 너머에는 유선형의 동체를 가진 피라미들이 빠른 동작으로 유영하는 모습은 전혀 볼 수 없었다. 우리가 뛰어놀던 너르게 펼쳐진 냇가의 모래와 조약돌은 건설공사 자재로 채취되어 옛 모습을 볼 수 없이 변해 버렸다. 그 자리는 오염되어 악취가 풍기는 버려진 하천으로 변해 버렸다.

잘 만들어진 제방 위로는 번쩍거리는 자동차가 줄을 이어 바쁘게 오가고 있었다. 그림을 그려 가며 살던 집을 찾아 나섰다. 순태네 집 앞 삼거리에 있던 동구나무를 찾으면 우리가 살던 솟을대문 기와집은 쉽게 이를 수 있을 것 같았다. 동구나무는 한여름 동네 어른들의 안식처였고 지나는 길손들의 쉼터였을 뿐 아니라 진정 우리들의 놀이터였다.

아무리 둘러보아도 높다란 동구나무도 보이지 않았다.

일러 준 대로 큰누나 가게를 찾아 나섰다. '원당지업사'란 제법 큰 규모의 점포였다. 자그마한 키의 중년의 여인이 벽지를 사러 온 손님에게 큐레이터처럼 나긋나긋하게 설명하고 있었다. 갸름한 얼굴에 하얀 피부, 직감적으로 알아볼 수 있었다. 얼굴을 돌리던 큰누나는 달려와 온몸으로 와락 껴안았다.

"너 관수… 맞지? 틀림없지? 왜 이제 왔어, 얼마나 보고 싶었는데."

옛날 습관처럼 보드라운 두 손으로 관수의 볼을 비비며 시선을 놓치지 않고 그윽이 바라보고 있었다. 맑고 또렷한 동공에는 솟아오른 맑은 샘물처럼 담겨 있던 눈물이 볼을 타고 흐르고 있었다. 더 이상 말이 없었다. 계속 바라만 보고 있었다.

콧잔등이 시큰거리며 말초신경까지 저릿저릿하더니 봇물 터지듯 울컥하는 울음을 견뎌낼 수 없었다. 이렇게 주체할 수 없도록 북받치는 느낌은 난생처음이었다. 오늘같이 큰누나 앞에 당당하고 의젓한 모습을 보여 주고 싶어 지금까지 참고 견디어 왔는데, 피붙이로 관수를 보듬어 주고 감싸 주는 사람은 큰누나밖에 없다고 생각되었다. 이제는 절대 큰누나와 떨어져 살지는 않겠노라 다짐했다.

아버지가 만들어 놓았던, 선대로부터 물려받았던 전답과 선산을 되돌려 놓아야겠다고 작심했다. 아버지의 성품을 존경할 수야 없지만, 원당 향리에서 모든 일에 참섭하고 유지로 행세하던 명예와 지위를 회복하는 것은 별문제가 되지 않았다. 오직 잃어버렸던 논과 밭을 되찾아 내야만 했다. 그 계획보다 더 이름난 재력가로 자리매김하리라 굳게 결심했다.

누르면 터질 것 같은 서울의 인구 팽창은 근교로 퍼져 나가고 있었다. 이에 앞서 자연스레 부동산 산업도 호황을 누리고 있었다. 대규모 단지의 택지 개발, 도로 편입, 골프장 개설 등으로 1970년대 유행하던 강남 부동산 졸부가 지금 곳곳에서 우후죽순으로 탄생하고 있었다. 촘촘하게 세분화되어 가는 국가의 국토 이용과 도시계획을 응용하면 필패必霸의 사업가가 될 것이 틀림없어 보였다. 뜸 들이고 기웃거릴 필요가 없었다. 고향을 떠날 때보다 엄청나게 인구가 유입되어 가고 있었고 향후 무한하게 개발될 것이란 가능성이 여러 곳에서 점쳐지고 있었다.

유관수는 과감하게 사직서를 염지만 차장 책상 위에 두 손으로 공손히 올려놓고 사직 인사를 했다. 특히 입사한 지 2년이 채 안 된 이경미는 원망과 미움의 시선으로 쳐다보고 있었다. 지난주 휴일 미사리 카페에서 파란 하늘에 동화 같은 그림을 그리며 즐거워했을 때 귀띔으로 결기 있게 한마디 했었지만, 너무나 빠른 결정이라 그런지 팔짱을 끼고 창문 밖에 시선을 고정하고 있었다.

따로 약속이 없는 휴일이면 한강 둔치에서 만나 삶의 존재가 무엇인지, 깊이가 어디까지인지 제법 의미 있는 얘기를 나누는 것이 고작이었다. 그녀의 가슴은 깨끗하고 따뜻했다. 수다를 떨 줄 몰랐다. 언제나 조용한 미소로 눈길을 보냈다. 관수는 더없이 좋았다. 코스모스 꽃길을 걸으며 '우리 함께하자.' 라고 눈을 마주치며 무언의 언약과 함께 가슴을 밀착하며 깊은 포옹에 하나가 되었고, 옷이 흠뻑 젖도록 비를 맞으며 십 리 길도 걸었다.

과감하고 용기 있게 사표를 던진 유관수는 캐리어를 끌고 큰누나를 다시 찾았다. 캐리어 속의 뭉치 다발 돈에서 곰팡이 냄새가 피어올랐다. 한 닢도 흐트러짐 없이 온전히 묶여 있었다. 비항리 일대 유림 리조트 토지 매입을 하면서 남 과장과 함께 챙겨 놓은 돈이었다.

고향으로 온 목적은 오직 땅을 사들이고자 함이었다. 고향이 그리워 정착하고 싶다고 하면서 어릴 때 친구들을 찾아 나섰다. 오랫동안 뿌리를 내리고 있는 토박이의 힘이 필요했다. 그들이 가지고 있는 지역사회 정보가 요긴했기 때문이다.

시내 중심지에 있는 요선빌딩 3층에 사무실을 개설했다. 의자에 똬리를 틀고 밤을 새우며 몇 날을 고민했다.

'진한개발', 우리나라 굴지의 국토개발 사업가가 될 것 같은 자신감이 바람 소리보다 빠르게 앞장서 나갔다. 황금 보따리를 짊어지고 다가오는 피사체, 유관수가 다가오고 있었다.

유림건설 리조트에서 익혀 두었던 지식을 최대 활용하기로 하였다. 적은 자본으로 토지를 매입하기 위해서는 변두리 경매 토지를 우선으로 하였다. 자금은 큰누나의 통장에서 인출하기로 했다. 경 · 공매 중에서도 여러 번 유찰된 공유지 지분권을 우선 매수 대상으로 하였다. 인구 10만도 안 되던 소도읍에서 갑자기 20만이 훌쩍 넘어가고 있으니, 가히 각종 공공용지 수용 및 공동주택 택지로 편입될 가능성이 충분했기 때문이다. 설령 그마저 계획이 빗나가면 공유물 분할 청구 소송으로 원금을 회수하면 자금 회전에 애로가 없으리라 판단했다. 응찰자가 없이 매수하여 그런지 전혀 어려움이 없었다. 그리 많은 자금이 필요치 않았다.

또 다른 방법도 선택할 수 있었다. 교외 토지 중 버들 밭이나 습지 중 농경지로 전혀 쓸모없는 땅이라든가 맹지로 건축 행위를 할 수 없어 사정상 부득이 싼값에 내놓은 토지를 무조건 사들이기로 맘먹었다. 같이 일할 사람이 절실히 필요했다.

배순태는 군대를 제대하고 주위를 돌아보니, 땅 마지기나 있던 주변 사람들은 떵떵거리며 거들먹거리는 것이 시샘이 나 쳐다볼 수 없었다. 옛날 하던 막노동 일은 안중에도 없었다. 부동산 중개업 주변을 기웃거리자 쏠쏠한 재미가 있었다. 건물이며 토지며 중개를 한 건만 알선하면 오붓하게 돈이 들어왔다. 텃세를 자랑하며 주변 일대의 부동산을 휘젓고 다녔다. 눈이 트이자, 중개업자에 기대어 다운 계약과 업 계약을 밥 먹듯 하다 경찰서에 붙잡혀 가기도 했다. 어깨너머로 배운 부동산 지식을 순간 기지와 순발력을 앞세워 작업을 해 나갔지만, 꼬리가 길면 밟히듯이 사람을 속이는 사기꾼이라 소문나자 부동산 업계에서 쫓겨날 지경이 되었다. 그럼에도 뻔뻔하게 주변을 맴돌며 한 탕을 기다리고 있었다. '배순태 그 자식 가까이하지 마.'라고 손가락질했지만, 그런데도 원당에서 잘나간다는 인물이라고 알쏭달쏭하게 알아들을 수 없는 말을 주변 사람들이 말했다.

배순태는 '진한개발'이라는 부동산업과 관련 있는 사업장을 만들어 고향에 들어왔다는 유관수의 소문을 듣고 찾아들었다. 청곤색 더블 브레스티드에 하얀 폴라 티셔츠를 받쳐 입고 반들거리는 붉은색 고두방 구두 발로 삐걱거리며 나타났다.

"야! 너 유관수, 나 배순태야, 배순태, 너 날 모르겠니?"

이미 알고 있었다. 부동산업에 한눈팔며 거들먹거리고 있다는 말을 듣고 있었다. 한눈에 알아볼 수 있었다. 떡 벌어진 어깨에 허여멀건 얼굴, 입성도 모양새 나게 보였다. 흠 없는 사람이 어디 있으랴. 잘 부려 먹으면 도움이 될 것 같았다. 단번에 오케이를 하였다.

배순태는 발군의 실력을 발휘했다. 한 주가 멀다고 갈피갈피 묵혀 쌓아 놓았던 등기장을 들고 온 사람들과 함께 함박웃음으로 나타났다.

주작목인 고랭지 채소만을 재배하는 대관령 일대와 비교하면 되레 몇 배나 싼 가격이었다. 등기 서류는 직접 작성하여 등기 비용도 절약할 수 있었고, 중개 수수료가 들지 않았지만, 배순태한테는 활동비와 수고비를 아낌없이 건네주었다. 토박이로서 이점을 폭넓게 활용하고 있었기 때문이었다. 점점 신바람이 나며 활보하고 다녔다. 협상 능력도 탁월했다. 매도자가 타 지역, 아주 먼 곳에 거주할 시 미리 사람을 풀어 매도자 가족관계와 친인척, 주변 지인과의 대인관계 등 인적 사항을 파악하고 자금 공세로 접근하여 계약서를 작성하는 귀재였다.

'얼마 전 작고하신 저의 선친 말씀에 의하면 권 선생님 춘부장과 이웃에서 호형호제하며 아주 가까이 지냈다고 하더군요. 두 분 모두 막걸리를 좋아해 하루 저녁에 한 동이를 다 마시고도 멀쩡하게 집으로 돌아가셨다는 얘기를 들었어요. 두 분 사이가 얼마나 좋은지 권 선생님 여동생과 저랑 짝을 지어 주자고 약속했다고도 하더군요.' 사실도 아닌 말로 눙치며 옛 우정을 감동시켜 마음을 돌려놓고 도장을 찍도록 하는 솜씨를 보여 주기도 했다.

토지 확보가 늘어나는 만큼 자금이 고갈되어 가고 있어 적당한 휴식 기간을 가져야만 했다. 주변을 돌아보고 미흡한 곳을 정리할 시간이 필요했다. 사정 기관이 토지 확보에 따른 자금 출처의 흐름을 내사할지 모르기 때문에 철저하게 준비는 했지만, 어느 부분에 빈틈이 있는지 이곳저곳을 점검하고 대처하는 데 시간을 아끼지 않았다. 스스로 냉정한 감사관이 되어 자금 조달부터 종합적인 감사에 들어가 보기도 했다.

땅값이 뛰어오르는 지역이 감지되고 있었다. 터무니없는 헛소문은 차치하고, 가끔 삼각대를 세운 측량기사와 비탈면에 폴대를 높이 들고 있는 보조자를 볼 수 있었다. 도심에서 버텨내지 못하고 밀려난 가설 건물과 기와 공장, 벽돌 공장도 군데군데 눈에 들어왔다. 도시가 커 가는 징조가 곳곳에 노출되어 있었다.

원당과 벽제면이 읍으로 승격되고 머지않아 지도면도 읍으로 승격된다고 하는 것으로 보아 경기 북부 지방에 인구 유입이 많아지리라 예측했던 것이 빈틈없이 적중하고 있었다. 하룻밤이 지나면 땅값이 용트림하듯 불끈거리며 여기저기서 솟아오르는 소리에 숫자 파악이 되지 않을 정도였다.

2년이 채 안 되었다. 용수골 김판수 노인으로부터 사들인 버들 밭이 종합경기장으로 편입되어 받은 보상금은 지게에 지고 일어날 수 없을 만큼 많았다. 화전리 민오용에게 매수한 하천부지 자갈밭은 신설되는 도로 부지에 편입되어 이 또한 거액의 보상금을 챙길 수 있었다. 행정기관이 하는 일들이 이렇게 고마울 수가 없었다. 관련 등기 서류를 넘기고 천문학적 숫자가 적힌 보상금이 통장에 찍히고 나서도 어느 한 곳 후유증도 없이 원만하게 정리되었다. '운이 따르면 어렵지 않게 부자가 될 수 있구나.' 세기의 부호들이 부럽지 않았다.

대학 다닐 때 어느 인문학 강의에서 들은 이야기가 생각났다. 그 교수님은 유난히 튀어나온 목울대로 큰 소리로 말하였다. 지금 생각해 보니 다른 것은 다 잊어버렸는데 한 구절만이 또렷하게 각인되어 있었다.

지자막여복자智者莫如福者. 삼국지에 나오는 한 구절이라 하였다. 싸움터에서 촉한의 군사들이 조조의 군사들에 의하여 대패하고 쫓기다가 숲을 발견하고 숨어들어 갈 수 있었다. 이것을 본 간웅 조조가 가만히 지켜만 볼 리가 없었다. 화공火攻의 지략으로 일시에 적을 전멸시킬 기회를 포착하게 되었다. 타오르는 불길에 장비의 군사들은 꼼짝없이 당할 수밖에 없는 운명에 처해 있을 때였다. 서쪽 하늘에서 검은 먹구름이 몰려오더니 엄청난 비를 쏟아붓기 시작했다. 허리춤까지 차오르는 물로 진격이 어려웠다. 대승을 눈앞에 두었던 조조는 '지자막여복자.'라 하며 탄식하였다. 우직한 장비가 당대에 지혜로움이 출중한 정치가이자 장군으로 이름난 조조를 피할 수 있었던 것은 사람의 능력에 앞서 하늘이 주는 복이 있었기에 가능했다는 뜻이다. 고서의 이 말은 피나는 노력도 있어야 하지만 부자가 되려면 반드시 운이 따라 줘야 한다는 뜻이다.

우리 집안은 혈이 있는 명당자리에 선영을 모시고 있어 머지않아 이 고장에서 최고의 부자가 될 것이라 장담하신 아버지의 말이 상기되었다.

자기 능력만으로는 꿈을 이루지 못할 것이다. 시류에 따라 지금이야말로 부동산 사업만이 막대한 수익을 창출할 기회라고 생각되었다. 아버지가 잃어버린 문전옥답을 찾아내리라. 아니, 그 이상의 토지를 확보하리라. 그리고 업둥이 서자의 명예를 회복하겠다고 다짐했다.

신도읍 변두리 외곽 한적한 농촌 지역의 도면을 안광이 지배하도록 뚫어져라 보고 발가락이 부르트도록 현장을 답사해 나갔다. 아직 깊게 잠들어 있는 인근 임야를 찾아 나섰다. 숲을 지나 산 위에 올라서니 나지막한 산허리가 한눈에 들어왔다. 끝없는 먼 곳을 주시했다. 한 곳을 투시할 때마다 시간은 영겁 속에 찰나로 살아나 한 걸음을 옮길 때마다 땅은 꿈틀꿈틀 살아서 움직이고 있었다. 혈을 타고 흐르는 기氣는 거리낌 없이 뿌리를 내리고 있었다. 나지막한 능선으로 이어진 야산을 선택하고 도면에 컴퍼스를 놓고 선을 그어 나갔다. 무한한 가능성이 지평으로 들어왔다.

몇 번을 둘러보았지만, 기억 회로의 실수인지 아주아주 오래 전 꿈속에서 본 듯한 기시감이 들었다.

어떠한 어려움도 없이 순조롭게 진행되어 가는 업무가 차라리 걱정되기도 하던 일상의 어느 날이었다.

"유 사장, 우리 강진에 한번 내려가 보자. 지축리 28-6번지 소유자가 강진에 살고 있는데 말이야, 내 벌써 다섯 번이나 찾아갔지만 요지부동이야."

"이 사람아, 자네와 같은 협상력의 귀재가 못 하는데 내가 간다고 해결할 수 있겠나."

"그러게 말이다. 그렇지만 우리 바람도 쐴 겸 겸사겸사해서 한번 내려가 보지."

"그래, 배 부장이 협상을 못 할 정도라면 어떤 사람인지 한번 만나나 보자. 궁금하기도 하고."

처음 달려보는 남도 천 리 길은 멀기만 했다. 가다 쉬어가기를 반복하다 보니 저녁 무렵이 되어서야 도착하게 되었다. 이 길을 배순태는 다섯 번을 왕복했다고 하니 그의 인내심이 대단하게 보였다.

그녀가 좋아한다는 유명 화장품 상품권이 들어 있는 과일 바구니를 들고 바다가 보이는 나지막한 언덕 위에 있는 아파트에 찾아들었다. 바닷바람이 잔잔하게 흐르는 오션뷰의 조용한 거실이었다.

삼십 대 중반으로 보이는 까만 동글동글한 얼굴에 짙은 눈썹이 뚜렷하게 보였는데, 사람을 대하는 태도가 귀찮아하는 모습은 아니었다.

"제가 전화로도 말씀드리지 않았나요, 먼 길 걸음 하시지 말라고요. 같은 말을 반복하지만, 그 땅은 누구에라도 팔 수가 없다고 누누이…."

"다시 한번 간곡히 부탁합니다. 그 땅 때문에 일대 토지는 아무짝에도 쓸모가 없습니다. 한 개인의 재산권 보존 때문에 사회적 손실이 얼마나 큰지, 역지사지의 입장에서 재고해 주세요."

이럴 때의 대화 내용은 언제나 식상하게 요식적으로 하는 말이었지만 간절함이 묻어나게 부탁했다.

"아닙니다. 저기 선생님과 만날 때마다 안 된다고 말씀드렸습니다. 이제는 더 이상 찾아오지 마세요. 만약 공익을 목적으로 국가가 필요해 강제 수용을 당한다면 어쩔 수 없겠지만…."

찻잔 속에 피어오르는 진한 커피 향을 왼손으로 저으며 또렷하면서도 차분하게 자기의 의사를 분명히 전달하고 있었다.

너무나 단호한 어조라 무슨 말로 접근해야 할지 망설여졌다. 어깃장을 놓아 한 몫 잡아 보려는 심사일까, 아니면 우리가 전혀 알지 못하는 무슨 깊은 사연이라도 있는 것일까, 진의를 알고 싶었다.

"우리 사업에 지장이 있는 것은 별개로 하지요. 하지만 그 먼 길을 대여섯 번이나 찾아와 사정했는데도 단호하게 거절하는 부득이한 이유가 뭔지 알고 싶네요. 그럴 수밖에 없는 사정이 있다면 더 이상 찾아오지 않겠습니다."

그녀는 짧고 통통한 두 손으로 찻잔을 감싸며 창문 밖 허공을 주시하다가 얼굴을 돌렸다.

"제가 이런 말까지 할 필요가 없는데 과거 이야기를 하게 되었네요. 등기부를 보면 알겠지만, 실은 그 임야는 엄마로부터 증여를 받은 것입니다. 어떤 사유인지 알 수 없으나 오래전 엄마가 서울에 살 때 거기에 땅을 사 두었다고 하였습니다. 그러면서 내가 죽으면 꼭 그곳에 유골을 묻어 달라고 하였어요."

남도 사투리가 섞인 어조로 차분하게 이어 가는 말 속에는 어떤 비밀스러움이 묻어 있는 것처럼 느껴졌다. 얼굴 밖으로 길게 늘어뜨린 정갈한 머릿결에 다소곳한 모습이 유난히 시선을 끌었다.

"그냥 궁금해서 물어보는 건데 어머니께서 신도읍에 어떤 연고가 있는 건가요."

배순태는 무슨 호기심인지 탁자를 당기듯이 두 손을 잡고 그녀의 얼굴을 주시하며 물어보았다.

"아마 아버지의 고향이 그곳이었던가 봐요, 거기가 유씨 집성촌이었다고 하더군요. 아! 더 이상 알려고 하지 마세요."

그녀는 알고 있는 무엇을 드러내고 싶지 않은 듯 불편한 모습으로 미간을 찌푸리며 입술을 닫아 버리고 말았다.

탁자 위에 올려놓은 서류 봉투를 꺼내 보았다. 증여자 정형자

380411-*******.

수증자 정남주 641005-2******. '갑구란'에 왠지 시선이 끌렸으나 일반 등기부등본과 별로 다를 바가 없어 보였다. '자기 아버지 고향이 원당이며 그곳에 유씨 집성촌이 있다는 얘기는 무슨 뜻인지. 정남주의 성은 자기 어머니 성씨와 같은 것은 또 뭐야.' 도무지 이해할 수 없었다. 여기서 정남주라는 여자에게 더 매달리며 얘기하는 것은 상대의 사생활을 침해하고 괴롭히는 것 같아 포기하고 올라올 수밖에 없었다.

개발 행위와 형질 변경 사업과 관련해 행정청의 기속재량행위의 해석 차이로 인허가 사항이 지연되거나 중단되는 등 사업 진척이 더뎌만 갔다. 모든 힘을 다 쏟아부었다. 끌고 끌리는 줄다리기 끝에 드디어 쾌재를 부르게 되었다.

산림 내 있는 지장물은 소유주와 원만하게 협의하여 여타 지역으로 옮겨 가거나 철거와 매몰 처분 등으로 처리해 나갔다. 강진의 정남주의 토지를 비롯해 미매입된 4필지 육천 평에 해당하는 금액은 관계 법령에 의거, 공탁소에 공탁하고 사업을 진행해 나갔다.

이처럼 어렵고 힘든 민원사항은 배순태가 전면에 나서 처리해 나갔다. 초등학교 5학년까지 구구단을 외우지 못해 나머지 공부를 밥 먹듯 하던 둔재 배순태가 아니었다. 산을 만나면 도로를 내고 강을 만나면 다리를 놓듯이 드러나지 않게 해결사 역할을 하였다. 고위 계층을 만나면 깔끔하면서도 단정한 모습으로

'부장'의 직함이 뚜렷한 명함을 제시하며 상대의 수준에 따라 정제된 언어로 식자의 면모를 유감없이 발휘해 나갔다. 세상 물정에 어둡고 소탈한 서민을 만나면 허름한 모습에 투박한 말씨로 막걸리 잔을 나누다 보면 어느새 친구가 되고, 형님 아우 하는 사이를 만들었다. 자연스럽게 구사하는 말솜씨는 가히 연극배우도 한 수 배워야 할 정도였다.

지축리 울넘이재 일대의 암반과 토석을 절토하여 깊숙한 골짜기에 성토하는 작업도 거리낌 없었다.

서북 방향의 분묘 5기는 비석과 상석, 문인석이 있는 것으로 보아 명문가의 묘지 같으나 오랫동안 관리가 되지 않아 수목 속에 방치된 상태로 놓여 있었다. 무연고 묘지였다. 분묘 이장 안내판도 설치해 놓았다. '만약, 위 신고기일까지 신고하지 않을 시 무연분묘로 간주하여 장사 등에 관한 법률에 의하여 무연분묘 개장 신청을 할 예정이오니 반드시 신고하여 주시기 바랍니다.'라며 변호사 연락처까지 자세히 기록하여 찾아 나설지 모를 후손들의 면목을 살리기 위해 세심한 배려와 주의를 다하였다. 물론 일간 신문에도 당연히 광고를 올렸다.

이장을 시작하였고, 개장 대행업체에서는 정해진 수순에 의하여 파묘를 하여 이미 오래되어 몇 조각 뼈만 남은 육탈된 시신을 정성 들여 수습하고 굴삭기에 들려진 비석은 경운기에 실려 떠나보냈고 석물 한 점도 남기지 않고 투구봉 비탈면으로 옮겨 놓았다.

상단부에 있는 5척尺 됨직한 비신의 뒷면에는 세월의 흔적으로 이끼 낀 비문이 있었는데 음각된 글씨는 오랜 풍상에 마모되어 지워져 한학과 문중의 계보에 관심 있는 사람이 아니면 판독이 불가하게 보였다.

高麗****禑王****始祖中書門下省宰臣柳彦輙**號***江界柳***公***諱鼎傘*****諱*南****大司憲********啓立通訓大夫軍***子**諱公之長子高陽城*山諱柳****************.

묘비의 주인공은 고려 말 32대 우왕 무렵 중서문하성 성재의 벼슬을 가진 강계 유씨의 후손으로 중시조는 대사헌 산하 벼슬을 한 것으로 기록되어 있었던 것으로 추측되었다. 수백 년 동안 가문을 이어 오다가 가문이 몰락하여 조상을 돌보지 못해 방치되어 있다가 한순간에 흔적도 없이 사라지게 되었다.

움푹움푹 파인 묘 터 구덩이는 마치 벌겋게 성난 상처 덩어리처럼 흉측스럽게 보였다.

풍수에 영향을 미치는 기운, 에너지 등이 시간과 공간에 따라 달라지고 물, 바람 등이 전달하며 변화하는 것도 모르면서 자리를 잡아 준 그 지관의 정성과 안목은 간곳없이 사라지고 말았다.

사업을 진행해 오는 과정에서 커다란 난관은 별로 없었다. 불법행위는 가급적 피해 나갔다. 관계 기관 인허가 문제는 법령의 범위 내에서 뿌리를 내리고 있는 지인들의 인맥으로 한발 앞선 정보와 협조로 처리해 나갔다. 냄새를 맡고 먹거리를 찾아드는 이름도 아리송한 관변 단체에는 상생으로 두툼한 봉투로 이웃을 같이하고, 이권의 배경을 앞세워 각종 자재 구매를 요구하는 업체는 적당한 선에서 협의해 쓸데없는 고소 · 고발에 휘말리지 않고 유기적 관계를 유지하여 나갔다. 지역 유지와 기관장들과의 친분도 두텁게 하고 있었다. 그뿐만이 아니었다. 봉사 활동을 하는 사회단체에는 서슴없이 기부금을 희사하는 데 주저하지 않았다.

기대에 한참 앞서 비대하게 급성장시켜서 그런지 모르겠으나 자신감에 언젠가 모를 악재가 닥쳐올지 모른다는 걱정이 들기도 했다. 쓸데없는 기우에 머리를 흔들고 매사에 긍정적인 마인드로 생활하기로 마음을 정했다.

하늘이 장차 나에게 어떠한 사명을 주려고 한다면 먼저 피나는 시련을 줄 것이요, 그 시련을 감당할 수 있는 역량을 키워 갈 힘을 배양한다면 살아남을 것이고 좌절하면 패배할 것이다. 성공하는 사람은 가장 강한 자가 아니다. 그렇다고 가장 똑똑한 자도 아니다. 변화하는 시대에 가장 잘 적응하는 자이다. 구호가 아니라 실천이 우선이라고 주술처럼 외우며 매일 아침을 맞이하고 있었다.

오늘 아침도 예외는 아니었다. 알람시계도 필요하지 않았다. 새벽 4시가 되자 어김없이 일어났다. 자정이 넘어 잠자리에 들었지만 4시간의 수면 시간이면 충분했다. 사업 진행 과정에 따른 각종 회의와 현장 점검, 자천타천으로 요구되는 관계인과의 만남 등으로 시간 단위로 쪼개 써도 모자랄 지경인데 허투루 쓸 시간은 남아나지 않았다.

집을 나서려고 현관문을 여는 순간이었다. 거실에 있는 전화기의 벨 소리가 연이어 들려왔다. 큰누나의 목소리였다. 어머니같이 기도하는 마음으로 걱정하고 보듬어 주는 큰누나와 근래에 들어 이래저래 바쁘다는 이유로 접촉이 없었다. 가까이 있으면서 한 번 찾아가 보지도 못했을 뿐 아니라 전화 한 통화 해 보지 못했다. 전화기 너머 들려오는 누나의 목소리는 무엇이 궁금해서 물어보는 평범한 안부 전화가 아닌 것 같았다. 힘이 없어 보이는 목소리였다. 그동안 너무 성의 없이 지내온 자신이 죄스럽기도 하고 왠지 무슨 일이 생긴 것만 같아 그냥 있을 수가 없었다. 누나가 운영하는 지업사로 달려갔다.

멀리서도 간판이 잘 보였다. 아이보리 바탕색에 초록색으로 쓴 고딕체 글씨의 간판이 보였다. 오랜만에 찾아와 보는 점포였다. 가지런히 색상을 달리하며 층층이 쌓여 있는 도배지며 장판지가 변함없이 점포를 꽉 채우고 있었으나 왠지 밝은 기운이 보이지 않았다. 천장에서 비춰 주는 형광등의 조도가 흐린 탓일까. 도무지 예전에 보았던 화려하고 세련된 구도가 아니었다. 점포가 퇴색되어 가고 있는 어떤 것이 보이고 있었다. 누나의 안색도 예전 같지 않았다. 윤기도 없어 보였다.

“무엇 하러 왔어, 사업 때문에 바쁠 텐데. 그냥 목소리 한 번 듣고 싶어 전화했는데. 저기 앉아라."

역시 큰누나의 정감 어린 한마디 한마디는 어떤 투정이나 응석도 모두 다 받아 줄 것 같은 포근함이 느껴져 등을 기대고 싶었다. 호수 속의 잔잔한 바람과 고요의 냄새가 눈물 나도록 좋았다.

"그런데 너 안색이 예전 같지 않구나. 사업이 힘든가 보구나. 몸 상할라, 밥 잘 챙겨 먹고 쉬엄쉬엄 하렴."

탁자 위에 찻잔을 내려놓더니 보드라운 두 손으로 관수의 볼을 어린아이처럼 비벼 주었다. 어렸을 때 밖에서 뛰어놀다 들어오면 큰누나는 땟국물이 흐르는 관수의 얼굴을 씻어 주며 "잘 놀고 왔어? 그런데 얼굴이 이게 뭐냐."라며 얼굴을 톡톡 두드려 주었다. 습관처럼 늘 그랬다.

누나는 혼자 지내고 있었다. 지인의 소개로 알려진 부잣집 둘째 아들과 결혼했는데 성도착증 환자였다. 오래 지나지 않아 헤어지고 지금 있는 이 점포에서 지물포를 운영하고 있었는데 차츰 의욕이 사라지고 있는 것처럼 보였다. 어디 한적한 먼 곳에서 취미 생활을 하며 조용히 살고 싶다고 하였다. 바다가 내려다보이는 언덕 위 어디쯤이면 더 좋겠다고 하였다. '너는 그런 곳을 잘 알 것 같아 의논을 해 보고 싶다.'고 말했다.

"내가 의논할 사람이 어디 있겠니. 남자들이란 다 그런 것 같다. 옛날 아버지도, 외삼촌도…."

대관령에 있는 유림건설 리조트 본부에 근무할 때였다. 사업

차 강릉 정동진에서 며칠 묵게 되었을 때 알게 되었던 심곡에 있는 조그만 어촌 마을이 떠올랐다. 접근로는 좋지 않았지만, 주변 전체가 소나무 숲에 싸여 있는 언덕 위, 파란 동해 바다가 한눈에 들어오는 자리에 배경과 어울리는 아담한 집을 마련해 주면 좋을 것 같았다. 해풍이 불어와 병충해도 없어 정원에 심어 놓은 야채며 화초들이 잘 자라 줄 것만 같았다.

"누나, 걱정 말아요. 몇 달만 기다려 봐요. 맘에 드는 집을 장만해 놓고 부를 테니까. 내가 우선 할 수 있는 일은 그것부터니까."

차를 타고 가려는데 누나가 불러 세웠다.

"내가 깜박했네. 외삼촌한테 전화가 안 왔더냐? 날 보고 네가 어디에서 무얼 하며 살고 있는지 물으면서 연락처를 알려 달라고 했는데 모른다고 했다. 혹여 찾아가서 무슨 말을 할지 모르기 때문에…."

생각하고 싶지 않은 사람이었다. 머릿속에서 아주 지워 버리고 싶은 사람, 매정하고 음흉한 사람이라 생각되었기 때문이다.

외숙모의 죽음도 석연치 않았다. 고깃집을 운영하던 외숙모는 사람이 언제 어떻게 될지 모른다며 보채는 외삼촌의 등쌀에 못 이겨 보험을 세 개나 들어 놓았다고 하였다. 음식점이 쉬는 어느 날 오후 머리도 식힐 겸 야외에 나간 내외는 그가 가끔 다니는 저수지 낚시터 근처에 이르게 되었다. 이 부근은 외삼촌이 낚싯바늘을 내리는 장소라 물밑 깊이가 어느 정도인지 경사도가 어떻게 되는지 환히 알고 있는 곳이었다.

차가 갑자기 속력을 내 저수지에 빠지고 말았다. 외숙모는 익사하고 말았으나 외삼촌은 헤엄쳐 밖으로 나왔다. 불쌍한 사람 먼저 저세상으로 보냈다고 '꺼이꺼이' 통곡하면서. 경찰 조사에서는 브레이크를 밟는다는 것이 그만 액셀러레이터를 밟아 저수지에 빠지고 말았다고 진술했다. 그러면서 자기는 본능적으로 살아야 한다는 생각에 헤엄쳐 나오게 되었다고 말하였다. 경찰 조사도 서술했다. 미심쩍은 데가 한두 군데가 아닌데 수사기관으로부터 조사를 받았지만, 운전 미숙으로 사망한 것으로 처리되고 말았다.

아버지의 사망 원인도 제대로 확인이 안 되었다. 비가 세차게 내리기는 했지만, 왜 하필 구문소 앞에서 미끄러지며 물에 빠졌는지 의심스럽지 않을 수 없었다. 어쩌면 그는 안전벨트를 하고 있었는지 모를 일이었다.

외삼촌은 노름 중독자였다. 속칭 도리짓고땡 선수라는 소문을 들었다. 외숙모의 보험금을 챙기자 1년간 어디인지 알 수 없으나 노름으로 탕진하며 돌아다니다 돈이 다 떨어지고 나서 나타났다. 아버지가 돌아가시고 났을 때도 같은 행동이었다. 풀방구리 쥐 드나들듯 하던 사람이 어느 날부터 소식조차 없었다. 까맣게 잊고 있던 외삼촌의 모습을 우연히 뉴스 시간에 보게 되었다. 깊은 산 속 텐트 안에서 도박하다 잠복하고 있던 경찰에 붙잡혀 머리를 숙이고 붙들려 가고 있는 모습을 보았다.

요즘 들어서는 몸을 둘로 쪼개 써도 모자랄 판이었다. 과도한

격무와 잠자는 시간마저 부족한 날이 누적되었기 때문인지 아침이면 일어날 수가 없었다. 누나네 점포를 갔다 오고부터 더욱 심해졌다. 온몸이 나른하고 무기력증으로 매사가 귀찮았다. 오늘은 도저히 일어날 수가 없었다. 부속실에 연락하여 오후에 나가기로 하였다.

입맛이 없어 점심조차 거른 채 사무실로 나갔다. 부속실 직원에 의하면 아침에 손님이 찾아와서 지금까지 기다리고 있다고 하였다. 사장님께서 부재중이라 하였는데도 걱정 말라며 자리를 떠나지 않고 있다는 것이었다. 문을 열고 들어서자, 뜻밖에도 외삼촌이 내 자리에 앉아 있었다. 번질번질하던 커다란 외구의 모습은 보이지 않았다. 영역에서 밀려난 늙어 비틀어진 불곰 한 마리가 앉아 있었다. 툭 튀어나온 광대뼈 아래 팔자 주름은 논고랑처럼 깊게 파이고 아편 중독자처럼 거무튀튀한 모습에 퀴퀴한 냄새까지 도무지 노숙자와 흡사하게 보였다.

"조카 사업이 잘된다는 얘기를 들어 격려차 한번 들러 보았네."

덥절덥절하게 접근해 왔다. '조카! 왜 내가 당신 조카야, 당신하고 나하고는 어떤 연고로든 피 한 방울 섞이지 않은 남남이야. 당신은 짐승만도 못한 사람이잖아. 마누라도 모자라 매부까지 죽이고 가산을 송두리째 말아먹은 사람이 무슨 낯으로 여기를 왔어.'라는 말이 튀어나올 뻔했다.

'이쯤 되면 알 건 알아야겠다. 진숙이, 진유, 너희는 알고 있었지. 관수는 배가 다르다는 것을. 너의 아버지가 대를 이을 아들이 없기 때문에 밖에서 데리고 온 업둥이란 것을…. 이렇게 말했던 사람이 오늘은 왜 날 보고 조카라고 해.' 참으로 뻔뻔스런 작자라 넌더리가 날 지경이었다.

"너도 그동안 힘들었겠지만 나도 너의 집 일로 많이 힘들게 지내왔다."

횡설수설 말도 안 되는 얘기를 하고 있었다. '당장 꺼져.' 면박을 주고 싶었지만, 그렇게 대할 수 없었다. 데면데면하게 대해주었다. 기댈 바가 없다고 생각되었는지 축 처진 어깨로 돌아가는 모습이 측은해 다시 불러 두툼한 봉투를 바지 주머니에 찔러주었다. 비열하게 다시 찾아오지 말라는 주문이었는데, 무어라 혼잣말로 중얼거리더니 신발을 질질 끌고 어기적거리며 그냥 돌아서 가 버렸다.

요즘 들어 소화도 안 되고 입맛도 없어 그런지 체중도 많이 줄어들고 있었다. 가끔 우상 복부에 통증도 나타났다. 사업에 신경 쓰느라 건강을 챙기지 못했는데 몸 어디 이상이 생긴 신호가 아닌지 걱정되었다.

미루다 또 미루다 시간을 내 병원에 가서 진찰을 받아 보았다. 혈액검사를 거쳐 CT 촬영, MRI 촬영, 정밀 검사까지 했다. 조직검사도 했다. 초조하기는 했지만, 설마 했는데 악성 종양이란다. 혈청알파태아단백 800 이상으로 간암 위험인자가 나타났다며 우리 병원에서는 수술이 어려우니 종합병원에 가서 수술 받으라고 일러 주었다. 처음에는 담담하게 들렸는데 나중에는 무슨 말을 하는지 한마디도 귀에 들어오지 않았다. 병원 문을 나서 뒷산으로 올랐다. 오솔길을 따라 끝없이 걸었다. 시내가 내려다보이는 바위틈에서 자란 커다란 굴참나무 몸통에 기대 있는 자신을 발견하게 되었다. 어디로 가서 누구를 만나야 하나. 갈 곳이 없었다. 무인도에서 방향타를 잃어버린 난파선의 선장이 되고 말았다. 사방 어디에서도 다가오는 구조선이 보이지 않았다.

어린 시절 손등 어디 생채기라도 나면 호호 불어 주고, 학교 갔다 돌아오면 언 볼을 비벼 온기를 만들어 주어 품에 안겼던 어머니는 꿈에서만 볼 수 있다. 주변에서 어슬렁거리는 불량배의 그림자조차 용납 못 하며 울타리를 만들어 주던 아버지도 자리에 없다. 의지하고 믿을 수 있는 사람은 큰누나밖에 없었다.

오진이기를 바랐지만, 대학병원에서조차 정확히 간암 3기라는 판정을 받았다. 수술하고 나서 예후가 좋지 않을 수 있지만, 환자의 의지에 따라 얼마든지 회복될 가능성은 있다는 덤의 말도 공짜로 해 주었다.

우선 하나하나 정리를 해 둘 필요가 있었다. 누나가 바라던 조용한 곳에 그림처럼 아담한 집을 지어 주어야겠다. 유림건설에서 같이 근무하던 동료 직원 어석채가 생각났다. 어쩌다 한번 생각나면 전화하던 그에게 전화를 걸었다. 거두절미하고 요점만 얘기했다.

"나 그곳에 쓸 만한 집 한 채 지으려고 그러니 땅 좀 알아봐 줘."

"유 사장 소문처럼 돈 많이 벌었네. 내 적극적으로 알아봐 주지. 그래야 필요할 때 나도 좀 사용하고 말이야."

너스레를 떠는 것으로 봐서 시간 여유가 있어 보였지만 전화기를 오래 붙잡고 있을 여유가 없었다.

"나 요즘 많이 바쁘거든. 아무튼 좋은 땅이 나오면 계약이 되도록 도와줘. 내 어 과장에게 별도로 단단히 사례를 할 테니."

공사 현장에서 진척되고 있는 일이 체계적으로 진행될 수 있도록 준비해 놓아야만 했다. 먼저 큰누나를 불러 의논하였다.

70% 정도 공정률을 보이는 은현지구 부지 조성 사업에만 전념하기로 하였다. 노임과 경상경비 외 향후 발생 예측되는 필요한 대금만 지급하고 나머지는 퇴원한 후 진행하기로 하고 모든 사업을 중단하기로 했다. 자금 집행권 등 결재 권한을 큰누나에게 일체 위임했다. 큰누나는 '내가 어찌 이렇게 큰 사업의 결정권을 집행할 수 있느냐.'며 걱정이 앞섰지만, 모든 사업을 중단하여 놓아 일반회계 업무만 처리하는 것이라 걱정하지 말라며 안심시켰다. 이처럼 모든 것을 결정하는 데 오랜 시간이 걸리지 않았다.

삶과 인생은 무엇일까. 살아가는 것이 투쟁이라고 한다면 어쩌면 나는 그렇게 살아왔다. 집을 나서 고학하며 대학에 다닐 때부터 없음으로 하여 손가락 마디마다 피눈물 나는 억척스러움의 노력과 타인으로부터 받은 모멸감에 좌절하고, 때로는 분

노하며 경쟁에서 넘어지지 않으려고 얼마나 많이 힘들게 살아 왔는가.

혼자서는 아무것도 할 수 없다. 그대가 있고, 상대가 있고, 타자가 있어야만 내가 존재하는 것이다. 대상을 가지려고 우리는 각축하며 치열하게 경쟁하고 있는 것이다. 이것은 태초에 신이 만들어 놓았을 것이다. 그런데 이제부터 그런 일을 하지 않아도 될지 모르겠다.

차라리 37년 살아온 날보다 지금, 이 순간이 가장 편안한지 모르겠다. 하는 사업의 뒷수습도 정리하고, 병원에 갈 채비도 마무리하고 있는 오후 늦은 시간이었다.

배순태로부터 전화가 걸려 왔다. 언제가 될지 몰라도 병원에서 퇴원 후 만나자고 했는데, 그만한 사정이 있는 것 같아 수화기를 들었다고 했다.

"유 사장, 미안해. 유 사장을 만날 입장이 안 된다고 몇 번이나 말했는데 꼭 한 번만 만나게 해 달라고 사정해서 어쩔 수 없어 전화했어. 어떻게 하지."

누가 언제 어디서 무엇 때문에 만나자고 하는지, 말의 핵심 토막은 다 빼먹고 대뜸 만나 보기를 기다린다는 이해할 수 없는 얘기를 하며 뜸을 들이다 마지막에 말해 주었다.

"우리 지난봄 강진에 갔다 왔잖아. 지축리 28-6번지 임야 소유자 정남주, 그 여자야. 많은 시간이 필요하지 않대."

그제야 말귀를 알아차릴 수 있었다. 그녀가 무엇 때문에 만나자고 하는지 알 수가 있었다.

동글동글한 체형에 짙은 눈썹 아래 까만 눈동자, 그리고 무릎 위에 짧고 통통한 작은 손을 올려놓고 다소곳이 앉아 있었다.

이미 배순태와 함께 현장을 답사하고 돌아온 뒤라 자기 소유 토지인 임야가 절토되어 묘 터로서는 가치가 없다는 것을 부연해서 설명할 필요가 없었다.

배순태는 탁자 건너편에 있는 정남주와 측면에 있는 유관수를 유심히 번갈아 쳐다보며 고개를 갸우뚱거렸다.

"죄송합니다. 공사 여건상 어쩔 수 없이 소유자의 동의도 없이 형질 변경을 하게 되었습니다. 성의 없는 말씀이지만 임야 대금은 관계 기관에 공탁하였으니 찾아가면 되겠지만, 금액이 불만스럽다면 적정선에서 추가 지불토록 하겠습니다."

"아니요, 이제 와서 원상 복구라든가, 추가로 돈을 더 내놓으라고 떼쓰려고 하는 것이 아닙니다. 지난번 오셨을 때 말씀드렸지만 꼭 그 땅 위에 본인 묘지를 안장해 달라는 어머니의 부탁을 들어드리려고 했는데 이제는 어쩔 수가 없게 되었네요. 제 과거지사를 다 말씀드릴 수도 없고 저 역시 사연을 모르는 부분이 많이 있지만, 거두절미하고 이제부터 제가 전하는 의견이 이행될 수 있도록 꼭 부탁을 드립니다."

그녀는 동향을 향해 손가락을 가리키며 말을 이어 갔다.

"저의 산자락 맞은편에 나지막한 산이 하나 있지요. 그 산을 시루봉이라 하던가요? 그 산 아래 발치처럼 쭉 뻗어 내린 산자락이 있어요. 그곳에 저의 아버지 묘소가 있다고 들었는데 그곳 어디쯤 저의 어머니 묘소를 쓸 수 있도록 해 주시면 됩니다. 저의 아버지 존함은 유태수라고 합니다. 커다란 비석이 세워져 있어 찾기가 어렵지 않다고 하더군요."

볼펜을 쥐고 있는 유관수의 왼 손끝이 바르르 떨고 있었다. 혼잣말처럼 되뇌었다. 강계 유씨, 클 태, 물가 수, 아버지의 존함이다.

18살 고 삼 때 아버지의 장례식이 거행되던 때가 문뜩 떠올랐다. 까다로운 장례 절차가 진행 중이었다. 상주의 위치에서 지관이 시키는 대로 이행했다. 하관 후 광중을 메우기 전 제일 먼저 영구 위에 상복 앞자락에 담은 흙으로 '취토여, 취토여, 취토여.'라며 세 번을 외치며 흙을 덮고 나서였다. 옆에 있던 큰누나는 뒤따라 이어지는 '취토여.'란 의례 절차를 따르지 않고 펼쳐 놓은 성경책을 두 손으로 받쳐 들고 무어라 봉독하고 있었다. 궁금해서 고개를 쭉 빼 밀었다. 「베드로전서 1장」 어느 부분을 독송하고 있었다.

"너희가 진리를 순종함으로 너희 영혼을 깨끗하게 하여 거짓이 없이 형제를 사랑하기에 이르렀으니 마음으로 뜨겁게 서로 사랑하라. 너희가 거듭난 것은 썩어질 씨로 된 것이 아니요 썩지 아니할 씨로 된 것이니 살아 있고 항상 있는 하나님의 말씀으로 되었느니라." 무슨 말일까? 죽으면 썩어 흙으로 돌아가는 것이 인간의 육신인데, 썩지 아니할 씨앗이라니! 뿌려진 강계 유씨의 자손 모두 돈독하기 위한 씨앗의 존재를 말하고 있는 것일까.

회다지 소리가 점점 경쾌하게 들려왔다. 선소리꾼의 구성진 앞메기 소리에 이어 회다지꾼의 발놀림이 점차 빨라진다. 중중모리장단에 이어 자진모리장단으로 넘어갔다.

에헤 달구야!
간다 간다 떠나간다.
이제 가면 언제 오나.
만당 같은 집을 두고 문전옥답 다 버리고
부모 처자 이별하고 저승으로 나는 간다.
에헤라 달구야!
……
……

정남주의 부탁을 일언지하에 승낙했다. 아니, 누이 유남주의 의견보다 더 많은 것을, 더 큰 것을 듬뿍 해 주어야겠다고 다짐했다. 유남주의 어머니, 나의 생모일지 모르는 정형자. 업둥이를 보내고 그의 심정은 어떠했을까. 말 못 할 원망과 한이 응어리진 여인은 오래전부터 치매로 요양병원에서 생활하고 있다는데, 근자에 이르러 간암 판정을 받았단다. 말기 암이라 한 달을 넘기기가 어렵다고 하였다.

집으로 돌아와 자리에 누웠다. 내 삶의 원형을 어디서부터 다시 시작해야 할까. 형태 없는 새빨간 공간 저쯤에서 뜨끈한 물결이 일렁이더니 허허로운 웃음에 눈물 없는 눈물로 울기 시작했다. 오래전에 잃어버렸던 눈물이 흘렀다.

수술실 앞에 이르렀다. 큰누나의 꽉 찬 눈물에 웃음을 보이고 있었다. 용기를 내라고 힘껏 손을 잡아 주고 있었다. '누나, 걱정 마. 내 퇴원하면 제일 먼저 동해안에서 제일가는 자리에 그림 같은 집을 꼭 지어 줄게.' 어깨를 비집고 들어와 앞자리에 선 배순태의 광채 나는 눈빛에 힘이 들어가 있었다. 오른편에는 머리카락에 얼굴이 묻힌 경미가 '수술을 잘 받고 나오셔야 해요.' 들릴 듯 말 듯 간절한 목소리로 기도하듯 두 손을 모아 쥐고 말하였다. 이경미는 유관수가 진한개발이라는 회사를 설립했다는 소문을 듣고 유림건설에 사표를 내고 곧바로 달려왔다. 명석한 두뇌와 철저한 업무 처리로 경리부장으로 모든 영역에서 빈틈없이 일을 처리해 나갔다. 항상 바쁜 일 처리 때문에 두 사람 사이에는 눈으로 주고받는 사랑의 표시 외에는 만날 기회가 별로 없었다. 간혹 시간을 만들어 교외로 나가 외식을 하며 강가를 거닐며 미래의 꿈을 설계하는 것이 고작이었다. 내후년쯤 공릉천이 내려다보이는 은방골 언덕 위에 집을 마련하고 오순도순 살아 보자는 것이 경미의 작은 소망이고 꿈이었다.

발치 뒤편에는 어떻게 알고 왔는지 키가 커 돋보이는 외삼촌의 후줄근한 모습도 보였다. 무엇인가 면괴스러운지 얼굴을 돌리고 무표정하게 서 있었다. 서서히 시야가 흐려지며 보호자 모두 장승의 신목처럼 꼼짝 않고 서 있는 모습이었다. 만약에 어떤 일이 벌어지면 어떤 이전투구가 일어날지 짐작이 갔다.

수술실 문이 열리고 침대가 보조자에 의해 안으로 들어가자, 눈을 감아 버렸다. 침대 바퀴 끌리는 소리가 요란하게 들려왔다. 어디로 가는지 긴 통로를 지나 우회전하고 한참을 가다가 좌회전하더니 다시 긴 통로를 지나가고 있었다. 이것은 미로가 분명했다.

어디론가 한 번도 가 보지 않은, 감히 상상조차 해 보지 않은 그곳으로 가고 있었다. 눈과 귀, 목덜미와 어깨, 그리고 허벅지와 발을 매달고 있는 물체가 아주 천천히 산 넘고 강 건너 깊숙한 영혼의 안식처로 빨려 들어가고 있는 것 같았다. 큰누나의 하얀 신발에는 징그러운 바퀴벌레들이 득실거리고 있었다. 경미는 장딴지에 시커멓게 달라붙어 있는 거머리를 손가락으로 떼느라 울상을 짓고 있었다. 멀리 아르헨티나로 이민 가 살고 있다는 진유 누나도 노란 바가지를 둥둥 두드리며 알아들을 수 없는 말로 무어라 중얼거리고 있었다.

수술실에 도착했다. 웅성거리는 소리가 들려왔다. 수술 기구가 부딪히는 금속성 소리에 온몸이 움츠려졌다. 강한 무영등의 불빛이 각막을 뚫고 들어왔다.

"마취과장 김고은입니다."

여자 목소리였다. 잠시 후 깊은 잠에 빠져들었다. 그리고 아무것도 보이지도 들리지도 않는 먼 곳으로 훌훌 날아가 버렸다.

언저리 삶

요즘 들어 기상청에서는 거의 매일 폭염 특보를 발효하고 있다. 온열 환자가 몇 명 발생하고, 가축과 양식장 물고기가 폐사하는 등 기상 관측 사상 최고 기온을 경신하고 있다는 발표와 함께 노약자와 어린이는 외출을 삼가라는 주의보가 흘러나오고 있는 아침나절이었다. 어젯밤에도 열대야 때문에 밤잠을 설쳐서 그런지 축 처진 상태로 소파에 맥 놓고 뒹굴고 있는데, 문갑 위에 올려놓은 휴대폰에서 신호음이 울려왔다. 귀찮아서 받을까 말까 망설였지만, 길게 이어지는 신호음이 듣기 싫어 마지못해 열어 보니 '면도칼'이라고 등록된 옛 동료 최주환으로부터 걸려온 전화였다.

참으로 오랜만이다. 몇 년 전만 하여도 가끔 만나 목롯집에서 소주잔을 나누며 지난 옛 얘기와 함께 거하게 취해 보기도 했는데, 근자에 와서는 통 소식 없이 지나는 사이였다. 전화기 너머 들려오는 주환이의 목소리가 너무 반가웠다. 오랜만이라 잠시 안부를 주고받고 나자, 오늘 자기 집에서 점심을 같이하자는 것이었다. 나야 할 일 없는 백수라 망설임 없이 선뜻 대답하였다.

맘씨 좋고 말씨 고운 그의 아내가 살아 있을 때, 여름 삼복 철이면 복달임하자며 가끔 가까운 직원들을 불러 모아 보양탕을 만들어 놓고 반갑게 맞이하던 그때가 생각났다.

그럴 때면 어김없이 밤새워 고스톱을 치며 솥단지가 구멍이 나도록 박박 긁어 아침까지 챙겨 먹고 나설 때가 한두 번이 아니었다.

'옳지, 한 마리 해 놓고 부르는구나!' 그렇지 않아도 요즘은 더위 때문인지 피로가 겹쳐 입맛마저 떨어져 있는 상태인데 잘되었구나, 무기력증이 싹 달아나는 것 같았다. 은근히 기대되어 얼른 옷을 갈아입고 현관문을 나섰다. 아침나절인데도 벌써 푹푹 찌는 찜통더위 때문에 아스팔트 도로 위로 김이 모락모락 피어오르고 있었다. 숨이 막힐 지경이다. 몸보신도 할 겸 당연히 소주도 한잔해야 할 것 같아 택시를 불렀다.

마당에 들어서자 언제 왔는지 태윤이와 혁일이, 그리고 숙박업을 하는 조 사장까지 먼저 자리를 잡고 있었다. 이 사람들은 보양탕이라 하면 자다가도 벌떡 일어나 백두산까지 쫓아갈 정도로 좋아하는 사람들이었다. 마당 가장자리 감나무 그늘진 곳 여기저기에 앉아 있었다. 모두 다 모처럼 만남이라 반가워 악수하며 인사를 나눴지만, 내 눈은 재빨리 가마솥이 걸려 있던 화덕 쪽으로 시선을 돌렸다. 이쯤이면 장작불 위로 부글부글 고깃국물이 풀풀거리며 솥뚜껑이 들썩거리고 넘쳐나는 가마솥이 있어야 할 텐데, 솥단지는커녕 황토로 빚어 놓은 화덕마저 흔적이 보이지 않았다. 그 자리에는 바랭이와 망초 같은 잡풀 속에 드문드문 비실거리는 고추 몇 포기만이 뜨거운 햇볕을 못 이겨 머리를 처박고 축 처져 있을 뿐이었다. 마당 구석진 곳에는 짚북데기와 빈 페트병이 너저분하게 쌓여 있었다. 저렇게 놔둘 사람이 아닌데, 예전 같지 않았다. 그러고 보니 아낀다고 보듬던 워싱토니아 나무도, 마루에 가득히 놓여 있던 크고 작은 다육 식물 화분 하나 보이지 않았다.

도랑 건너 살고 있다는 처제의 음식 솜씨가 좋다고 하던데, 혹시 거기서 만들어 오는 중일까, 그렇지도 않은 눈치다.

그의 처지를 생각해 보지도 않고 염치없이 지나치게 기대한 것 같아 애써 생각을 바꿔 보려 했지만, 그래도 실망스러움을 감출 수가 없었다. 엉거주춤한 모습으로 마뜩잖게 앉아 있는 우리를 바라보며 주환이가 한마디 하였다.

"이봐, 내 옛날 생각도 나고 보고 싶기도 해서 당신들을 불렀어. 점심은 중국집에다 자장면을 시켜 놓았는데 12시쯤 배달 올 거야."

그러면서 시계를 내려다보고 있었다. 오래전 라이온스 회장으로부터 하사받았다는 그 시계를 아직 차고 있었다. 낡은 가죽끈에 하얀 보풀까지 일어 있었다.

"요즘은 여기저기 아파서 어디 나다니지도 못하고 찾아오는 사람도 없어 심심해서 죽을 지경이야. 입안에서 곰팡이가 피겠다니까."

그러면서 우리를 방으로 안내하였다. 원형으로 된 소반 위에는 소시지와 꽁치 통조림, 군내 나는 김치 한 접시에 소주잔이 놓여 있었다. 아무리 보아도 먹을 만한 안줏거리가 없었다. 분위기를 알아차린 태윤이가 자리에 앉자마자 선수를 쳤다.

"이열치열이라는데 뭐, 오랜만인데 한잔해 보세나."

다들 달갑지 않은 눈치였으나 소반을 가운데로 하고 둘러앉았다. 옛날에는 말술도 마다하지 않던 솜씨들이었다. 안주도 없는 낮술이라 별생각이 없었지만, 하는 수 없이 몇 잔을 마시고 나자 점점 열이 올라 더위를 견디기 힘들었다. 사방 창문은 열어 놓았지만 바람 한 점 들어오지 않았다. 한쪽에 세워 둔 모가지가 부러진 선풍기만이 힘없이 돌아가고 있을 뿐이다. 오래된 선풍기였다. 회전 모터가 수명을 다했는지 철거덕, 철거덕거리는 금속성 마찰음이 신경을 건드렸다. 머지않아 용도를 다하고 사라질 것으로 보였다.

"이 사람아, 지금이 어느 땐데 이런 날 에어컨도 없이 지내고 있나. 죽어서 싸 가지고 가려고 아끼고 있나."

혁일이가 먼저 수세미처럼 미간을 찌푸리며 퉁명스럽게 말하였다. 사정이 있으면 그럴 수도 있겠지, 옆 사람 듣기에도 너무 민망스러웠다. 나는 못 들은 척하고 말았다.

"말도 말아, 올해에는 어떠한 일이 있어도 에어컨을 마련하려고 돈을 준비해 놓았는데 얼마 전 둘째 딸년이 와서 급전이 필요하다고 사정을 하는 바람에 하는 수 없어 줘 버렸어. 그런데 여름을 나다 보니 참을 만한데 뭐."

잠시 적막이 흘렀다. 모두 다 할 말이 없었다. 그러고 보니 오랜만에 본 그의 몰골은 왠지 모르게 찌든 때가 묻어 있는 모습이었다.

어금니가 빠져서 그런지 무엇을 먹을 때는 앞니로 우물우물 씹어 넘기는 것도 그렇고, 어깨끈이 늘어진 누런 조끼 러닝셔츠 사이로 튀어나온 갈비뼈가 드러난 것도 예사롭게 보이지 않았다.

점심이 올 때까지 모처럼 모였으니 고스톱이나 한번 쳐 보는 것이 어떠냐고 하였다. 싫다는 사람이 없었다. 안방에서 가지고 나온 깔판은 낯익은 누런 담요였다.

어느 해 겨울이었다. 담배 연기 가득한 방 안에서 포커 판에 정신이 쏠린 누군가가 재떨이에 버린다는 담배꽁초를 담요에 비벼 버렸다. 모서리에 불이 붙어 연기가 나는 바람에 한바탕 소동이 벌어졌다. 재빨리 둘둘 말아 마당에 쌓인 눈 속에 파묻어 놓았던 바로 그 깔판이었다. 귀퉁이에 불탄 흔적이 그대로 남아 있는 그 카시미론 모포를 보자 타임머신을 타고 한창나이 때인 40대로 돌아갔다.

그 무렵 배운 지 얼마 되지는 않았지만 자주 하던 고스톱은 아예 제쳐 두고 포커 판에 다들 미쳐 있었다. 고스톱 판처럼 누가 잘못 냈느니, 왜 뻑을 해서 남까지 망하게 했냐는 원망도 없는, 규칙이 엄격하여 언쟁이 필요 없고 오감을 만족하는 짜릿한 흥미로운 카드놀이에 푹 빠져들고 있었다.

그해 겨울 주환이는 남들처럼 출퇴근 때 승용차를 타고 다니라며 아내가 마련해 준 오백만 원을 통장에 넣고 다니며 자랑하고 다녔다. '엑셀이 좋아? 르망이 좋아?' 하며 물어보기도 했다. 그렇게 차일피일 미루다 봄이 오기 전에 거덜이 났다고 투덜거렸다. 그럴 수밖에 없었다. 수없이 반복된 경험이 있음에도 불구하고 판을 읽고 분석하는 능력이 부족했기 때문이다. 포플이나 트리플만 잡으면 엉덩이를 들썩거리고 킁킁대는 바람에 쉽게 패를 노출해 버리고 말았다. 에이스 투 페어만 들었다 하면 어김없이 풀 베팅을 하는 허세를 볼 수 있었다. 상대는 그런 순간을 잽싸게 포착해서 진행 여부를 재빨리 결정할 수 있었다. 무모한 베팅과 표정 관리를 못하여 일찍이 빈 지갑을 들고 뒷전에 밀려나는 날이 허다했다. 본전 생각이 들어, 차마 자리를 뜨지 못하고 구차스럽게 딴 사람한테 판돈을 빌리는 날도 허다했다. 그럴 때면 빌린 돈도 몽땅 잃고 풀 죽은 모습으로 일어나는 것을 여러 번 보아 왔다. 다음 날 아침이면 출근과 동시에 단 천 원도 틀림없이 봉투에 담아 어김없이 되돌려 주었기 때문에 별명을 면도칼이라 하였다. 며칠씩 미루거나 떼어먹는 일은 절대 없었다. 이름보다 면도칼이라고 더 흔하게 불렀다. 늘상 같이 하는 혁일이 역시 비슷했다. 어쩌다 스스로 일으킨 바람에 올라타고 운 좋게 연승할 때면 짜릿한 쾌감에 도취되어 버렸다. 그러다 상대의 결정타를 맞고 빈 주머니가 되어 일어나기 일쑤였다. 울화통이 터진다며 '나는 이제부터 여기에 다시는 안 올 거야. 그러니 더 이상 날 부르지 마.' 시비를 걸듯 목청을 높이면서 방문을 차고 나갔지만, 며칠 못 참고 함박웃음으로 먼저 만나자며 연락하였다. 그때는 갬블러 중독자들처럼 모두 노름에 취해 있었다.

그들은 나를 보고 '너는 어쩜 그렇게 크렘린궁처럼 엉큼하게 포커페이스를 유지하냐?'라고 했다. 나는 언제나 카드 52장에서 내가 가지고 있는 패에 가장 불리한 조합으로 가정한 51장으로 수치화하기 때문에 잃는 확률이 적다고 확신했다. '노름에서는 지피지기하고 화를 감내할 수 있어야만 된다.'라며 주술문의 글귀를 외듯 해야만 돈을 잃지 않는다고 생각했다. 면도칼처럼 '그물 만 코에 걸리는 멸치 한 보따리보다 한 코에 걸리는 고래잡이 사냥을 해야지.'라며 레이스를 즐기는 것은 한 번의 요행으로 목돈을 챙기는 로또와 같은 것으로 무모한 기대는 백전구십 패라고 생각했다.

그때는 시간만 되면 그렇게 게임을 하며 지내던 사이였지만, 퇴직하고 나서 만날 기회도 별로 없었고, 이래저래 여유가 없다 보니 차츰 거리가 멀어지기 시작했다. 그러다 오늘 모처럼 고스톱 판을 벌이게 된 것이다. 모두 형편도 그러니 동전 내기가 적당하다고 하였다. 그런데 주환이가 치는 행동이 별나게 눈에 거슬렸다. 어쩌다 10점이 넘게 나게 되었을 때였다. 굼뜨게 더듬거리며 삼, 오, 칠, 구 하면서 손가락을 꼽아 가며 계산하는 것이 미욱하게 보였다. 보청기 낀 소리가 윙윙거린다며 아예 빼 던져 버리고 한쪽 귓바퀴에 손을 얹고 목을 삐죽이 내미는 모습도 늙은이 같아 보기 싫었다. 돈을 잃었다며 구시렁거리며 손바닥 위에 올려놓은 동전을 세고 있는 것도 볼썽사나웠다. 옛날 뱃심이 든 당찬 목소리로 '레이스!'라며 외치던 모습은 어디에서도 볼 수 없었다. 고액권이 든 두툼하던 명품 지갑도 보이지 않았다.

사람들을 불러 놓고 떼어 놓은 돈으로는 자장면값이 어림도 없다고 하는 것이 더더욱 치사스럽게 보였다. '자! 1인당 이천 원씩 더 보태자.' 그렇게 하여 자장면과 군만두값을 마련해 주었다.

술이 떨어져 마트에 갔다 온다고 하면서 크게 인심이나 쓰듯 하며 '내 돈 오천 원을 더 보탠다.'라며 일어서다가 '아이쿠' 하면서 뒤로 벌렁 넘어지고 말았다. 겨우 돌아서 벽을 짚고 일어나 뒤뚱거리며 방문을 나섰다.

잠시 담배나 한 대 피우며 쉬자고 하여 고스톱 판을 접고 있을 때였다. 주환이와 오랜 친구인 태윤이가 티셔츠를 접어 올린 불룩한 배 위로 힘없이 돌아가는 선풍기를 당기며 주환이의 그간 사정을 말해 주었다.

"어릴 때부터 말썽을 부리던 큰딸 영숙이가 가출한 것은 알고 있잖아."

그러면서 말을 이어 나갔다. 잃어버린 셈 치고 지내던 딸이 작년 봄, 40이 훌쩍 넘은 나이에 불쑥 나타났다. 어쩌다 이모로부터 한 번씩 소식을 접하고 있었다고 하면서, 엄마 돌아가신 것을 알았지만 형편이 안 되어 찾아오지 못했다며 훌쩍거렸다. 여러 날 말을 잃고 넋 나간 사람처럼 허공만 쳐다보며 지내는 딸애를 보자, 그간 괘씸하고 원망스러웠던 생각은 용서되며 왠지 측은하고 안쓰러운 마음이 앞섰다. 나이가 들기는 했지만, 조용히 집에서 지내다 어디 좋은 배필 만나 시집을 갔으면 좋겠다고 생각했다. 가진 것이 좀 있으면 적당한 사람을 만날 수도 있을 것 같았다. 언제 주면 제 몫 안 주겠나 싶어, 애지중지 아끼던 장덕리 섬돌 텃밭 등기를 넘겨주고 말았다. '이 땅은 네가 시집을 가더라도 죽을 때까지 꼭 가지고 있어야 한다.'며 거듭 당부하였다. 달포쯤 지나자 들락거리며 누군지 자주 통화하더니, 천안에 있는 살림을 정리하고 돌아오겠다고 대문을 나선 후 다시 소식이 끊어지고 말았다. 그래도 이제나저제나 돌아올 줄 기대하며 대문 앞에 서성거렸으나 끝내 소식조차 없었다. 한심스러웠다. 맘 잡고 돌아온 줄 알았는데 역마살이 있는 년은 어쩔 수 없다고 생각하고 다시 체념해 버릴 수밖에 없었다.

그것이 돌이킬 수 없는 큰 잘못이었다. 막심한 후회였다. 지난 늦가을이었다. 감 딸 때가 되어 언제나 그러했듯이 섬돌 텃밭 밭둑에 있는 감나무에 감을 따러 올라갔다. 그리 높지도 않은 동철 감나무의 가지 꼭대기까지 올라갔다가 힘에 부쳐 미끄러지는 바람에 갈비뼈와 고관절을 심하게 다치고 말았다. 오랫동안 병원에 입원한 후 그 후유증으로 저렇게 되었다는 것이다.

그곳 이웃에서 섬돌 터를 부치고 있는 동갑내기 재당숙이 병문안 와서 '언제 알면 안 알게 되겠느냐.'며 어렵게 섬돌 터에 있었던 그간의 사연을 털어놓았다.

지난 초여름 어느 날 깨 모종을 심고 있는데 낯모르는 중년 내외가 밭가에 차를 세워 두고 다가와서 인사를 하더란다. 서울에 사는 모 아무개라면서 이 땅은 한 달 전 자기가 샀다고 하였다. 이 밭을 잘 관리해 주기만 하고 그냥 농사를 지으며 직불금도 챙기라며 선심 쓰듯 말하더란다. 처음에는 땅 사기꾼인 줄 알았는데 서류 뭉치를 내보이는 것을 보고 정말인지 알게 되었다. 그러면서 이 땅을 판 여자가 하는 말이 자기 아버지가 이 부근 가까이에 살고 있으니 당분간은 땅을 팔았다는 말은 하지 말아 달라며 꼭 지켜 주면 좋겠다고 당부하며 돌아갔다는 것이다.

청천 하늘에 날벼락을 맞은 것 같았다. 그렇게 딸에 대한 배신감과 실망감에 재활 치료를 포기하고 병원 문을 나서고 말았다는 것이다.

'술 사러 간 사람이 양조장에 갔나. 왜 아직 안 오는 거야.' 조사장이 걱정스러운 듯 말하였다. 반 시간이 넘어 들어온 그는 비칠거리며 검정 비닐봉지에서 소주를 꺼내 놓았다.

푹푹 찌는 더위에 앉아 있기도 힘들었지만, 고스톱 치는 것도 별 흥미도 없어 해가 지기도 전에 모두 다 훌훌 털고 자리에서 일어나고 말았다.

돌아오는 길에 시내버스에서 내려다보이는 주환이네 마당에는 감나무 숲에 싸인 고요와 적막만이 나지막한 함석지붕을 누르고 있었다. 이제부터 말동무가 없어 다시 입에 곰팡이가 피겠지…. 측은한 생각이 들었다.

나와는 한 직장에서 20년이 넘게 근무하면서 취미도 비슷해서 자주 만나게 되었고 너나들이로 허물없이 지내는 무간無間한 사이였다. 생활 형편도 비슷비슷했다. 그는 학창 시절 십팔기 무예를 했다며 가끔 허세를 부리기도 했지만, 몸놀림은 별로 잽싸지 못했다. 그렇지만 큰 덩치에도 불구하고 테니스 코트에 서면 은근히 같은 편이 되길 원했다. 전위에 섰을 때는 우뚝 선 거목처럼 보여 지레 겁을 먹었고, 후위에 있을 때는 스트로크가 돋보였다.

술을 좋아하면서도 누구한테 한 잔 얻어먹게 되었다면 잊지 않고 순배를 돌리는 술자리를 만들었다. 공술 먹는 일은 없었다. 그렇게 건강하고 모나게 행동하던 그가 어쩌다 저런 모습으로 변해 버렸을까? 요즘 시쳇말로 전형적인 꼰대 모습이 되어 버리고 말았기 때문이다. 세월에 장사가 없다고 하지만 이제 겨우 옹근 나이 70밖에 안 되었는데…. 아까 그가 하던 말이 불현듯 떠올랐다.

'마누라가 있을 때는 술 먹고 고스톱 치다 늦게 들어온다고 잔

소리, 봉급을 어디다 쓰고 이것밖에 안 가지고 오냐고 잔소리, 속옷 안 갈아입는다고 잔소리, 별별 잔소리가 많았는데 이제는 누구 하나 간섭하는 사람 없으니 그게 되레 허전해서 사는 게 재미가 없어. 그러니 당신들도 마누라 있을 때 잘해.' 그러면서 혼자 살아가는 것이 힘들다고 말하였다. 홀아비들이 흔히들 하는 말이라 누구 한 사람 귀담아듣는 사람은 없었다.

그의 처는 마음씨가 고와 내조를 잘한다고 널리 알려져 있었다. 그런 그의 아내가 췌장암에 걸려 환갑을 얼마 안 남기고 고생만 하다가 사별하였으니 살아 있을 때 잘해 주지 못한 죄책감에 대한 후회와 혼자되었을 때 불편함과 외로움 때문일 것이라 생각되었다.

주환이는 아내를 먼저 보내고 난 후 잔뜩 술만 취하면 가끔 하는 말이 있었다. 5대째 내려오는 장덕리에서 농사를 지으며 걱정 없이 살았어야 했는데, 괜히 시내에 나와서 가산만 탕진하고 고생만 했다고 넋두리처럼 늘어놓았다. 돌아가신 아버지한테 면목이 없다고 하였다. 아버지는 삼대독자로 선대로부터 물려받은 재산을 알뜰하게 보유하고 관리하며 한 치의 흐트러짐 없이 반듯한 모습으로 지내 오셨다. 동네의 관혼상제는 물론 대소사와 때로는 원만한 송사까지 앞장서 어른으로 대접받으며 살아왔다.

그러던 어느 날, 이웃에 살고 있는 사촌 동생이 급전이 필요하다 하여 기르던 황소를 읍내 우전에 가서 팔아 현금을 마련하였다. 윗버들미에 사는 남선 댁이 아이를 낳고 땟거리가 없다는 소식을 듣고 있었는데 마침 이웃에 살고 있는 선미 아버지를 만나게 되었다. 선미 아버지한테 쌀 한 말과 광목 한 필을 짊어지게 하여 전해 주라고 하였다. 볼일을 마저 보고 해거름 녘 부지런히 집을 향해 재촉하던 중 노루목 고개에 못 미쳐 우연히 부읍장을 만나게 되었다. 오랜만이라 그냥 헤어질 수 없어 가까운 주막집에서 소주 한 병을 마시고 요즘 동네 살아가는 이야기를 하다 헤어졌다. 그 후 어른을 본 사람은 누구도 없었다. 온 동네가 발칵 뒤집혔지만 찾을 길이 막막했다. 두 달이 지날 무렵이었다. 윗버들미 둥구나무를 지나 옛 화전민이 살던 동막골 입구 계곡에서 복령을 캐러 가던 약초꾼이 개울가 버들 숲에서 시체를 발견하여 경찰에 신고를 하였다. 이미 시신은 부패하여 신원 조회마저 어려웠으나 유전자 검사 결과 주환이 아버지임을 밝혀 낼 수 있었다. 하지만 지금까지 사인을 알 수 없게 되었다고 하였다. 물론 소를 판 다발 돈은 어디에도 없었다. 읍내에서 누구한테 빌려주었는지, 아니면 늦은 밤 강도한테 당한 것인지, 왜 동막골 입새까지 와서 사망했는지, 수사기관에서도 알아낼 수 없어 영구 미제 사건으로 처리되었다.

그러면서 시내로 이사를 나오게 된 사연을 말하였다. 서너 번 들어 본 얘기다. 마을 뒤편 바람골을 지나면 태장봉이 있는데, 그 봉우리 위에 있는 바위의 형상이 여자의 생식기처럼 생겼다 하여 여보암女寶岩이라고 부르고 있었다. 예로부터 이 바위 때문에 2년에 한 번씩 혼기가 찬 처녀들이 바람이 나서 도망을 가거나 임신을 해서 야반도주하는 일이 벌어졌다고 하였다. 작년에는 황 부잣집 딸이 머슴과 눈이 맞아 임신을 하였고, 3년 전에는 혼사를 앞둔 옥산 댁 딸이 옹기를 팔러 다니는 봇짐장수와 밀밭에서 못된 짓을 하다가 벼락을 맞은 적이 있었다고 하였다. 이 바위의 생긴 방향이 섬돌마을을 향해 내려다보고 있기 때문이라고 하였다. 보다 못한 동네 어른들이 모여 바위를 깨 버리자고 의논하였다. 집집마다 곡괭이를 들고 마을을 나섰을 때였다. 마을 어귀를 지나자 길을 지나던 도승이 그 모습을 보고 혀를 끌끌 차면서 말하였다. 만약 여보암을 깨트려 버리면 동네 총각들이 장가를 가기 힘들고 부부간의 금실도 나빠 아들 낳기도 어려울 것이라는 것이었다. 그러면서 '조금만 더 기다려 보시오. 산세와 바위의 형상으로 보아 100년쯤 지난 후에는 이 마을에서 틀림없이 국모가 연이어 탄생할 것이고, 나라를 다스릴 걸출한 인물이 나올 것입니다.'라고 탄복하면서 자리를 떴다고 하였다. 이 말을 들은 마을 사람들은 여보암을 깨트려 버리면 부정을 타고 액운이 따를까 봐 엉거주춤한 모습으로 되돌아서고 말았다고 하였다.

아내도 이런 이야기를 여러 번 들었다. 딸만 둘이라 커 가는 아이들이 걱정스러워 점집을 찾았다. 들르는 점집마다 아이들을 여기서 키우다 보면 잘못될 것 같으니 일찍이 다른 곳으로 이사를 가라는 점괘가 나왔다. 마누라 등쌀에 못 이겨 삼재가 없다고 하는 큰아이 초등학교 들어가던 해, 지금 사는 집으로 이사를 왔다고 하였다. 그런데 여기로 이사를 와서 마누라만 죽이고 아이들 누구 하나 변변하게 못 키워 후회한다고 말하곤 하였다.

잘살아 보겠다고 어린아이들을 놔두고 처제네 집 반찬 가게에서 벌어온 돈을 들고 나와 노름하다 늦게 들어가는 바람에 부부싸움도 있었고, 이런저런 사정 때문에 가정불화도 많았다. 그 바람에 마누라는 화병으로 암에 걸려 죽었다고 후회했다. 큰딸은 중학교를 다닐 무렵부터 겉돌기 시작하더니 성년이 되기 전에 집을 나간 것이 두고두고 맘에 걸렸다. 작은딸 영미는 부모 호강시켜 준다는 말에 장사 수완도 없는 아이에게 옷 가게를 차려 준 것이 큰 화근이 될 줄 몰랐다. 장사가 안돼 밀린 가겟세를 감당하지 못해 사채를 쓰고 있다는 것을 알지 못했다. 혼자 끙끙 앓고 있었다. 엎친 데 덮친 격이었다. 그해 겨울 전기 누전으로 점포가 완전히 소실되고 옆 가게까지 옮겨붙는 바람에 엄청나게 큰 손실을 보게 되었다. 어찌할 도리가 없어 아름드리 소나무가 꽉 찬 선산을 팔아 정리해 주었다. 무엇 하나 되는 게 없다고 하였다. 마누라 고집에 이 집으로 이사 온 것이 잘못되었다고 생각했다. 이사 온 지 얼마 되지 않아 마당에 삼겹살을 구워 놓고 옆집에 사는 구 씨 내외를 불렀다. 이웃과 잘 지내보자는 의미에서 초대를 했었다. 병원에서 경비를 서고 있다는 그는 마침 비번이라 집에서 쉬고 있는 날이라 하였다. 구 씨는 이

집을 싼값에 잘 샀다고 말해 주었다. 그러면서 이제 이웃이 되었으니 가깝게 잘 지내보자며 손을 내밀었다.

그런데 구 씨 마누라는 무엇이 못마땅한지 상서롭지 못한 이야기를 늘어놓았다. 먼저 이 집에 살던 아저씨가 밤중에 저 건너 길을 걸어오다 뺑소니차에 치여 시궁창에 쓰러져 신음하고 있는 소리를 듣고 지나던 행인이 발견하여 신고했는데 병원에 도착했을 때는 이미 사망한 후였다. 결국 뺑소니차는 잡지 못했다고 하였다.

그 후 이 집 여자는 거의 매일 밤 아저씨가 대문에 들어와 뺑소니차를 잡아 달라고 애원하는 악몽에 시달려 더 못 살겠다고 하였다. 지금은 어디로 가서 살고 있는지 영 소식을 모른다고 하였다. 등이 굽어 훨씬 나이가 들어 보이는 구 씨 마누라가 왜 그런 말을 하여 준 것인지 알 수가 없었다.

다음 날 아내는 왜 사람이 비명횡사한 집을 소개해 주었느냐고 도랑 건너 사는 여동생을 찾아갔다. 동생은 '그 돈으로 그만한 집을 어떻게 살 수 있어? 그리고 생각하기 나름이지, 그 집에 살던 큰딸은 부잣집에 시집가 잘만 살고 있다는데 뭘 그래.'라며 반박했다. 그래도 찜찜하다고 생각한 아내는 무당을 찾아가 죽은 사람의 원혼을 달래 줘야 한다며 부적을 써 가지고 왔다고 하였다. 주환이도 이 집터가 좋지는 않다고 생각해 왔다.

구 씨의 처는 뒷담 모서리에 있는 주환이네 집 밤나무 이파리와 삭정이가 떨어져 청소하기 귀찮아 못 살겠다고 쫓아와 입버

릇처럼 말하였다. 가을이면 자기 집 뒷마당에 열린 밤송이를 몽땅 털어 가면서 그런 말을 하였다. 그 소리가 듣기 싫어 담 위에 올라가 옆집으로 길게 뻗어 나간 가지를 톱질하다가 가지가 튕겨 나가며 허벅지를 치는 바람에 비탈진 언덕 돌무덤에 떨어지고 말았다. 그때 심하게 다친 무릎 때문에 그 후부터 좋아하던 테니스를 못 치게 되었다고 하였다. 그 이야기도 몇 번째 들었다.

재작년 설을 얼마 남겨 둔 어느 날이었다. 옛날 고스톱 멤버들한테서 돈 좀 풀어 설 좀 쇠어 보자며 농담 섞인 제의가 들어왔다. 물론 약방의 감초인 주환이도 빠질 리가 없었다. 장소가 마땅하지 않아 여관방을 구했다. 여관비며 술값으로 떼 낸 돈도 만만하지 않았다. 그날은 운 좋게도 나한테 돈이 몰렸고, 얼마 못 가 싱겁게 판이 끝나고 말았다.

아무도 기다리는 사람 없는 집을 향해 돌아가는 주환이가 측은하게 보였다. 큰 소리로 불러 어디 가서 한 잔 더 하자고 하자 기다렸다는 듯이 얼른 따라나섰다. 오래전 자주 다니던 오동잎 목로주점으로 앞장을 섰다. '나는 오늘도 거덜 났어. 나야 뭐 세뱃돈 줄 놈들 없어 보태 줬으니 너희나 명절 잘 보내라.'라며 인심 쓰듯 말은 했지만, 그런 말은 패배자의 초라한 변명에 불과하게 들릴 뿐이었다.

"야, 임마. 넌 맨날 그렇게 치니 잃을 수밖에 더 있어. 너 거기서 술을 얼마나 마셨냐? 기분 좋다고 한잔, 잘 안된다고 한

잔, 그렇게 흐리멍덩한 정신으로 하면 될 것이 뭐가 있나."

그러면서 나는 대단한 멘토나 되는 것처럼 궤변을 늘어놓기 시작했다.

"우리 정선 카지노에 가서 블랙잭을 봤잖아. 손놀림이 유연한 딜러가 잘하는 이유가 뭔지 알고 있지? 그들은 유리한 조건 속에서도 히트를 할지 스탠드를 할지 순간적으로 판단하고 결정하기 때문이야. 걔네들은 짧은 근무 시간 중에도 중간중간 휴식 시간을 가지며 머리를 식히고 있잖아. 두뇌 회전이 빠른 그들을 우리가 어떻게 이길 수가 있나. 넌 말이야, 여러 가지 합리적 방법과 조합을 이용하는 것보다 상대의 기를 눌러 죽여 버리려고 하는 감정만 앞세우기 때문에 될 턱이 있느냐 말이다. 그럼 다들 죽을 줄 아냐, 넌 보고 싶은 것만 보고 생각하고 싶은 것만 생각하고 있기 때문에 그르치게 된단 말이다."

그는 듣고 있는지 없는지 눈만 끔뻑거리며 혼자 거푸 술잔을 비우고 있었다. 그러면서 인생살이가 어떻다는 둥 생뚱맞게 얘기를 이어 나갔다.

그때 만나본 후 오늘이 처음이다. 만약 주환이의 옆집에 사는 마귀처럼 생긴 아주머니가 밤나무 가지를 잘라 달라고 요구하지 않았다면, 그래서 나무에서 떨어져 다리에 골절상을 입지만 않았다면, 이런 가정에 방점을 두고 생각해 보았다. 그런 일이 없었다면 단단한 다리로 섬돌 터에 있는 감나무에 올라가 얼마든지 버틸 수 있었을 텐데, 그래서 나무에서 떨어지지만 않았다면 고관절이 뒤틀리고 절룩거리는 일은 없었을 것인데….

사람은 누구나 어떤 사건이든 일이 벌어지면 따져 보려고 덤벼든다. 무의식적으로 범하는 실수 중 하나는 환경적 요인보다 개인의 성격이나 의도에 초점을 맞추는 귀인 오류에 젖어 대부분 그 원인을 내부에서 찾는 경향이 있다는 것이다.

"다음 정거장은 터미널 입구 사거리입니다. 내리실 분은 미리 대기하여 주시기 바랍니다."

깊은 생각에 빠져 적십자사 앞 정류장에서 내리지 못하고 한 정거장 더 가고 말았다.

겨울 초입이라 그런지 새초롬한 날씨였다. 때로는 현실을 감당할 수 없어 도망치고 싶을 때, 몸과 마음이 피폐해져 좌절하고 실의에 빠져 있을 때 산을 찾아 나서기도 하지만, 오늘처럼 별일도 없고 할 일이 마땅하지 않을 때도 산에 올라 하루를 보내기도 했다. 험한 산을 오를 때는 쉽지 않아 좋고, 힘들 때는 힘을 써서 좋다. 대궁산성 입구에 이르자 금강송과 굴참나무가 혼재한 혼효림이 나타났다. 무정물 세계에도 생존경쟁이 뚜렷이 나타나고 있는 것을 볼 수 있었다. 여기저기 떡 벌어진 황적색 몸통에 몽골의 전통 가옥인 게르보다 더 큰 모양의 갓을 쓴 위풍당당한 소나무 모습이 단연 돋보였다. 하지만, 소나무 그늘에 가려 하늘 구경 좀 하려고 좁은 공간을 뚫고 약골로 키만 키우다 제 수명을 못 하고 아사한 참나무를 곳곳에서 볼 수 있었다. 이것이 삼라만상 우주의 법칙인가?

곤신봉을 향하던 중 전신에 촉촉이 땀이 날 때쯤, 옴폭한 곳에 자리를 잡아 몸을 맡기고 잠시 휴식을 취하였다. 김이 오르는 따끈한 커피 한 잔을 마시며 행복에 잠겨 모든 것을 비우고 내려놓고 있을 때, 이때가 제일 행복했다. 그냥 여유롭고 넉넉해서 더 바랄 것이 없기 때문이다.

도심 가로수 은행잎은 아직 샛노란 잎을 보듬고 있는데 여기는 벌써 완연히 겨울 채비가 끝나고 있었다. 잔잔한 바람에 작은 가지 끝에 매달려 바르르 떨고 있던 한 잎 남은 잎새가 너풀거리며 내리더니 내 커피 잔 위에 살포시 떨어져 누워 버렸다. 박달나무 잎사귀다. 박달나무는 기차 바퀴를 만들 만큼 단단하다고 하는데 이파리 하나 간수 못 하고 있는 것을 보니 계절의 변화에는 별수가 없는가 보다. 연두색 엽록소가 온전히 남아 있는 것으로 보아 더 견뎌 내고 싶었겠지만….

습관처럼 휴대폰을 열어 보았다. 문자가 들어온 것이 있었다.

'최주환 별세, 금일 오후 5시까지 동인병원 영안실 앞 회동, 이태윤 드림.'

뒤통수를 한 대 맞은 느낌이었다. 눈앞이 뿌예지더니 문자가 흐릿하게 보였다. 뭔가 잘못 본 것 같아 눈을 비비고 다시 내려다보았다. 너무나 뜻밖의 소식이라 혹시 망자의 이름이 잘못된 것이 아닌지 의심되어 얼른 태윤이에게 전화를 걸었다. 누구와 통화하는지 뚜뚜뚜 계속 신호음만 울렸다. 몇 번이나 연결한 끝에 통화가 되었다.

"난데 어떻게 된 거야, 주환이가 죽었다는 게."

"아! 얘기하자면 길어지는데 집에서 잘못되었대. 그럼 저녁에 만나서 얘기하자."

일방적으로 전화를 끊어버리고 말았다. 해는 벌써 중천을 지나고 있었다. 시간이 없었다. 주섬주섬 배낭을 챙겨 들고 서둘러 내려와야만 했다. 멀쩡하던 사람이 왜 갑자기 죽었을까. 사고사? 아니면 흔히들 말하는 우울증으로 극단적인 선택을 하였단 말인가. 별별 생각이 다 들었다.

가까스로 시간을 맞춰 병원 영안실 앞에 도착하였다. 여름에 주환이 집에서 만났던 혁일이는 물론 오랜만에 얼굴을 보게 된 양집이 형님과 함께 예닐곱 명이 모여 있었다. 모처럼 만난 얼굴들이어서 반갑기도 했지만, 그럴 분위기가 아니었다. 서로 간단히 인사만 나누고 영안실로 향했다. 오늘따라 빈소가 차려진 곳이 한 군데뿐이어서 쉽게 이를 수 있었다. 빈소 옆에는 중년의 여인, 작은 딸로 보이는 영미 혼자 어린아이 둘을 데리고 빈소를 지키고 있었다.

조문객은 우리뿐이었다. 경황이 없어 부고장을 알리지 못해 그럴 수도 있겠지만, 그 흔한 조화마저 하나 없었다. 주변이 너무나 썰렁했다.

영정 속의 인물과 정면으로 마주치게 되었다. 젊었을 때 사진이었다. 두툼한 볼살에 여유로운 미소를 짓고 있는 얼굴로 '나

먼저 가 자리 잡고 있을 테니 천천히 때가 되면 오게나.' 흡사 나를 보고 하는 말인 것처럼 들려왔다. 수도 없이 조문 행렬 속에 묻혀 문상을 다녀 봤지만, 영정 속의 인물이 전하는 말을 들어 보기는 처음이다. '좋은 곳으로 잘 가게나.' 왠지 나를 저승사자에게 데려가려는 섬뜩한 느낌에 얼른 눈인사만 하고 고개를 돌렸다.

사람의 죽음에도 등급이 있단 말인가. 누가 죽으면 승하라 하고, 서거라 하고, 타계라 하면서 격을 높여 주며 저승 가는 길에 구름 떼처럼 모여 작별을 고하며 꽃길을 마련해 보내 드리는 것이 예나 지금이나 다를 바가 없는데, 여기에는 애석하다고 석별의 정을 나누며 슬퍼하는 누구도 없이, 남겨 놓은 흔적도 없이, 멀고 어두운 먼 길을 외로이 떠나는 이 사람은 얼마나 쓸쓸할까, 가련해 보였다.

우리는 음식이 차려진 접객실로 자리를 옮겼다. 여기도 휑뎅했다. 구석진 곳에서 벽면에 기댄 채 다리를 펴고 앉아 있는 나이 든 노인네 서너 사람을 제외하고 우리만 자리를 차지하고 있을 뿐이었다. 모두 사인이 궁금해 태윤이한테 시선이 쏠렸고 얘기의 내용은 허망했다.

서로 믿고 의지하고 감싸며 살아갈 사람이 도대체 없어 보였다. 큰딸 영숙이에게 넘겨준 섬돌 터 땅이 당초 서울 사람에게 팔린 것이 아니라는 것이다. 그곳에 살고 있는 재당숙이 영숙이로부터 헐값에 땅을 사들인 것이 죽음에 이르게 한 단초가 되었을 것 같다고 하였다.

옆집에 사는 구 씨네가 손녀 돌떡을 들고 찾아와 불러 봤지만, 기척이 없어 마루 위에 올려놓고 돌아갔다. 그 후 며칠이 지나도록 사람의 그림자도 보이지 않아 궁금해서 다시 찾아가 보았다. 떡 그릇 위에 덧씌워 놓았던 종이는 마루 구석에 나뒹굴고 버썩 마른 백설기만 그 자리에 그대로 있어 등골이 서늘해지는 느낌이 들었다. 재빨리 집으로 돌아와 경찰에 신고했다. 출동한 경찰관이 방문을 열고 들어서다가 '아이쿠!' 하며 비명을 지르며 돌아섰고, 뒤따르던 사람들도 물러서고 말았다. 확인했을 때는 이미 시신 일부는 부패하고 있는 상태였다. 안방 침대 위에 반듯하게 누워 있는 모습이었다. 어디에도 의심스러운 약봉지는 보이지 않았다. 검시 결과 심장마비로 인한 심정지였다는 것이다. 오래전부터 부정맥으로 고생하고 있었지만, 섬돌 터 텃밭 때문에 맘고생이 심했을 것이라 하였다. 그 땅 때문에 큰 상처를 받은 것이 원인일 것이라고 했다.

어디 나다니기도 힘들고 귀찮아서 매일이다시피 누워서 TV를 보는 것이 하루 생활의 전부였다. 여기저기 채널을 돌리다 우연히 지방 뉴스를 보게 되었는데, 기자가 섬돌 터를 배경으로 방송하는 것이 눈에 들어왔다. 웬일인가 싶어 눈이 번쩍 뜨였다.

밭머리 도랑가에 있는 돌미나리 웅덩이며, 10여 년 전 밭둑에 줄을 맞춰 심어 놓은 다섯 그루의 감나무도 보였다. 황소에 멍에를 씌운 쟁기로 이틀 갈아도 못 다 가는 너르면서도 사래

긴 밭이다. 아흔다섯 골이 넘게 나오는 밭고랑 숫자까지 눈을 감아도 알아볼 수 있는 애지중지하던 이틀 갈이 텃밭이었기 때문이다. 그런데 이 밭 때문에 살인 미수 사건이 났다는 것이다. 최 모 씨가 서울에 살고 있는 딸에게 몰래 편법으로 증여해 준 땅을 아버지 모르게 사업자금에 필요하다며 다른 사람에게 되팔아 버린 것이 사달이 되어 시비가 붙게 되었다. 사위가 밀치는 바람에 최 모 노인이 넘어지면서 뇌진탕으로 병원에 실려 갔는데 사망하고 말았다는 내용의 방송이었다. 자리를 차고 일어나 장덕리 재당숙네 집으로 달려갔다. 집은 비어 있었고, 옆집에 살고 있는 남철이 아버지를 만나게 되었다.

"그 땅을 어르신이 수정이 아버지한테 팔아 버린 것이 아닌가요?"

그가 되물어 왔다. 그러면서 '무엇이 급하다고 그리 싸게 팔아버렸어요. 그럴 줄 알았으면 웃돈을 더 주더라도 내가 살 수 있었는데.'라고 하였다. 복장이 터질 것 같아 더 들을 수가 없었다. 어떻게 이럴 수가 있단 말인가. 어릴 때부터 한동네에서 같이 자라며 친한 친구처럼 살아왔는데, 병문안 한다며 찾아와 능청스럽게 서울 사람이 샀다고 거짓말을 하였다니, 그런 사람한테 임대료 한 푼 받지 않고 몇십 년을 그냥 부쳐 먹으라고 했건만, 원망을 넘어 괘씸해서 견딜 수가 없었다.

어느 해 장덕리 복사꽃 축제로 인파가 몰려들어 풍성하게 행사가 진행되던 봄날이었다. 게을러 살림살이가 궁글대로 궁글게 살고 있는 재당숙의 목조 함석집이 불이 나 소실되었다는 연락을 받고 지체 없이 달려갔다. 식기 대접 하나 못 건지고 다 타 버렸다. 당장 다섯 식구가 살아갈 일이 막막하게 보였다. 재당숙은 타다 만 검댕이 문턱에 걸터앉아 소주병을 나발 불고 있었다.

"집을 짓는 데 얼마가 필요한가요?"

그는 대뜸 '3,000만 원.'이라며 숨 한 번 쉬기도 전에 가볍게 말했다. 아마도 농담조로 받아넘기는 것 같았다. 주환이도 지체 없이 재당숙의 귓바퀴 깊숙한 곳으로 송신하였다.

"계좌번호 알려 줘요."

눈을 크게 뜨고 깜짝 놀라는 표정이었으나, 차용증 한 장 없이 은행에서 돈을 부쳐 주었다.

이자 한 푼 없이 3년 동안 할부 형식으로 입금해 주었다. 형편이 안 되어서 그런지 띄엄띄엄 건너뛸 때도 있었다. 결국 500만 원은 받지 못하고 말았지만, 혹여 사이가 나빠져 돈 잃고 사람까지 잃고 싶지 않아 오늘까지 돈독하게 관계를 유지하여 왔는데, 허탈감에 아무것도 할 수가 없었다.

주변 시세보다 반값 정도에 사들인 재당숙이야 말할 수 없이 나쁜 사람이지만, 제대로 알아보지 않고 싸게 팔아 버린 바보 멍청이 같은 딸년이 더 야속스러웠다. 시세보다 2억 원 넘게 손해를 본 것 같았다.

그날 저녁 태윤이를 불러내 밤늦게 술을 마셨다고 했다. 이가 성치 않다며 코다리찜은 손도 안 대고 풋고추에 고추장만 찍어 빨아 먹으며 소주잔을 비웠다고 하였다. 살아가는 것이 괴롭고 비참하다고 하며, 허망해서 더 살고 싶은 생각이 하나도 없다고 하였다.

그리고 그 후에 누구도 본 적이 없었다. 죽음 직전까지 휴대폰은 머리맡에 가지런히 놓여 있었지만 주고받은 전화는 한 통화도 없었다.

집을 향한 발걸음은 꽤 비틀거렸다. 바람은 차가웠지만 무작정 걸어서 오고 싶었다. 그는 틀림없이 상실감과 무력감에 살아갈 의욕을 잃어버렸을 것이다. 또한, 육신 이곳저곳 저리고 아파서 괴로웠지만, 누구로부터 도움의 부재가 그렇게 만들었을지도 모른다고 생각되었다.

갑자기 자리를 밀치며 솟아오르는 장면이 활동사진처럼 생각을 지배하고 있었다. 어느 날이었다. 퇴근 후 내기 테니스 게임을 하고 자리를 옮길 무렵이었다. 사무실 앞 사람들이 오가는 사거리에서 굉음을 내며 달리던 오토바이가 커브 길 모랫바닥에 쓸리면서 '우당탕' 하면서 넘어지고 말았다. 순식간이었다. 생명에는 지장이 없었으나 장딴지에서 붉은 피가 철철 흐르고 있었다. 구급차를 부를 새가 없었다. 그러자 주환이는 재빨리 사무실 주차장에 세워 둔 자기 차를 몰고 나와 뒷좌석에 태우는 것이었다. 융단 시트에는 검붉은 피가 퍼져 나가고 있었다. 얼른 웃통을 벗어 러닝셔츠로 무릎 부위를 칭칭 감으며 압박붕대로 응급 처치를 했다. 대범하면서도 침착하게 행동하더니 곧바로 병원으로 달려 나갔다. 의협심이 대단한 동료의 모습이 자랑스러웠다. 그 후에도 약한 자나 어려운 처지에 있는 사람을 돕는 데 서슴지 않는 것을 여러 번 보았다. 또한, 불의를 보면 적당히 타협하는 것도 인정하지 않았다.

아버지의 유전인자를 이어받아 그런지 베풀고 정의롭던 본인은 정작 도움도 받아 보지 못하고 허망하게 비운의 죽음을 맞이하고 말았다. 그런 사람을 잃어버린 것이 너무 안타깝고 가여웠다. 진작 가까이하며 아픈 곳을 찾아 보듬어 줄걸. 의리 없는 나 자신이 미워졌다. 찔끔 눈물이 흘렀다.

그가 가끔 후회하며 사용하는 가정법대로 큰딸에게 땅문서만 넘겨주지 않았더라면, 재당숙이 헐값에 땅을 사들이는 배신만 하지 않았더라면, 아마 이 시간쯤이면 TV 연속극을 보다가 잠이 들었을 것이다.

걸어서 집으로 향했다. 바람이 얼굴을 스치며 지나갔다. 보도 위에 버려진 흰 종이컵이 데굴데굴 굴러오고 있었다. 오른발로 찰까, 왼발로 찰까, 아니면 아주 밟아 버릴까. 오른발로 차면 멀리 날아갈 것 같았다. 힘껏 걷어찼으나 헛발질하고 말았다. 엉덩방아를 찧으며 넘어졌다. 오른쪽 손바닥이 보도블록에 쓸려 버리고 말았다. 긁힌 부위에는 몽글몽글 피가 묻어나고 있었다. '제미, 세상살이가 왜 이 모양이야.' 손바닥이 쓰리고 아파왔다. 왼손으로 받쳐 들고 비칠거리며 집으로 향했다.

어느 여인의 일생

수구초심이라 했던가. 기억 세포가 생성되어 가던 아주 어린 시절, 어깨 너머 저편에 있는 아스라한 풍경이 그리워질 때가 종종 있었다. 뒷산 너럭바위에 올라 흐드러지게 피어 있는 풀내 묻은 진달래 꽃잎을 뜯어 먹고, 진홍색 나리 꽃샘에 분탕 치는 벌꿀을 보며 심술을 부려 꼬챙이로 꾹꾹 눌러 꽃잎을 망가뜨렸던 생각, 앞개울 물가에서 버들치의 유영과 함께 첨벙이며 놀던 일 등, 조각조각 편린 같은 생각들이 언제부터인가 가슴 한구석에 조그마하게 잠복하기 시작했다. 거기에 가 봐야 아는 이 한 사람 없고 반겨 줄 사람 없지만, 언젠가 기회가 되면 꼭 한번 가 보고 싶었다.

마침내 기회가 왔다. 마라톤 동호회로부터 연락이 와서 불문곡절하고 즉시 신청했다. 보광 휘닉스 파크에서 봉평 읍내를 돌아오는 단축 마라톤 대회였다. 출발지는 스키장 앞 넓은 광장이었다.

어머니가 살아 계실 때 가끔 들려주신 얘기에 의하면 내가 대여섯 살까지 자라 온 집이 참새골 장군바위 아래라고 했는데,

넓게 폭을 만들어 앵글 속에 담아 보았지만, 집채만 한 장군바위는 간 곳이 없고, 형체를 알아볼 수 없게 깎고 메운 터에는 주차장이 자리를 잡고 있었다. 주변은 호텔과 각종 체육시설 등이 집어삼켜 도저히 밑그림조차 그릴 수 없었다.

총소리가 나자 젊은 건각들과 함께 발걸음을 내디뎠다. 차량이 통제되어 시원하게 열린 4차선 도로에 나서자 더욱 기운이 생겼다. 신바람이 나면서 보폭이 빨라졌다. 봉평 읍내 가까이 이르자 '이효석 생가'라는 안내판도 보였다. 큰 도로를 비켜 한참을 지난 삼거리가 10km 반환점이었다. 50분이 소요되었다. '옳지.' 이 정도로 달리면 마의 벽이라는 2시간 이내에 완주할 것 같았다. 내심 흐뭇했다. 앞서 넷이서 나란히 나가고 있는 젊은 선수들을 제치고 나갔다. 힐끗 쳐다보니 이십 대 후반의 남녀들이 담담한 얼굴로 달리고 있었다. 앞으로 우리나라를 짊어지고 나갈 든든한 동량들임이 틀림없어 보였다. 돌아오는 길은 왠지 꿈속의 고향처럼 푸근했다. 구름 위를 달리는 듯 가붓했다. 초행길인데도 높고 낮은 산허리와 지천이 전혀 낯설지 않았다. 불어오는 바람결에 너울대며 뒤틀리는 옥수수 이파리의 간단한 춤사위가 내 기억을 간질이던 기시감의 정체가 스멀스멀 다가서고 있었다.

강가에는 외솔박이 소나무도 보이고, 서낭당 옆 곳집도 보였다. 아주 오래전 이 길을 오가는 어머니의 양수 속에서 은하수가 쏟아내는 무수한 별빛 속을 헤엄치기도 하고, 하늘하늘한 메밀꽃에 가슴을 적시며 수없이 다녔을 것 같은 느낌이 들었다.

아련하고 희미한 실루엣 같은 어느 여인의 모습이 보였다. 삼베 치마 적삼을 입은 남루한 차림새다. 무거운 짐을 머리에 이고 뜨거운 햇빛을 받으며 힘겹게 조붓한 산허리를 오르고 있다. 만삭이 되어서 그런지 걸음걸이가 아주 불편하게 보인다. 저렇게 걸어서 언제 집에 당도하게 될까. 어두움이 깔릴 때까지 돌아오지 않는 엄마를 싸리문 밖에서 손잡고 애타게 기다리는 오누이가 가엾게 보였다.

저 낡고 해진 누런 보따리 안에는 무엇이 들어 있을까, 궁금하다. 자배기를 함께한 오지그릇과 살림살이에 필요한 이것저것을 사 가지고 오는 중이겠지. 자식들 중의적삼을 만들 반짇고리에 얼개 빗도 사 넣었을 것이다. 비릿한 냄새가 나는 것으로 보아 고등어 한 손도 들어 있다. 동글동글한 알사탕도 보인다. 좁은 어깨와 누런 구리 비녀를 한 뒷모습을 보아 저 여인은 나의 어머니가 틀림없어 보였다.

어머니는 진부 비안이라는 깊은 산골 마을에서 자라났다. 할 줄 아는 것은 집안 살림살이와 길쌈하는 것과 가끔 야산에서 나물 캐는 정도였다. 18살 되던 해 혼사가 오간 지 오래되지 않아 초례청 앞에 나서게 되었다. 21살 먹었다는 처음 보는 남자를 따라 재 넘고 고개 넘어 봉평 땅으로 시집을 왔다. 그녀는 그때부터 분홍빛 고운 가슴에 실금이 가기 시작했다.

방랑벽이 심한 남편은 살림을 차린 지 얼마 되지 않아 아내를 놓아두고 만주 봉천이라는 곳에서 무얼 하는지 헤매다가 해가 바뀌어 돌아왔다. 역마살 때문일까. 원하지 않는 식솔들을 데리고 원주, 서울, 청주를 떠돌며 유랑 생활을 이어 가기도 했다. 사고무친인 타향에다 가족을 방기하고 자리를 비울 때면 남의 집 허드렛일도 마다할 수 없었다. 감나무 그늘 밑 광주리에 아이를 눕혀 놓고 온종일 뜨겁게 내리쬐는 콩 포기 속에서 김매기를 해 주어야 겨우 보리쌀 한 되박이 품삯 전부였다. 계속 찔끔거리는 장맛비로 품팔이할 곳이 없을 때도 있었다.

친정 큰오라버니가 여동생이 원주 어디서 매우 힘들게 살고 있다는 소식을 듣고 먼 길을 물어물어 찾아왔다. 때를 맞춰 찾아왔으나 밥을 지어 줄 양식이 없었다. 기약은 없지만, 언제인가 돌아올 지아비에게 올리려고 감추어 둔 한 줌 쌀로 밥을 안쳤다. 문턱에서 턱을 괴고 꼴깍꼴깍 침을 넘기며 밥상을 바라보던 아들이 엄마를 불렀다.

"어무이, 나는 외삼촌이 먹다가 냉기면 먹을게."

오라버니는 목이 메어서 그런지 얼른 숟가락을 놓고 돌아서 옷소매로 눈물을 감추고 있었다.

"그래, 충그나. 네가 먹어라. 나는 아침 먹은 것이 체해서 그런지 밥맛이 없구나."

"진짜! 나 혼자 다 먹어도 돼?"

슬그머니 상을 밀어냈다.

아들은 목줄을 태우고 넘어가는 미끈미끈한 쌀밥을 가볍게 흘려 넘겼다. 오라버니는 이런 모습을 차마 더는 볼 수 없었던지 '바쁜 볼일이 있어 이만 일어나야겠구나, 어디 아프지나 말고 아이들 잘 키워라.' 매부 안부는 한마디도 묻지 않고 밥상 밑에 두툼한 봉투를 놓고 방문을 나섰다. 뒤쫓아 갔으나 어깨를 늘어뜨린 채 뒤돌아보지도 않고 고샅길로 사라져 버렸다.

찬 바람이 불자 지아비가 나타났다.

"이 동네는 인심이 야박해서 더러워 못 살겠네."

그길로 아이를 들쳐 업고 봉평으로 돌아와 오막살이 한 칸을 장만해 주었으나, 삼살방三煞方이 끼었는지 얼마 견디지 못하고 다시 어디론가 훌쩍 떠나 버리고 말았다.

소식 없던 지아비가 동짓달이 두 번 바뀐 긴 밤 삼경이 되었을 때 허리가 무겁도록 전대를 두르고 나타났다. 그 돈으로 참새떼가 주목하는 안뜰 다섯 마지기 논과 참새골 둔덕 밭을 사들였다. 재주가 좋다고 동네 사람들이 부러워했다. 장작골에 사는 응선이 삼촌도 최 부잣집 큰 머슴도 매달리며 부탁했다.

"다음에 떠날 때는 나도 꼭 같이 데리고 가 주오."

문지방이 닳도록 들락거렸다.

"내가 돈을 도라꾸로 벌어 올 수 있는 질을 배우게 해 줄 테니까 지달리고 있게나."

세상 물정에 엔간히 뜨르르한 것처럼 어깨를 펴고 허풍을 떨었지만, 어디서 무슨 일을 하여 돈을 벌어 왔는지 말해 주지 않았다.

양반 걸음걸이 행세를 하며 동네 이곳저곳을 자랑삼아 나다녔다. 겨울이 나기 전 장터거리를 들락거리며 시앗을 보았다는 소문과 함께 허구한 날 집에 들어오지 않았다. 바우개골에 살고 있는 장 서방네가 몽금이가 장터거리에서 어떤 여편네랑 둘이 걸어가는 것을 보았다고 했다.

"아 글쎄, 까미 머리에 하얗게 분칠을 한 젊은 여시 같은 년이 뉴똥 저고리에 베르베또 미색 치마를 펄럭이며 몽금이 뒤를 따라가는 것을 보았단 말이여, 참말이야."

장 서방은 힘자랑에는 모자랄 데가 없지만, 수중에 가진 것도 없을 뿐 아니라 누구만치 뻔뻔스럽지 못해 삼거리 충주댁한테도 제대로 수작을 걸어 보지 못하는 주제였다. 대장간 집 처마 밑에 숨어 바라만 보고 있자니 몹시 심기가 상했지만, 면전에 나서지 못했다. '자슥, 봤지? 난 이 정도야. 너하고는 수준이 달라.'라며 풀무질하듯 가슴을 부풀리고 우쭐거리며 나서는 몽금이의 꼴을 차마 볼 수 없었기 때문이었다. 장 서방네는 용 못 된 이무기 심술부리듯 동네방네 떠벌리며 흉만 보고 다녔다. 철식이 아버지 구 구장네도 덕거리 살림집에 가서 야들야들한 안주에 막걸리 한 상을 두툼하게 얻어먹었다고 했다.

어느 날이었다. 새빨간 입술에 분 냄새를 폴폴 풍기는 젊은 여자를 데리고 집으로 들어왔다.

"충그나, 지녹아, 네 작은 어머이 왔다. 인사해라."

"잘생겼구나, 예쁘기도 하고…."

서울 말씨를 쓰는 나긋나긋한 여자였다. 순전히 거짓말을 하는 것이었다. 땟국물이 줄줄 흐르는 추레한 모습으로 진종일 흙바닥에서 뒹구는 아이들이 예쁠 리가 없었다.

이틀이나 사랑방에서 웃음소리가 새 나오도록 야단법석을 떨어 댔다. 여인은 끼니마다 겸상을 한 밥상을 올려야만 했다. 내놓은 속옷도 코고무신도 하얗게 빨아 놓아야만 했다. 소박데기 소리를 듣지 않으려고 큰소리 한 번 쳐 보지 못하고 참고 견뎌 내야만 했다.

그뿐만이 아니었다. '몽금이가 서울 가서 떼돈을 벌어 왔대.'라는 소문이 퍼지자 장터거리 노름꾼들이 여기저기서 몰려들기 시작했다. 골패 노름으로 사랑방에 층층이 쌓아 두었던 무명필도 얼마 가지 않아 사라지고 말았다. 장롱 속 깊이 감추어 두었던 땅문서를 뺏기지 않으려고 여인은 가슴 깊이 움켜잡았지만 소용이 없었다. 쟁강거린다며 등짝과 볼기를 후려치고 문서를 낚아채 빚쟁이한테 넘긴 다음 한밤중 어디론가 다시 훌쩍 떠나 버렸다.

이틀이 지난 후였다. 장터거리 건달패인 채지수와 마용택이 같은 패거리로 보이는 장정들에 떠메어 나타났다. 채지수는 이마에 주먹만 한 혹을 달고 눈두덩이 퍼렇게 피멍이 들어 있었고, 마용택은 코뼈가 부러져 두 손으로 움켜잡고 죽는다고 고래고래 소리를 지르고 있었다. '몽금이가 죄 없는 우리를 사기 노름을 쳤다며 두들겨 팼으니 책임을 져라.'라는 것이었다. 열흘이 넘도록 사랑방에서 꼼작 않고 나오지 않았다. 약탕기에 약을 달여 넣어 주어야만 했다. 시렁 위에 씨앗으로 올려 두었던 콩 자루며 팥 자루까지 거덜 나는 것을 보자 절뚝거리며 방문을 나섰다.

마지막 타향 땅 나들이를 끝내고 돌아왔을 때는 다발 돈을 짊어진 채 우마차에 가득 실은 주단 보따리를 풀어놓았다. 그러나 그땐 이미 불치병이 진행 중이었다. 먹으면 토해 내는 속병으로 결국 자리에 눕고 말았다. 여인은 남편의 병마를 쫓아내려고 산짐승이 컹컹대는 깊은 계곡 서낭당 폭포수 아래 정화수를 떠 놓고 당산목을 몸주로 백일치성을 드려 보았으나 그것마저 쉽게 허용치 않았다.

백일치성을 드린 지 석 달이 가까이 올 무렵이었다. 오늘도 여느 때와 같이 삼경이 되어 머리를 빗고 몸단장을 한 후 개울을 건너 용수골로 향하고 있을 때였다. 갑자기 머리끝이 쭈뼛해지며 현기증이 일어날 만큼 송연해지며 무서움이 엄습해 왔다. 칠흑같이 깜깜한 한밤중, 오른쪽 병풍바위쯤 위에서 무엇인지 모르게 '휘이익 휘익' 모래를 뿌리기 시작했다. 사람을 시험하는 것일까. 무릎이 오그라들어 한 발짝도 뛸 수 없었지만, 백일이 멀지 않았기에 죽을 각오로 견뎌 내야만 했다. 폭포수 아래 자리를 잡고 지아비의 병을 빨리 낫게 해 달라고 간절히 기도를 드려야만 했다.

그러기를 닷새째 되는 날이었다. 진종일 농무로 한 치 앞을 볼 수 없었다. 저녁때부터 시작한 장대비가 그칠 줄 모르고 세차게 퍼붓기 시작했다. 갑자기 두려움이 엄습해 왔다. 오금이 떨어지지 않았지만, 강단으로 방문을 나섰다. 서낭당 입구에 이르렀을 때였다. 천둥 번개와 아울러 병풍바위 위에서 흙더미가 쏟아져 내려 도저히 나아갈 수가 없었다. 그때였다. 어른거리는 거뭇거뭇한 물체에서 화등잔만 한 불빛이 비치고 있는 것이었다. 짐작건대 큰짐승이라는 것을 예감할 수가 있었다. 온몸이 굳어지는 것 같았다. 생각 없이 내리뛰었다. 개울물 앞에 다다랐을 때였다. 신발은 어디서 벗겨졌는지 맨발이었다.

개울물은 벌써 넘쳐나고 있었다. 이미 돌다리 위로 희미하게 포말을 일으키며 '철썩철썩' 물살을 가르는 소리가 들려왔다. 가림막도 없는 허허벌판에서 장대비를 맞으며 이대로 주저앉았다가는 죽고 말 것만 같았다. 더 이상 지체할 수 없었다. 작은 강폭이지만 건너야만 했다. 조심하며 돌다리를 서너 개 건넜을 때였다. 물살에 몸을 가누지 못하고 그만 미끄러지면서 휩쓸려 떠내려가고 말았다.

파란 하늘에 목화송이 같은 하얀 뭉게구름이 떠다니는 마을 앞에 냇물이 유유히 흐르고 있었다. 강안에는 개나리, 진달래가 만발해 있었다. 산 넘어 피안의 언덕 위로 너울너울 춤추며 끝없이 가고 싶었다. 때마침 어디선가 달려온 백호의 너른 등 위에 포근하게 올라앉아 그 길을 한없이 달려 나갔다.

정신이 번쩍 들었다. 얕은 여울목에 버드나무 가지를 움켜쥐고 있는 자신을 발견하게 되었다. 다행히 둘 다 무사하다는 것을 알게 되었다. 억수 같은 비를 맞아 젖어 버린 온몸이 개울물에 빠져 허우적거리는 바람에 뱃속의 아이는 잠을 자고 있는지 동작을 멈추어 버렸다. 집에 돌아와 옷을 갈아입고 따뜻한 온기가 돌자 걸음을 멈추었던 뱃속의 아이가 힘차게 발을 차며 뛰어놀았다. 더 오지 말라는 큰짐승의 뜻으로 두 사람을 살려냈다는 생각에 이르자, 매일 쉼 없이 이어 가던 백일기도는 끝내 이루지 못하고 말았다.

그 후 여기저기 용하다는 의원을 찾아다니며 좋다는 약은 다 써 보았지만, 차도가 없었다. 병마는 점점 심해지며 물 한 모금 제대로 넘기지 못했다. 회복되기를 간절히 원하는 지아비의 뜻에 따라 가을걷이를 끝내고 이엉을 올린 후, 큰 병원으로 입원하기로 했다.

이엉을 씌우고 마지막 용고새를 올리면 모든 일이 끝날 수 있었다. 부족한 장정들의 일손을 덜까 싶어 용고새를 떠받들다 헛딛는 바람에 지붕에서 떨어지고 말았다. 다행히도 쌓아 두었던 짚북데기에 떨어졌는데 뱃속의 아이는 움직임이 없었다. 덜컥 겁이 났다. 하루가 지나도록 기척 없던 아이가 예전처럼 쿵쾅거리며 뱃속을 헤집고 뛰어다녔다. 참으로 질긴 생명이었다. 또, 꿈틀거리는 것으로 보아 다시 살아난 것이 틀림없었다.

이대로는 지아비를 살릴 수 없다고 판단하고 새로 사들인 다섯 마지기 안뜰 논을 팔아 지아비를 비탈길에 업히고 덜컹거리는 우마차에 실려 가며 먼 길 강릉에 있는 병원으로 입원하게 되었다.

그해 겨울 검은 하늘이 터지며 차가운 눈보라가 무섭게 몰아치는 엄동설한 섣달 초엿새 자시(子時)가 지난 깊은 밤, 34살의 나이로 지아비는 밭은 기침 소리를 몇 번 내고 나더니 조용히 세상을 작별하고 말았다. 며칠 새 내리는 눈이 가슴 높이로 차올랐지만, 생눈을 뚫는 설피꾼을 앞세워 가까운 공동묘지로 향했다. 눈보라는 계속 몰아쳐 왔다. 한 자 깊이로 얼어붙은 땅을 파내느라 짧은 해는 어스름에 이르렀다. 정성을 다하는 상군들 덕분에 무사히 장사를 치를 수 있었다. 망막 속에 머물고 있던 지아비의 잔영을 뒤로하고 물러서야만 했다.

겨우 십여 년간 지내면서 일구지난설一口之難說로 살아온 지난날이 진저리가 쳐졌다. 31살에 청상이 되었지만 주저앉아 눈물을 흘리며 신세타령만 할 수 없었다.

오랫동안 집에 두고 온 자식들이 걱정스러워 한시라도 머물 수가 없었다. 장례를 치른 다음 날 이른 새벽, 삼칠일이 조금 넘은 핏덩이를 광목 포대기로 업고 장설이 쌓인 대관령을 넘어야 했다. 요 며칠 새 물 한 모금, 밥 한술 제대로 넘겨 보지 못했다. 싸 가지고 온 주먹밥은 얼음덩어리가 되어 먹을 수가 없었다. 윗반정에 이르렀을 때였다. 이곳은 대관령 고갯길 중에서도 굽이가 심한 가파른 오름길이어서, 도부꾼마저 쉬어야만 오를 수 있는 곳이다. 이제는 기진맥진하여 몸을 지탱하기조차 힘들어졌다. 배가 고파 발을 차며 울어 대던 아이에게 젖을 물려 보았지만 먹은 것이 없어 그런지 젖도 나오지 않았다. 시간이 지나자 아이는 사지를 늘어뜨린 채 미동도 없었다. 눈앞이 아득하고 희미해지며 졸음이 쏟아지기 시작했다. 노곤해지던 몸이 차라리 편안했다.

뿌연 하늘에서 우렁찬 소리가 들려왔다. '이년아! 거기가 어딘데 자빠져 자고 있는 거야, 빨리 일어나지 않고!' 어저께 장례를 치른 남편의 목소리였다. 솥뚜껑만 한 손으로 손찌검할 때의 모습과 같이 몹시 화난 얼굴로 큰소리를 치는 것이었다. 꿈을 꾸고 있었다. 눈을 떠 보니 아이를 품에 안고 웅크린 채 눈 속에 파묻혀 깜박 정신을 잃고 있었다.

어떤 거인이 긴 그림자를 만들며 앞서가고 있었다. 눈을 치우며 길을 만들어 주고 미끄러울 땐 손도 덥석 잡아 주기도 했다. 얼었던 발에서 온기가 돌기 시작했다. 아기의 따뜻한 심장 소리도 콩닥콩닥 들려왔다. 대관령 정상에 이르렀을 때였다. 앞서가던 그 거인은 홀연히 사라지고 말았다. 신이 보낸 사자인가, 환각 상태에서 나타나는 허상인가, 도무지 알 수가 없었다. 걸음을 재촉했다. 가시머리에 이르자 희미하게 눈 속에 파묻힌 봉곳한 너와집이 보였다.

축 처져 있는 아기를 보고 죽은 아이를 업고 왔다며 손사래를 치며 방에 들기를 거절하였다. 헛간도 좋으니 하룻밤만 묵을 수 있도록 간절히 부탁했다. 전후 사정을 듣고 나자 조심스럽게 따뜻한 안방 아랫목에 자리를 내주었다. 숨소리마저 꺼져 가던 갓난아기는 주인 내외의 정성스러운 도움 덕분에 꼬물꼬물 뒤척거리더니 눈을 뜨고 젖을 찾아 나섰다.

따뜻한 방에서 오랜만에 깊은 잠에 빠지고 말았다. 참으로 오랜만에 깊은 단잠을 자 보았다. 다음 날 챙겨 주는 아침밥까지 든든히 먹고 '잘 가오.'란 배웅을 받으며 사립문을 나섰다. 언젠가 기회가 오면 꼭 신세를 갚으리라 다짐했다.

면온 고향 집으로 돌아온 여인은 혼자 몸으로 장정 몫까지 하여 가며 3남매를 키우며 자리를 잡아 나갔다. 아침이면 들에 나가 농사일을 하고, 밤이면 반짝이는 별빛 아래 새끼 곰 세 마리를 품고 포근히 잠드는 엄마 곰일 뿐이었다. 요순시대에 전해지는 고복격양가처럼 배부르고 등 따스우니 더 바랄 것이 없었다. 더 행복할 수가 없었다.

가볍게 달리며, 무의식 속에 의식이 침잠해 있던 어린 시절의 기억을 다시 꺼내 보았다. 어머니의 등에 업혀 봉평 장을 오갈 때와 같이 역동적인 태기산의 모습은 변함없이 거대하고 웅장한 자태로 동네를 감싸고 있다. 여름이면 시원한 바람을 넣어주고, 겨울에는 삭풍을 막아 주어 솜처럼 따뜻하다고 하여 면온리綿溫里라고 하였던가. 자연재해가 없는 오붓한 동네이다.

메밀의 본고장임을 알리려고 그런지 갓길마다 메밀을 심어 놓았다. 메밀 씨앗은 흙냄새만 맡아도 싹을 틔운다고 하는데, 왜 그런지 듬성듬성 엉성하게 자라고 있었다. 개화기인데도 꽃이 영 신통치 않다. 아이들 머리 버짐처럼 희끗희끗하게 낱개로 몇 송이씩 핀 꽃이 볼품이 없었다. 성의 없이 건성으로 심어 놓은 것처럼 보였다. 메밀꽃은 뭐니 뭐니 해도 달 밝은 밤 지천인 메밀밭 가장자리에서 보아야 제대로 볼 수 있고 말할 수 있을 것 같다.

'산허리는 온통 메밀밭이어서 피기 시작한 꽃이 소금을 뿌린 듯이 흐뭇한 달빛에 숨이 막힐 지경이다. 붉은 대공이 향기같이 애잔하고 나귀들의 걸음도 시원하다.'『메밀꽃 필 무렵』의 주인공 허 생원이 조 선달과 동이와 함께 봉평 장을 오가던 길도 아마 이 길이 아니었나 싶다. 봉평 장에서 대화 장까지 50리 비탈을 밤새도록 걷는 허 생원도 언제나 고달프고 힘겹게 다녔을 것이다. 면온에서 봉평 읍내까지 50리 왕복 길을 옥수수 서너 말 무게 아이를 업은 채 무거운 장짐을 이고 산짐승과 함께 걷는 여인도 허 생원만큼 힘들었을 것이다. 허 생원이야 봉평에서 제일가는 일색, 성 서방네 처녀를 언젠가 물방앗간에서 다시 만나리라 기대하면서 다니고 있었겠지만….

알 수 없는 일이다. 그녀도 백 년이 지난 백 년 전쯤 보름달 아래 자줏빛 대궁 위로 넘실대는 뽀얀 메밀꽃 향기를 맡으며 이 길 어디쯤에서 그 누구를 그리워하며 기다렸을지 모를 일이다.

해마의 깊은 곳에 있는 기억을 폴더에 저장한 후, 다시 달리기를 계속하였다. 18km까지는 중간 그룹과 어중간히 같이 할 수 있었다. 그런데 마지막 고갯길에 이르자 갑자기 허벅지에 경련이 일어나기 시작했다. 하반신이 석고처럼 굳어지며 마비되어 가고 있었다. 고관절이 삐걱거려 걷기조차 쉽지 않았다. 마음만 앞선 채 달려 나가려고 하였으나, 몸이 따라 주지 않았다. 멀쩡하게 달리던 마라톤 선수들이 결승선을 앞에 두고 포기할 수밖에 없는 심정을 이제야 조금 이해할 것 같았다. 어쩔 수 없이 뒤따라오던 후미 그룹에 자리를 내주고 마지막으로 결승선에 이르렀다.

20km, 50리 길 인생 노정이 이렇게도 힘든 길인가! 핏덩이를 업고 대관령 아흔아홉 고비를 넘던 길도 50리 거리요, 장돌뱅이 허 생원이 다니던 봉평 장에서 대화 장까지도 50리, 어머니가 다녔던 봉평 장터까지 왕복 거리도 50리 길이다. 오늘 내가 달린 마라톤 거리도 정확히 50리다. 50리를 걸어서 오가는 길이 진정 고달프고 애잔한 삶의 거리인 것 같다.

누렇게 바랜 기억의 사립문을 열고 다시 양지바른 면온 마을의 전경을 들여다보았다. 동구에 이르자 큰 터 너른 밭에서 내리쬐는 햇살을 받아먹으며 서걱서걱 소리를 내며 치뻗는 삼베숲이 앞을 가린다. 날씨가 좋아서일까, 올해는 삼베 농사가 잘되어 이번 겨울엔 두툼한 솜이불을 장만할 수 있을 것 같다고 한다. 옥수수도 시퍼런 잎사귀를 쭉쭉 뻗어내는 것을 보아 머잖아 개꼬리를 내보일 것 같다. 집 앞에 이르자 어머니는 새털구름 새로 붉게 물들어 가는 노을을 마주하며 한가롭게 감자밭을 매고 있었다.

참으로 살기 좋은 마을이었다. 파란 하늘과 시원한 공기 속에 맑게 흐르는 개울가에는 수양버들이 출렁이고, 야심한 밤이면 '소쩍다 소쩍다'라며 소쩍새가 큰 솥을 장만하라며 풍년 농사를 기원하는 기도 소리도 들려주었다.

풍악 소리가 들리던 조용하던 산골 마을이 대포 소리와 총소리가 들리는 난리를 만나게 되었다. 우왕좌왕하며 피난을 떠나고 방공호 속에 숨어 보기도 했지만, 전쟁은 갈수록 심해졌다. 윗방에 피난 나온 젊은 내외가 반질반질한 물건이 포탄인 줄 모르고 주워 와 기명器皿을 만들려고 하였다. 마개를 열고 속에 있는 것을 끄집어내면 피난길에 쓰기 좋은 작은 절구로서 안성맞춤이겠다는 그의 아내의 의견이었다. 남자는 횃대 걸이 못 박듯이 망치로 '톡톡' 내리치기 시작했다. '꽈당탕' 바람벽이 무너지며 천지를 진동하는 굉음이 들려왔다. 안방에 있던 아이들은 기겁하고 부엌에 있는 엄마한테 뛰어내려 품속에 숨어 버렸다. 끔찍한 참변을 당한 모습을 보고 외면할 수 없었다.

며칠 전 북한에서 피난 나왔다는 젊은 내외였다. 흥남 비료공장에서 비료 생산을 하고 있는 기술자였는데 인민군 보국대로 끌려가지 않으려고 남한으로 잠시 피난 나왔다고 하였다. 부모님과 형제자매들이 대대로 갈마반도 명사십리 뒤뜰에서 농사를 짓고 있어 전쟁이 끝나면 꼭 돌아가야 한다고 하였다. 고향 자랑을 서슴없이 하던 그였는데, 꺼져 가는 목소리로 제발 살려 달라고 애원하였다. 벌벌 떨리기만 할 뿐, 어떻게 하여야 할지 대책이 없었다. 포탄 터지는 소리를 듣고 동네 사람들이 모여들어 겨우 시신을 수습했지만, 악몽에 시달려 잠을 이룰 수가 없었다. 허물어진 바람벽을 진흙으로 쌓아 맥질한 후 다시 살림집으로 사용할 수밖에 없었다. 흥건히 고여 스며 버렸던 피비린내는 오랫동안 피할 수 없었다.

1·4 후퇴 때였다. 깜깜한 밤중에 국군이 갑자기 들이닥쳤다. 어디서 가지고 왔는지 타다 만 쌀을 내놓으며 밥을 좀 해 달라는 것이었다. 행색은 말이 아니었다. 찢기고 해진 군복 차림의 군인들은 지칠 대로 지쳐 있었다. 머리와 다리에 상처를 입은 부상병들의 고통스러운 모습도 보였다. 가마솥의 밥을 허겁지겁 먹어 치운 군인들은 아랫마을 진조리로 내려갔다.

인심 좋고 평화롭던 산골 마을에 언제부터인가 우익과 좌익이라는 이념 논쟁이 일어나기 시작했다. 여인은 칼 마르크스의 철학과 레닌의 사상이 존재하는지, 자유민주주의 근간이 무엇인지 알지도 못하였다. 며칠이 지났을 때였다. 무시무시하게 불을 매단 포탄이 수없이 산 너머 골짜기에 떨어졌다. '딱콩 딱콩' 따발총 소리와 함께 인민군이 마을을 점령하고 있을 때였다. 지난번 국군에게 저녁밥을 지어 주었기 때문에 처형시키겠다며 네 가족 모두 마당에 내몰았다.

아마도 누가 밀고를 한 모양이었다. 인민군이 들어오자 길길이 날뛰고 다니는 정방 집 큰며느리 같았으나 심증만 있을 뿐이었다. 성난 황소처럼 시뻘겋게 불을 켜고 살똥스럽게 동네를 헤집고 다녔다. 시집와 얼마 지나지 않고부터 동네일을 전부 참견하며 시비를 걸고 다니는 여자였다. 싸움을 안 해 본 집이 없었다. 그녀의 쏟아지는 눈길과 이기죽대는 말소리에 한시도 마주하기 싫은 두려운 존재였다.

며칠 전에도 우리 집에 찾아왔다. 부엌 뒤뜰에 있는 나뭇가리를 보며 그 많던 장작이 왜 이것밖에 없냐며 물색없이 힐문하기도 하고, 빈 가마솥을 열어 보며 무엇이라며 주억거리더니 마당을 한 바퀴 돌아보고 나가 버렸다.

진주네 아버지와 버들미 어른들이 꾸러미처럼 끌려가 너른골 샘터에서 처형당했다는 소문도 들려왔다. 가까스로 위험을 피하게 되었지만, 전쟁은 조용하고 인심 좋던 마을을 온통 뒤집어 놓고 말았다.

전쟁 중에서도 살아남으려면 농사를 지어야만 했다. 어느 날 큰애들한테 아기를 맡기고 들일을 하러 나갔다. 해거름 때가 되어 돌아와 물을 길으러 뒤뜰 우물가로 다가갔다가 놀랍게도 거기서 아기를 발견하게 되었다. 기절할 노릇이었다. 우물에 빠져 둥둥 떠 있는 것이었다. 큰애들은 제각기 정신없이 노는 바람에, 혼자 엉금엉금 기어 다니다 우물에 빠지고 말았다. 물을 얼마나 마셨는지 올챙이배처럼 뿔룩했다. 얼른 거꾸로 쳐들고 등을 두드려 주었더니 한 바가지나 되는 물을 울컥울컥 토해 냈다. 한 시만 늦었으면 돌이킬 수 없는 일이 벌어질 뻔했다. 잠시 후 파란 입술을 파르르 떨더니 정신을 차렸다. 두근거리던 심장을 겨우 추스를 수 있었다. 눈물이 볼을 타고 흘러내렸다.

특정한 시간과 공간의 환경이 조성되어야만 이루어질 수 있는 참으로 끈질긴 모자간의 연결 고리가 이어지고 있었다. 둘이 아니라 풀어 버릴 수 없는 오직 하나의 끈으로 이어 오고 있다. 둘의 인연은 하늘이 맺어 준 필연임이 틀림없어 보였다.

펑펑 울며 누구에게 의지하고 싶었지만 그럴 수가 없었다. 비안 친정집에 잠시 가 보고 싶었으나 아버지, 어머니도 안 계신 집에 인정 많은 큰오라버니도 작년에 돌아가셨기 때문에 맞아 줄 사람이 없었다. 세상 어디에도 기댈 사람은 아무도 없었다.

그 후로도 악재는 거듭되었다. 기르던 황소가 허리를 떠받는 바람에 갈비뼈가 부러져 달포가량 고생을 하기도 하고, 감겨 오는 눈을 비비며 동짓달 내내 짜 놓았던 삼베 두 필을 도둑맞기도 했다.

또한, 원인 모를 화재가 발생하여 '푸르륵' 하며 순식간에 초가삼간이 흔적 없이 사라지고 말았다. 변변한 가재도구가 있으랴만, 솥단지 하나 숟가락 한 닢도 건져 내지 못했다. 엊그제 사다 놓은 광목 한 필도 뽀얀 잿더미로 묻혀 버리고 말았다. 처마 밑에 놓아두었던 지게며 바소쿠리 삼태기도 간 곳이 없었다. 또다시 동네 사람들의 도움이 필요했다. 빈대 콧등만 한 움막집을 짓고 살아가야 했지만, 앞날이 암담할 뿐이었다. 생활이 나아질 기미는 전혀 보이지 않았다.

참혹한 전쟁은 끝났으나 마을은 황폐하고 분분하여 예전의 모습을 찾아볼 수 없었다. 여러 날을 생각하다가 일가친척이 사는 강릉으로 이사하기로 맘먹었다. 물건 하나 사려고 굳이 50리 험한 비탈길을 오갈 필요가 있을까?

자동차를 타면 100리, 200리 길을 다닐 수 있는 너른 땅에서 살아가는 것이 더 나을 것 같다는 생각이 들었다. 이곳 산골 마을에서 생산되는 구황 작물인 메밀과 옥수수 감자밥으로 아이들을 연명하게 하는 것만이 능사가 아닐 것 같았다. 아이들 눈도 틔워 주어야만 했다.

이삿짐을 실은 제무시(GMC) 화물차가 대관령에 이르게 되었다. 들녘도 산천도 온통 진한 녹색으로 물들어 있었다. 그날 차가운 눈바람을 헤치며 오르던 대관령의 모습은 전혀 아니었다. 풍성한 옥수수밭에 의구한 산천은 더욱 한가롭고 여유롭게 보였다. 눈 속에 파묻혀 있던 너와집은 우거진 나무숲에 숨겨져 보이지 않는다. 저쯤 어디라 짐작만 갈 뿐이다. 찾아가 고맙다는 인사를 하고 싶었지만 그럴 여건이 안 되었다. 언젠가 삼단하러 오는 날이 있다면 꼭 한번 찾아보리라 맘먹었다. 대관령을 넘어서자 강릉 쪽에는 검은 먹구름이 하늘을 꽉 채우고 있어 아무것도 분간할 수가 없었다. 차츰 가늘게 내리던 비는 아래 반정 굽이를 돌아 나자 장대 같은 빗줄기를 쏟아내기 시작했다.

유리창을 때리며 튕겨 나가는 빗물과 한 치 앞을 분간할 수 없는 꽉 찬 안개 때문에 거북이걸음이었다. 오른쪽으로 이어진 꼬불꼬불한 천길만길 낭떠러지를 비키느라 엉금엉금 기어가다시피 내려와야만 했다.

대관령은 풍수지리상 자물쇠 형국이라고 한다. 험하고 가파른 아흔아홉 고비를 넘나들기 힘들어 그렇게 만든 이름인지 모르겠다. 강릉에 사는 사람들은 평생 대관령을 한 번도 넘지 않고 사는 것이 가장 행복한 삶이라고 전해지고 있다. 사시사철 변덕스러운 날씨가 예사롭지 않다고 하여 고래이래故來以來, 봄철이면 양강지풍襄江之風, 겨울이면 양강지설襄江之雪이라 하였다. 이를테면 봄에는 건조한 높새바람으로 산불에 고생하고, 설을 보내고 나면 무릎 정도의 눈은 여사이니 그렇게 불렀던 모양이다.

그렇지만, 고대 신라시대부터 이 길만이 동서를 넘나들 수 있는 유일한 통로였다. 이런 준령이 나와는 꽤 인연이 많은 것 같다. 대관령에 있는 씨감자 연구와 생산을 하는 기관에 근무하던 어느 해 겨울이었다. 지형적인 특성상 사흘 밤낮 인정사정없이 눈발을 퍼부었다. 무릎 위까지 내린 눈으로 길이 막혀 차량을 전면 통제하고 있을 때였다. 동료 예닐곱 명이 의기를 투합하여 대관령을 넘어 사무실로 가 보기로 했다. 조금은 무모한 객기였다. 가마골에 이르자 허벅지까지 쌓인 눈을 뚫고 가기가 점점 힘들어졌다. 그래도 초막골까지는 서로 선두 자리를 자처하며 앞으로 나아갔다. 말굽이 고개에 이를 때쯤이었다. 대학 때 럭비 선수였다는 덩치가 큰 강해수도 힘에 부치는지 뒷전으로 밀려나기 시작했다. 교대로 앞서 나갈 때면 옆구리에 찬 소주를 한 모금씩 마셔야만 힘을 쓸 수 있었다. 처음 출발할 때는 '까짓 것' 하며 눈 속에 달려드는 멧돼지도 잡을 듯 기고만장하더니 숨소리가 가빠지면서 서서히 기진맥진해 가고 있었다. 찬 바람을 맞으며 오르느라, 오그라든 어깨에 동공마저 빛을 잃어 가고 있었다. 겨울철이라 해는 벌써 서쪽으로 깊이 기울어져 가고 있었다. 모두 다 주눅 든 모습으로 '꼭 오를 필요가 있느냐.'며 더 나가기를 주저했다. 잘못하다가는 내일 아침 조간신문에 '대관령을 오르다 7명 동사'라는 머리기사가 나올지도 몰랐다. 모든 것을 포기하고 직원들을 데리고 내려올 수밖에 없었다.

40년 전, 어머니는 이런 길을 갓난아기였던 나를 업고 혼자 힘으로 올랐다. 도저히 믿을 수가 없었다. 믿기지도 않았다.

안나푸르나 등정에 성공한 어느 산악인이 하산 길에 탈진하여 죽음 직전에 처해 있을 때 허상의 조력자를 만나 살아났다는 이야기 등 기적 같은 이야기가 '존 그릭스비 가이거'의 저서 『제3의 존재』에 수록되어 있다. 단순한 의지와 정신력만으로 해낼 수 없는 그 무엇이 있어야만 할 것이다. 허상을 보고 실체로 인식하거나, 자신의 혼령이 분리되어 타인으로 인식하는 어떤 병리적 현상일지도 모른다. 실체를 알 수 없는 신비스러운 일이 아닐 수 없다.

옛날 한 과객이 대관령이 몇 굽이나 되는지 알아보기 위해 굽이마다 한 접의 곶감에서 한 개씩 빼 먹으며 영마루에 올라와 보니 달랑 한 개가 남았더라는 전설 같은 얘기가 전해지고 있다. 대관령 아흔아홉 굽이에는 굽이마다 애환과 설화가 담겨 있고 피 맺힌 한이 녹아 있는 고갯길이다.

전해지는 이야기가 있다. 녹음이 방창한 여름 어느 날이었다. 하루에 한두 번 다니는 버스에 꽉 찬 승객을 태우고 대관령 중턱쯤 내려왔을 때였다. 갑자기 커다란 호랑이 한 마리가 길 한가운데 떡 버티고 앉아 있는 것이었다. 의미심장하게 생각한 운전사는 승객들과 의논하였다. 비켜나지 않고 앉아 있는 이유가 무엇일까였다. 모두 한결같이 호랑이가 어느 한 사람만을 요구하고 있을 것이라 결론을 맺고 한 사람씩 내려 보냈다. 호랑이는 고개를 저었다. 마지막으로 경성에서 대학을 다닌다는 청년이 내리자 호랑이는 고개를 끄떡였다.

이 학생은 모든 사람을 살리기 위하여 기꺼이 희생양이 되기로 결심하고 차에서 내렸다. 버스가 굽이를 돌아내려 가자 호랑이는 간데없이 사라지고 말았다. 이상하게 생각한 청년이 걸어서 네댓 굽이를 내려갔을 때였다. 그 버스는 천 길 낭떠러지에 굴러 종잇장처럼 꾸겨져 버렸고, 승객은 모두가 사망한 것을 발견하게 되었다. 이 청년은 경포 배달이 부근에 사는 최 부잣집의 5대 독자로 선대로부터 흉년이 들 때면 병약자나 노인이 있는 집에 구휼미를 나눠 준 집안으로 대관령의 산신령이 도와 살아났다고 전해지고 있다.

전후 사정이라 강릉 생활도 녹록하지 않았다. 시누이 두 분이 장사하는 방법을 가르쳐 주었다. 행상부터 시작하여 잡화상을 하며 억척스럽게 일터로 나섰다. 여름이면 보리밥, 겨울이면 감자 다진 좁쌀밥을 먹어야 했지만, 자식들을 무탈하게 키워 냈다.

성장을 다 한 큰아들이 보광 마을에서 알려진 집안의 예쁘고 참한 셋째 딸을 배필로 맞이하는 기쁨도 누리게 되었다. 고부간에 정이 두터워 더 바랄 것이 없는 나날을 보내게 되었다. 손주까지 넷이나 보게 되었으니 더 욕심도 없었다.

청복은 여기까지였다. 단아한 모습이던 자부가 넷째 아이를 낳고부터 급속히 체력이 떨어지기 시작했다. 이것저것 처방을 해 봤지만 좀처럼 나아지지 않자 입원하게 되었다. 병원에 들어선 지 열흘 만에 급성 기관지염에 따른 합병증으로 눈을 감고 말았다.

너무나 급작스러운 일이라 손써 볼 틈도 없었다. 소식을 들은 초로의 여인은 백일도 안 된 핏덩이를 안은 채, 검붉은 마그마가 가슴을 스치며 지나가자 의식을 잃고 말았다. 갓난아기의 심한 울음소리에 눈을 떠 보니 한쪽 기둥이 부러진 안방에 허망하게 누워 있는 자기 모습을 볼 수 있었다. 하염없이 눈물이 볼을 타고 흘러내렸다. 배고파 울어 대는 갓난아기의 울음소리에 넋을 놓고 말았다. 울음을 달래려고 빈 젖을 물려 보았지만, 도리

질만 할 뿐, 울음소리는 그치지 않았다. 어디 젖동냥이라도 하려 했지만 그럴 만한 이웃이 보이지 않았다. 며칠 새 울어 대던 아기도 배고픔에 지쳤는지 눈을 감은 채 느릿느릿 가는 숨만 쉬고 있었다. 설탕을 넣은 암죽에 입맛이 들고부터 배꼽이 불룩하도록 잘 먹고 배변도 잘 하였다. 클수록 제 어미를 쏙 빼닮아 하얀 피부에 이목구비도 뚜렷했다. 영민해서 주변 사람들로부터 입을 타기도 했다.

장마가 끝나고 무더위가 기승을 부리던 어느 날, 선미네 집에 바느질을 도와주고 돌아오던 길이었다. '할머니, 밥 줘. 나 배파.' 이제 겨우 입이 트여 재잘거리며 뒤뚱뒤뚱 쫓아와 품에 안기었다. 뛰어놀다 보니 배가 고팠던 모양이다. 감자 다진 보리밥에 간장을 비벼 주었더니 새실거리며 가랑이 사이로 철철 흘리며 밥 한 그릇을 뚝딱 비우고 나서 그 자리에 잠이 들었다. 밥투정 없이 주는 대로 잘 먹었다. 땀에 절어 쉰내 나는 할미의 빈 젓에 얼굴을 파묻고 잠투정 한번 없이 잘 잤다. '오늘 저녁에는 애호박을 썰어 버무린 감자전을 만들어 주어야겠다.'라며 호미로 심고 호미로 기른 감자를 캐러 뒷밭으로 나서며 혼곤히 잠든 모습을 보고 홑이불을 덮어 주었다. 새근새근 잠자고 있는 모습은 동화 속에 나오는 천진하고 준수한 공자의 모습과 흡사했다. 너무 예뻐 볼을 한 번 비벼 주고 밖으로 나왔다.

거름도 하지 못했는데 감자 농사가 잘되었다. 포기 속으로 호미를 당기자 어른 주먹만 한 누런 감자가 주렁주렁 매달려 나왔다. 몇 포기 캐지도 않았는데 대야에 가득 담기고 있었다. 여름내 먹어도 못다 먹을 것만 같았다. 실한 것을 골라 딸한테도 한자루 주어야겠다는 생각에 큰 포기를 찾아 일어서려는 참이었다.

"한영이 할머니, 한영이가 글쎄…."

아랫집 영순이 엄마가 언덕길을 오르느라 숨이 차서 그런지 말을 맺지 못하고 있었다.

"저기 있잖아요…. 저기요."

평소에는 말수가 적고 조용한 여자였다. 산판일을 하던 남편이 몇 년 전 삽당령 고개 넘는 어디에서 벌채 작업을 하다 아홉자나 되는 소나무 토막이 굴러떨어지며 머리를 다쳐 사망하였다고 하였다. 작년에는 시집간 외동딸이 이혼하여 친정집으로 이사를 와 같이 살고 있었는데, 가진 건 없어도 욕심 없이 온화하게 살아가고 있었다. 그런데 지금의 모습은 전혀 아니었다. 평소와 다르게 두 손을 가슴에 안고 버벅거리며 말을 이어 가지 못하고 있었다. 순간 불길한 예감이 들며 가슴이 철렁 내려갔다. 캐던 호미를 떨어뜨리고 말았다.

"뭔데, 왜 그래."

더 물어볼 수 없었다.

"아, 글쎄 빨리 내려와 봐요."

영순이 엄마는 밭섶에 주저앉고 말았다. 발을 헛짚으며 허둥지둥 내려왔다. 녀석이 머리를 부딪쳐 이마에 피가 흐르고 있는 걸까, 아니면 다리를 다쳐 꼼짝 못 하고 울고 있는 걸까, 별별 생각이 다 들었다. 어젯밤 꿈자리가 생각나며 섬뜩했다.

하늘에 떠 있는 무수한 별들이 몇 년째 심한 가뭄이 들어 시들시들 말라 가며 생명력을 잃어 가고 있었다. 반짝이던 큰 별들도 희미해져 가고 있었다. 작은 별들은 아예 보이지 않았다. 다들 흉년이 들 것이라 걱정하고 있었다. 집으로 돌아왔다. 별빛으로 감싸 품고 있던 새끼 곰이 보이지 않았다. 얼른 입고 있던 옷을 벗어 털어 보았다. '휘익' 바람을 가르는 소리와 함께 저 멀리 하늘나라로 사라져 버렸다. 해괴한 일이라 생각되어 잠에서 깨어났다.

큰 다리 밑에 사람들이 모여 있었다. 발걸음이 떨어지지 않았다. 설마, 아니겠지. 모래톱 위에 덮여 있는 거적을 열어 보자마자 자지러지고 말았다. 눈앞이 뿌옇게 변하면서 깜깜한 나락으로 끝없이 떨어지고 있었다. 새근새근 잠들어 있는 모습을 보고 나온 지 채 두어 시간도 안 되었는데, 도저히 믿을 수가 없었다. 형들 따라 개울물에 놀러 나갔다가 급류에 휩쓸려 물가에 걸쳐 있는 아이를 지나던 행인의 신고로 알게 되었다는 것이다. 녀석을 부둥켜안고 꺼이꺼이 목 놓아 울었다.

핏덩이부터 업히고 안기어서 심장도 하나가 되었기에 콩닥거리는 숨소리마저 같이하였는데, 초롱초롱한 눈빛으로 새실대며 할미의 품에 덤벼드는 놈의 투실투실한 엉덩이를 두드려 줄 때는 모든 시름과 걱정을 잊고 살아왔는데, 가슴이 메어 와 몸을 가눌 수가 없었다.

한낮이 조금 지났는데 어둠은 깊어져 갔다. 시야에 보이는 사물의 형체가 먹구름에 서서히 갉아 먹히고 있었다. 눈앞이 캄캄했다. 봉두난발이 된 여인과 함께 낮게 드리운 잿빛 하늘이 하염없이 눈물을 쏟아내고 있었다. 개울물도 같은 목소리로 처연하게 울음을 토해 내고 있었다.

바람 소리에도 넘어질 것 같은 할미의 숭숭한 싸릿가지 울타리 때문에 변변한 알사탕 한 번 입에 넣어 줘 보지 못했다. 남들처럼 보들보들한 옷 한 벌도 입혀 보지 못했는데, 가여운 녀석을 어찌 하늘나라에 먼저 보낼 수가 있단 말인가. 제 어미가 마지막 눈을 감으며 '어머니, 죄송합니다. 한영이만은 꼭…'.

저세상으로 떠나면서 한 약속도 지키지 못했는데, 깊이 감추어 두었던 비상약을 주섬주섬 찾아 나섰다. 약봉지를 털어 입에 넣으려는 순간, 남아 있는 손주들의 눈망울이 눈에 아른거렸다. 치마폭에 매달려 애원하고 있었다. 들고 있던 물 사발이 맥없이 떨어지고 말았다.

하늘의 처사가 원망스러웠다. 죽고 싶어도 죽을 수 있는 권리마저 빼앗아 가 버렸기 때문이다. 구멍 난 가슴에 찬 바람이 불어왔지만 남은 식솔을 위해 흔들리는 문지방을 짚고 일어나야만 했다.

불행은 여기서 끝나지 않았다. 어느 날 비보가 또다시 날아들었다. 부산으로 일 나갔던 큰아들이 심장마비로 사망하였다는 기별을 듣게 되었다. 이제는 눈물도 말랐고 울음소리마저 토해

낼 수 없었다. 몇 날 며칠 물 한 모금 넘기지 못하고 누워 있는데 솥단지에 얼굴을 파묻고 빈 솥을 긁고 있는 손주들의 모습이 보였다. 문설주에 기대어 일어나야만 했다. 하루하루 살아가는 것이 너무나 가혹한 형벌이었다.

가끔 가까이 사는 딸이 찾아와 빈 곳도 채워 주고 아픈 데를 쓸어 주며 살갑게 가슴을 포개 주기도 했지만, 깊이 박힌 불치병은 뽑아낼 수 없었다. 심장에 돋아나는 가시에 찔려 벌떡 일어나 보면 칠흑같이 어두운 공간에는 아무것도 없는 천공뿐이었다. 허구한 날, 찢어진 상처마다 철철 흐르는 피고름을 닦아내는 악몽으로 날밤을 보내야 했다. 평범하게 살아가는 민초의 삶쯤도 못 해 보고 무거운 등짐만을 짊어진 채 질곡의 나날을 보내야만 했다.

'남편 복 없는 년, 자식 복도 없다.'라는 말이 틀린 말은 아닌 것 같다. 변변치 않은 막냇자식 놈은 자기 하고 싶은 것 다 하여 가며 시속에 동참하면서도 당신의 아픔은 원래 그래도 괜찮은 것으로 알고 있었다. 어려서부터 그랬다. 효도는커녕 속만 썩여 드렸다.

1960년대 초, 어느 해보다 식량 사정이 어려운 춘궁기 때쯤이었다. 윗마을 전재민 촌에 살고 있는 복만이 엄마가 돌아가셨다. 오래된 결핵이라는 지병에 영양 부족으로 어린 남매만 남겨 두고 세상을 떠난 것이다. 땟거리마저 없는 형편이어서 장례를 치를 수가 없었다. 여인은 쌀독에 바닥이 나도록 쌀을 긁어모아 한 말이나 되는 자루를 머리에 이고 가볍게 대문을 나섰다. 복만이 집에 가는 모양이었다. 그 후부터는 저녁마다 보리밥이었다. 잘 씹히지도 않고 꺼끌꺼끌해서 목구멍에 넘어가지 않았다. 슬그머니 화가 치밀었다. '왜 요즘 맨날 보리밥이야.' 입안 가득 물고 있던 보리밥을 밥상 위에 "푸" 하며 뿌려 버리고 말았다. 밥알이 국그릇까지 튕겨 나갔다. 방문을 박차고 밖으로 나왔다. 늦은 시간까지 골목길을 배회하다 통금 시간이 다 되어 돌아왔다. 배가 고팠다. 부엌에 들어가 더듬거리며 밥을 챙겨 먹고 슬며시 잠자리를 찾았다. 모두 잠들었는지 조용했다. 잠시 후 뒤척이는 소리에 이어 코 고는 소리가 가늘게 들려왔다. 아마도 아들이 돌아올 때까지 여인은 잠들지 않고 기다리고 있었던 것 같다. 부엌에서 달그락거리는 소리를 들었을지도 모른다. 다음 날 아침 아무 말도 없으셨다. 다만 아들 밥그릇에만 드문드문 흰쌀밥이 올라왔다. 그 후부터 투정만 부리면 한 줌 쌀로 흰쌀밥을 해 주었다. 호사스러운 밥투정이었다.

크면서부터 선친의 유전인자를 물려받아 그런지 역마살이 나타나기 시작했다. 고등학교 때 여름방학이 시작되던 어느 날이었다. 책가방과 과제물을 얌전하게 책상 위에 올려놓고 무전여행을 다녀온다는 말 한마디 남기고 집을 나섰다가 개학 날이 훌쩍 지난 뒤 돌아왔다. 집에 돌아왔을 때는 패싸움에 말려들어 사건이 커졌지만, 여인은 분주히 뛰어다니며 뒷수습하느라고 무척이나 맘고생이 많았다. 나중에 알게 되었지만, 건넛마을 대명당 고물상 집에서 급전을 빌려 합의금으로 쓰고 이듬해 봄까지 이자를 대신해 추운 겨울 우물가에 나가 빨래를 해 주었다는 얘기를 들었다.

나이 들어서도 한가지였다. 팥 시루떡 좋아하는 것을 알면서도 갈 때마다 빈손이었다. 신경통으로 쩔쩔매는 모습을 보면서 흔한 약봉지 한 번 제대로 사다 드리지 못한 무심한 아들이었다. 어쩌다 한 번 찾아갈 때는 술 냄새만 풀풀 풍기며 고개를 밀고 들어갔다. 그러면 으레 고이 간직한 메밀가루를 내와 반죽을 치댄 다음 칼국수를 만들어 주었다. 오금을 제대로 못 펴면서 힘들고 귀찮지도 않은지 감자도 한 양푼 쪄 내왔다. 밤늦은 시간 구수한 메밀국수 한 그릇을 다 비운 다음, 된장을 바른 팍신한 감자를 한 입씩 베어 물 때쯤부터 시작되는 옛 얘기에 추임새를 넣어 주는 것이 고작 아들 된 도를 다하는 줄 알았다.

굽은 허리를 지팡이에 의존하며 손자들까지 모두 제 짝을 찾아 떠나보낸 뒤, 언제부터인지 조용한 치매가 찾아왔다. 귀여운 손주며느리와 듬직한 손주사위도 구분하지 못했다. 바리바리 싸 가지고 온 선물도 반길 줄 몰랐다. 말을 걸어 봐도 대답이 없었다. 찐득하게 달라붙은 고통을 털어내고 욱신거리는 가슴앓이마저 석화되어 가고 있으니 어쩌면 다행인지도 몰랐다.

만추의 계절, 피붙이도 알아보지 못하고 동공마저 빛을 잃은 아침나절이었다. 병원 창밖에는 경적을 울리며 자동차 행렬이 꼬리를 물고 달리고 있다. 바쁜 출근길인지, 제각기 바삐 오가는 사람들의 모습은 활기가 넘치고 있다. 가로수 나무에서는 마지막 한 잎 남은 은행잎이 소리 없이 떨어지고 있었다. 흩날린 은행잎은 바람에 날려 어딘가 흔적도 없이 사라지고 말았다.

여든여섯 해, 허름하게 나사 풀린 육신을 후손에게 맡기고 영혼은 천사의 날개를 따라 하늘나라에 올라가고 있었다.

한 여자의 일생은 이렇게 막을 내렸다. 포대기에 업혀 생사를 같이하며 대관령을 넘던 아이는 어느덧 지천명이 넘은 나이가 되어 그렁그렁한 눈망울로 노모의 임종을 지켜보고 있었다. 굽은 소나무가 선산을 지킨다고 하던데, 그러지도 못하면서…. 이 나이 먹도록 어찌 이리도 철부지였을까, 부끄럽다. 회한에 목젖이 뜨거워졌다. 태어나 몇 번이나 울어 본 눈물일까. 뜨겁게 북받쳐 오르는 눈물에 주체할 수 없었다.

옷깃을 열고 가슴에 손을 올려놓았다. 아직까지 체온이 온전히 남아 있다. 이제 막 잠든 뽀얀 얼굴은 온유하고 넉넉하게 마감되어 있었다. 지나는 길손은 빈손으로 보낸 적이 없었지만, 자신에게는 지나칠 만큼 인색하고 검소했을 뿐 아니라 객쩍게 낭비하는 일은 한 번도 본 적이 없었다.

마지막 저승 가는 길이나마 잘해 드려야겠다. 관곽은 향나무관으로 주문하고 수의는 8새 올로 만든 안동포로 해 드려야겠다. 장롱 속에 깊이 넣어 두었던 한 냥 넘는 금가락지와 금목걸이는 노잣돈으로 넣어 드리리다. 묘지는 둘레석으로 봉분을 조성하고 비석은 보령 오석으로 만들어 놓아야겠다. 가증스러운 생각에 얼굴이 뜨거웠지만 그렇게 하기로 마음먹었다.

평소 주기도문을 외우는 것을 여러 번 보아 왔다. '하늘에 계신 우리 아버지여, 이름이 거룩히 여김을 받으시오며, 나라가 임하시오며….' 사도신경도 자주 외웠다. '전능하사 천지를 만드신 하나님 아버지를 내가 믿사오며, 그 외아들 우리 주 예수 그리스도를 믿사오니….' 또한, '힘들고 괴로울지라도 기쁨으로 맞이할 수 있는 용기와 믿음을 주소서.'라며 소반 위에 성경책을 올려놓고 기도하는 모습을 보아 와서일까, 믿음과 같이 편안하게 소천하신 것 같았다.

당신이 늘 즐겨 부르던 찬송가 305장 '나 같은 죄인 살리신'을 차분하게 불러 주는 성도들의 찬송가를 들으며 장지로 향했다.

고희가 다 되어 가도록, 많은 날을 두고 생각해 보았다. 억겁의 세월에서 백 년도 안 되는 찰나의 순간을 살아가는 하고많은 사람 중 하필이면 바보스러울 만큼 탐욕 없이 순박했지만, 고난과 풍진의 세월만 살아온 여인이었다. 이런 여인에게 업장의 짐과 고통의 보따리만 안겨 준 그는 과연 누구일까. 윤회의 메커니즘이라고? 55년 동안 세상을 같이하다 헤어진 지 벌써 20년이 가까이 되어 오지만, 지금까지도 알 수가 없다. 아니, 영원히 알 수 없을 것만 같다.

청룡부대 월남전

2소대 2분대 사나이들

케손산 일대는 북쪽 하노이로부터 남쪽 사이공까지 베트남과 라오스 국경을 연결하는 안남산맥의 중심부에 있다. 동쪽으로는 가파르게 내려와 개활지에 이르고, 서쪽 라오스 쪽은 원만한 능선으로 형성되어 있다. 여기 험준한 산맥 일대에 월맹 1개 사단이 주둔하고 있다고 하였다.

케손산 565, 484, 322고지에 미 해병 M여단이 주둔하며 월맹 정규군과 V.C(베트콩)와 대치하여 왔으나 고전을 면하지 못하면서 사이공까지 연결하는 루트를 내주게 되어 한국 청룡부대에 인계하고 떠났다고 하였다.

소문에 의하면 안남산맥 일대에 주둔하고 있는 월맹군 정예부대는 소규모 게릴라 작전으로 치고 빠지는 전투에 매우 민첩하고, V.C들과 함께하는 교란 작전에 말려들면 치명상을 입을 수 있다고 하였다. 더욱이 여기 산악 지방에 있는 V.C들은 신출귀몰하고 숙련된 총잡이로 소총 단 한 방에 목숨을 잃을 수가 있다고 알려졌다.

건기 철이라 땅덩어리가 이글이글 끓어오르는 3월 중순, 작전 명령에 의하여 우리 부대는 케손산 565고지에 투입되게 되었다.

우리를 태운 UH-1 헬기 수십 대가 케손산을 향하여 일렬횡대로 비행할 때는 놀이기구를 타는 것처럼 즐겁고 흥미로웠다. 기류의 영향으로 동체가 롤링과 피칭으로 요동치는 스릴에 빠져 한없이 날아가고 싶었지만, 길지 않았다. 중중히 이어진 산맥 한가운데 있는 목적지에 도착하게 되었다. 30kg 정도의 완전군장으로 랜딩도 되지 않은 상태에서 헬기의 회전날개의 바람을 가르며 점프할 수밖에 없었다. 3m 정도를 하강할 때 골절상을 입을 수 있어 숙련된 병사들에게도 위험이 따르지만, 모두 무사히 착지하였다. 동시 산개散開하며 은폐지를 찾아 낮은 포복 자세로 M16 소총 자물쇠를 풀고 사주경계에 임했으나 적의 반응이 없음을 알게 되자 경계심을 늦출 수 있었다.

진지에 투입되어 사계청소를 하기 위하여 주변을 나섰는데 삐쭉 올라온 시커먼 나뭇등걸이 눈에 거슬렸다. 잡아당겼으나 잘 빠지지 않았다. 힘을 잔뜩 주고 쭉 뽑아 올렸다. 사람의 한쪽 다리였다. 깜짝 놀라 뒷걸음을 치다 호기심에 다시 다가갔다. 그리고 같은 팀에 편성된 김병기를 불러 야전삽을 가지고 오라 하였다. 조금 더 파 들어갔다. 시신은 표면에 노출되다시피 하여 산화되면서 푸석푸석하게 말라 버리고 있었다. 몸통은 고무줄로 허리끈을 한 짙은 청남색 반바지와 초록색 반소매 와이셔츠를 입고 있었다. 다리가 있던 부위를 깊게 파 원위치에 안치하고 흙무덤을 만들어 주었다. 아마도 고지 탈환 작전에서 죽음을 맞이한 V.C의 시체인 것 같았다. 죽기 살기로 싸울 때는 잔인한 방법으로 적을 천백번 사살할 수 있지만, 죽은 자를 목전에 두고 방치하는 것은 도리가 아닌 것 같았다. 구천에 헤매는 원혼을 달래기 위해서라도 시신이 보이지 않도록 조그만 봉분까지 만들어 주었다.

미 해병대가 버린 쓰레기 더미가 너무 너저분하였다. 한곳에 모아 흙으로 덮으려다 자세히 보니 뚜껑을 따지 않은 온전한 C-레이션이 널널하게 버려져 있었다. 눈을 의심했다. 아무리 보아도 야전용 전투식량인 C-레이션이 틀림없었다. 양놈들은 먹는 게 넘쳐나는 것 같았다. '이게 웬 떡이야.' 사계청소는 뒷전이고 김병기와 함께 온전한 캔은 가리지 않고 모조리 껴안아 벙커로 가지고 갔다. 우리뿐만 아니라 소대원 모두가 똑같이 쓰레기 더미를 뒤지고 있었다.

방석(부대의 주둔지)에 있을 땐 도저히 있을 수 없는 일이었다. C-레이션은 작전이나 탐색을 나갔을 때 야전 전투식량으로 배정받아 먹어 보았지, 언감생심이었다. 푸실푸실한 안남미 쌀로 만든 밥에 김치나 멸치, 파래를 넣은 K-레이션 국물을 먹는 것이 고작이었다. 건더기가 적어 물을 더 붓고 소금으로 간을 맞춘 국물로 끓여 먹는 것이 다반사였다. 그마저 분대장과 선임 수병에게 건더기를 퍼 주고 나면 졸병들은 미제 스푼으로 예닐곱 숟가락의 밥과 소금물로 배를 채워야 했다.

그런데 이런 횡재를 만나고 보니 흥분하지 않을 수가 없었다. 사계청소는 뒷전이었다. 버려진 M16 빈 탄통에 가리지 않고 쏟아부었다. 햄, 소시지, 칠면조 고기, 말고기, 버터, 잼, 치즈 등 보이는 대로 채우고 불을 지폈다. 부글부글 끓어오르는 고기 냄새에 침이 고이기 시작했다. 태어나 이렇게 맛있는 음식을 처음 먹어 보는 것 같다. 수라상에도 이런 음식은 올라오지 못했을 것이다. 다리를 쭉 뻗고 마주 앉아 탄통에 얼굴을 박고 숟가락을 들어 올렸다. 너무 뜨거워 입천장이 벗겨지는지 모르고 허겁지겁 흡입하고 있었다. 말랑말랑한 고기라 몇 번 씹지도 않았는데 목구멍으로 넘어갔다. 혓바닥까지 빨려 들어가는 것 같았다. 오감의 감각기관이 총동원된 맛을 어떻게 표현할지 모를 정도로 맛있었다. 고급스럽고 사치스러운 황홀한 고기 맛에 취해 버리고 말았다. 둘이 탄통을 다 비워 버렸다. 얼마 만에 느껴 보는 포만감인가. 훈련소 수료식 날 쌀알이 목구멍으로 튀어 오르도록 먹어 보고 처음이었다.

첫날부터 식량은 넘치고 남아돌았다. 모든 보급품은 군수지원 부대에서 헬기로 기착지 없이 곧바로 수송되고 있기 때문에 뒷구멍으로 새 나갈 틈이 없어서 그런 것 같았다. 6개월 동안 깡마른 몸이 보름 사이에 살이 오르고 얼굴에 번질번질 개기름이 흐르고 있었다. 가끔 아랫도리도 불끈불끈해지는 것을 감출 수 없었다. 방석에 돌아가고 싶지 않았다. 귀국할 때까지 여기에 이대로 주둔하고 싶었다.

565고지에 주둔한 직후부터 별난 명령이 하달되었다. 일출시부터 일몰시까지 불가피한 사정이 없는 한 노출을 삼가라는 지시가 있었다. 적이 대낮에 우리가 활동하는 행동을 알게 되면 침투를 용이하게 하는 빌미를 제공해 줄 수 있기 때문이란다. 너무도 좋고 반가운 지시였다. 오전, 오후로 나눠 개인호에서 근무하며 나머지 시간은 낮잠으로 세월을 보냈다. 가끔 진지 보수 공사를 하는 것뿐이었다. 그러니 집합도 없었고 기합도 없었다. 이틀에 한 번 나가는 매복도 헐렁했다. 매복 지점은 언제나 고지 아래 논밭 주변을 선택하였다. 간혹 멧돼지 등 산짐승이 내달려 머리가 쭈뼛거렸지만, 언제나 허탕 치고 돌아왔다. 한밤에 졸기 일쑤였다. 여러 차례 탐색 작전에서도 의심될 만한 적을 발견하지 못했다.

그 무렵이었다. 322고지에 있는 여덟 중대 1소대가 탐색을 나갔다가 양민을 가장한 V.C 전술에 말려들어 소대장을 포함하여 많은 대원이 전사하고 중대장도 부상을 당하였다는 소식이 들려왔다.

부하를 잃은 중대장이 평정심을 유지할 수는 없었을 것이다. 산악 지방에 거주하는 체구가 작은 몬타냐족이 V.C들의 선무활동에 동조하고 있다는 의심은 있었으나 증거가 불충분했는데, 이번 작전에 완전히 노출되었다. 대민 지원 사업을 하며 농사일도 도와주고 아프고 병든 양민을 치료도 해 주며 물심양면으로 도움을 주었는데 배반을 한 것이다.

중대장 박문수 대위가 가만히 있을 리 없었다. 중대원을 재정비하여 몬타냐 마을을 급습했다. 사전에 노약자와 부녀자, 어린이는 소개 명령을 하여 외곽으로 피신시키고 마을을 공격했다. 화기소대의 81mm와 60mm 박격포로 마을을 불사르며 속전속결로 마을 입구까지 진격했다. 적의 방어도 만만치 않았다. 양민과 합세한 V.C들도 화력을 집중 포화하며 물러서지 않았지만, 공중 지원을 받은 여덟 중대는 마을을 점령하고 사살작전을 실시하였다. 저승사자에게 30여 명을 바치고 20여 명을 생포하였다. 엄청난 무기도 노획하였다고 하였다. 불타오르는 마을을 피비린내가 감싸고 돌았다.

그때부터 악명 높은 살인 중대로 알려지면서 얼룩무늬에 빨간 명찰을 단 여덟 중대가 출동하면 월맹 정규군과 V.C들은 싸워 볼 엄두도 내지 못하고 도망갔다는 소문이 돌았다.

주월 한국군 사령부에서는 100명의 베트콩을 놓치더라도 한 명의 양민을 구출하고 보호해야 한다고 하였지만, 촌각에 부딪히며 교전하는 야전 전투 상황에서 한가로이 정치적인 구호에 따라갈 수 없었다.

322고지 작전에 아군의 피해가 많았거나 말거나 우리는 꿀맛 같은 나날을 보내고 있었다. 아방궁 생활보다 더 즐겁고 행복하고 한가한 매일이었다.

해이해질 대로 해이해진 어느 날 아침나절이었다. 분대장으로부터 집합하라는 소리가 들려왔다. 2인 1조로 편성되어 있는

A 텐트마다 막대기를 두드리며 나직이 하달하였다. 집합 소리가 끝나자 곧바로 일렬종대로 모였다.

"우리 분대가 매복조로 명령받아 곧 출발할 테니 10시까지 소대장 벙커 앞에 집합하기 바란다. 속히 완전군장을 꾸리고 나와라. 이상."

웬일인지 의아했다. 매복이라면 어슴푸레해질 무렵 길을 나서는데 아침부터 매복을 나간다는 것도 그렇고, 단독군장이 아닌 완전군장으로 나오라는 것도 의문이 들었지만, 따질 일이 아니었다. 괜히 부스럼거리만 만들 뿐이다.

"이 새끼, ×으로 밤송이 까라면 까지 웬 말이 많아."

육두문자만으로 마땅치 않아 정강이를 걷어차는 소위 조인트까기를 당할 텐데, 쓸데없는 말참견이 필요 없었다.

2박 3일 탐색 작전 나가듯이 완전군장 차림으로 소대장 벙커 앞에 집합했다. 소대장이 직접 군장 검열을 하는 것이었다. 한 사람씩 배낭을 확인하였다. 크레모아 2발, 실탄 1기수 탄, 수류탄 4발, 조명탄 4발, 판초 우의, 탄창, 야전 식량, 수통 등 그리고 총기 수입까지 확인하였다. 늘상 반복되는 일이라 이상이 없었지만, 얼굴 위장이 마땅치 않다고 전부 돌려보냈다.

매번 숯검정으로 가로세로 몇 번 문지르고 나가도 아무 말 없었는데 왜 오늘 이리 까탈스럽게 할까. 30kg 정도의 군장을 메고 40도를 넘나드는 무더위에 1시간만 행군하면 땀에 씻겨 지워지는 것을 잘 알면서….

그리고 세수를 해 본 지 몇 달이 되었는지 누구보다 잘 알고 있으면서, 얼굴을 알아볼 수 없는 산적 떼 같은 모습들인데 위장술이 무슨 필요가 있다는 말인가? 아마도 경각심을 주기 위해 한 말인 것 같았다. 잔말이 필요 없었다. 모두 밥해 먹다 타 버린 숯검정으로 얼굴에 시커멓게 분칠하고 집합했다. 어깃장을 놓아 쿤타킨테보다 더 새카맣게 덧칠했다. 눈에만 반질반질 광채가 나고 있을 뿐이었다. 일렬종대로 집합했다.

분대장의 구령에 따른 '필승' 경례에 결기가 묻어났다.

"매복을 잘 서고 귀대하길 바란다."

소대장의 간단한 인사에 힘이 들어가 있었다. 일일이 악수를 청하였다.

매복을 나가는데 소대장이 악수를 청하며 격려를 해 주는 것은 처음이었다. 참 별난 일이었지만, 큰 관심을 두지 않았다. 그저 여느 때와 같이 무덤덤하게 하산을 시작했다.

부대 진지가 보이지 않는 7부 능선쯤 내려왔을 때였다. 최고참 정영택 수병이 수신호를 하였다. 언제나 그러하듯이 고참병의 군장을 덜어 후임병이 덤으로 짊어지고 가는 것이 관행이었다. 오래된 악습으로 당연히 그래야만 했다. 파월한 지 두 달 갓 넘은 김병기, 한 달 된 이상태와 오정욱은 분대장과 선임 수병과 첨병의 군장에 있는 크레모아, 탄창, 수통을 옮겨 담았다. 40kg 가까운 군장이라 경사지에 비벼대며 겨우 일어났다.

인정사정없이 내리쬐는 햇빛을 맞으며 숲속을 헤집고 앞으로 나아갔다. 졸병들 등 뒤에 PP 선으로 동여맨 5~6개의 플라스틱 수통에서 '달그락달그락' 부딪치는 소리만 가늘게 들려올 뿐이었다. 끙끙거리며 따라오는 졸병들이 걱정스러워 뒤를 돌아보았다. 오정욱이 보이지 않았다.

"야, 오정욱이 어떻게 된 거야."

이상태는 자기도 힘들어 죽겠는데 누굴 챙길 수 있느냐는 듯 잔뜩 찡그린 얼굴로 나를 쳐다보며 말했다.

"모르겠습니다."

"야, 인마, 모르면 다야? 챙겨서 같이 와야지."

숲을 헤치고 뒤뚱거리며 쫓아오는 오정욱이 보였다.

"야, 이 새끼야. 그렇게 걷다 낙오되면 끝나는 거 몰라? 고문관처럼 빠져 가지고, 빨리 내 앞에 서."

지난해 9월 우기철인 어느 날, 칸호아 마을 북쪽에 1박 2일 수색 작전을 나갔을 때였다. 예와 같이 졸병인 나와 윤희주는 선임들이 덜어낸 짐을 짊어지고 낑낑거리며 뒤따라왔다. 어디만치 왔는지 알 수 없을 때 휴식 시간이 주어졌다. 뒤를 돌아보니 윤희주가 보이지 않았다. 얼마를 기다려도 나타나지 않았다. 불안한 대원들은 오던 길을 되돌아 곳곳을 찾아 나섰지만, 행적을 알 수 없었다. 다음 날, 날이 밝아오자, 주변 일대를 수색하듯 찾아보았지만 실패하고 귀대할 수밖에 없었다. 지도도 없고 독도법도 모르는 윤희주는 돌아오지 못했다. 뻿뻿하던 분대장은 중대장과 소대장으로부터 뼈마디까지 노글노글하게 두들겨 맞아 걸음걸이가 어기적거리고 동공마저 흐릿한 모양새였다.

실종 신고가 아니라 죽은 것으로 확신하고 전사 처리로 보고하였다. 10여 일이 지났을 때 대대 본부로부터 윤희주가 살아 돌아왔다는 연락을 받았다. 기적적으로 살아 돌아온 것이다.

잠자는 시간까지 긴장을 풀면 사고가 난다는 것을 잠시 잊어버렸다. 갑자기 배가 아파 빠른 동작으로 토막 대변을 보고 일어나니 아무도 안 보이더란다. 주섬주섬 탄띠를 차고 주변을 찾아 헤매었지만, 도리가 없었다. 당황하기도 했지만, 차라리 덤덤한 기분이었다. 다행히 각자에게 배분된 C-레이션 한 박스를 온전히 지니고 있어 식량 걱정은 하지 않았다. 야간에는 바나나 이파리를 잘라 추위를 막으며 밤을 보냈다. 청명 도량한 십자성과 은하수의 별빛이 오로라처럼 너울거리며 춤사위를 펼쳐 보이자, 조각조각 날아가 버렸던 파편들이 소집되기 시작했다.

한여름 방학 때면 더위를 피해 남천에 모여들었다. 허리춤까지 오는 물 위로 반구형 까만 바위가 언제나 제자리에 변함없이 아이들을 불러들였다. 서너 명이 올라설 수 있는 거북등 같은 바위에서 차례로 공중제비하며 힘껏 뛰어올라 물속으로 뛰어들었다. 까맣도록 반질반질하게 그은 수남이, 기철이, 종준이와 같이 배고픔을 잊고 종일 물장구를 치며 놀아도 싫지 않았다. 밤이 되면 모기를 피해 모래사장에 다시 모였다. 아직 식지 않아 따끈따끈한 굵은 모래에 엉덩이를 붙이고 매일 똑같은 얘기를 해도 재미있었다. 한여름을 그렇게 보냈었는데, 이제는 어디에서도 그들을 만나 볼 수 없을 것만 같았다.

매일 가뭇없이 숲속을 헤집으며 다니기에 지쳐 가고 있었다. 차츰 불안하고 초조해지기 시작하자 한 번도 내 보지 않았던 경문經文 같은 소리가 입 밖으로 뚝뚝 튀어나왔다. 아껴 먹던 식량도 바닥을 드러내고 있었다.

어디서 물 흐르는 소리가 들렸다. 수통을 들고 일어나 서너 걸음을 옮기고 있을 때였다. 그때였다. 작은 폭포를 이루는 언덕 위에 '쪼그려 쏴' 자세로 거총을 한 병사들이 보였다. 금방 격발할 것만 같았다. 그들이 '누구냐.'고 묻기도 전에 오른손에 들었던 소총을 내려놓고 양손을 번쩍 들어 올렸다. 접근해 오면서 무슨 말을 하고 있었으나 알아듣지 못했다. 거총 자세로 조심스럽게 가까이 오는 것을 보니 청회색의 바탕에 황갈색 얼룩무늬 복장을 하고 있는 군인이었다. 백인 둘에 흑인 한 명의 병사들이었다. 오른쪽 가슴 상단에 U.S.M.C라고 노란 글씨가 박혀 있는 것을 보고 직감적으로 미 해병대라는 것을 알 수 있었다.

그들이 묻기도 전에 먼저 말해 버렸다.

"I am a Republic of Korea Marine Corps."

"I forgot the way. Please let me go R.O.K.M.C."

'나는 대한민국 해병대인데 지금 길을 잃어버렸다. 그러니 돌려보내 달라.' 보디랭귀지를 섞어 가며 서툰 영어로 말했다. H대학교 공대를 다니다 입대를 하여 어느 정도 영어 구사 능력이 있는 것이 다행이었다. 그들은 배낭과 소지품을 뒤져 신분을 조사하고 무전기로 부대에 확인을 했다. 비무장 상태로 그들과 함께 미군 부대에 들어갔다. 옛날 왕조시대 수도였던 후에 부근에 주둔하고 있는 부대였다. 호이안에서 멀리까지 왔다는 것을 알게 되었다. 그들이 제공해 준 식사를 든든히 먹고 오랜만에 야전침대에서 깊은 꿀잠에 취해 들 수 있었다.

신원이 확인되어 헬기로 우리 부대까지 무사히 오게 되었지만, 귀대와 즉시 헐렁하게 기합이 빠져 길을 잃어버렸다며 오뉴월 삼복더위 복날 개 몽둥이로 후려치듯 두들겨 맞았다. 까무러질 것만 같았지만, 죽었다 살아 돌아온 것만도 천만다행이라 생각되었다. 살아 돌아온 동기 윤희주의 부활 같은 얘기였다.

염려되어 오정욱을 앞에 세우고 행군을 이어 갔다. 이곳은 처음 가 보는 곳인데 우거진 숲이 앞을 가로막았다. 만도칼로 숲을 제거하며 나가다 보니 매우 더딘 걸음걸이였다.

3부 능선쯤 왔을 때 어디서 물 흐르는 소리가 들려왔다. 조그만 계곡 돌 틈 사이로 깨끗한 물이 흐르고 있었다. 누구랄 것도 없이 뛰어들었다. 좁은 틈새로 흐르는 물이라 온몸을 전부 담글 수 없었지만, 시원한 청량감에 더위를 피할 수 있었다. 이것이 얼마 만인가. 아무리 생각해 보아도 월남에 온 이후 단 한 번도 샤워를 해 본 기억이 없다.

방석에 있을 때는 더위를 이기지 못해 반바지에 알몸으로 지내고 있었다. 땀에 절어 범벅이 된 상태로 진지 구축 작업을 하다 보면 비산하는 흙먼지를 뒤집어쓰는 것은 예사로웠다. 잠시 나무 그늘 아래 휴식을 취하며 끈적거리는 때를 두 손으로 밀어내는 목욕 방법이 고작이었다. 메밀국수 올 같은 시커먼 때가 몇 줄기씩 가락을 만들며 쭉쭉 힘들이지 않고 잘 밀려 나왔다. 손이 닿지 않는 등허리는 옆에 있는 대원과 교대로 밀어 주고 툭툭 털어 주는 목욕 방법이었다. 끈적거리며 덕지로 붙어 있는 땟국을 밀어내면 개운했다.

오늘은 모처럼 몸이 호강하고 있는 것이다. 해질녘까지 온몸을 맡기고 싶었지만, 그럴 수 없었다. 군복 위로 줄줄 흐르는 물을 털어내고 다시 행군이 시작되었다.

내려오는 동안 한두 차례 통신 상태를 확인했다. 하나, 둘, 삼, 넷, 오, 여섯, 칠 하면서….

하산이 끝나자 곧바로 개활지가 나타났고, 농경지가 보였는데 오래전 폐허가 되어 아무도 살지 않는 황무지였다. 군데군데 대나무로 엮어 만든 농가가 보였으나 방치되어 귀신이 사는 집처럼 으스스한 모습들이었다. 어느새 해는 안남산맥 중턱으로 쓰러져 가고 있었다. 더위가 힘을 잃어 가고 있었다.

첨병의 걸음걸이가 매우 조심스러웠다. 뒤를 이어 가는 대원 모두 첨병의 걸음걸이에 보조를 맞추어 걸어 나갔다. 폐가 앞에 이르러서부터 첨병의 걸음걸이가 더욱 느렸다. 다닥다닥 붙어 가려는 대원은 없었다. 앞장선 첨병이 부비트랩을 밟아 사고를 당하였을 때 개인 거리가 확보되지 않으면 도매금으로 피해를 보게 된다는 것은 누구나 잘 알고 있기 때문이었다.

사주경계가 좋은 밋밋한 경사지에 이르자 앞서가던 분대장이 대원들에게 말하였다.

"나는 허욱선이와 함께 원 매복 지점 상황을 정찰하고 돌아올 테니 너희들은 이곳에서 저녁 식사를 하고 있어라."

각자 적당한 거리를 두고 은폐된 장소를 이용하여 블로킹 자세로 자리를 잡아 나섰다. 바나나 이파리가 너울거리는 숲 아래 걸터앉기 마침맞은 조그만 바위가 눈에 들어왔다. 몇 발짝 옮기다 멈칫했다. 올가미가 설치되어 있을 것 같은 경계심이 들어 다른 곳을 찾아 나섰다.

동바티아 마을을 지나 야자수 숲으로 둘러싸인 너른 광장에는 푸롱 강변을 배경으로 살고 있는 양민들의 시장이 있다. 이곳은 남과 북을 연결하는 V.C들의 중요한 전략적 요충지로 상호 도강을 하며 물건을 거래하고 정보를 주고받는다는 첩보를 입수하게 되었다. 여기에 2소대 1분대가 잠복에 들어가 V.C를 전멸시켜 커다란 전과를 올린 곳이 있었다. V.C 5명 사살, AK 소총 3정, 휴대용 로켓포 1문을 노획하여 사기가 탱천했던 곳이다. 지난 1월 우리 분대도 매복을 나갔을 때였다. 논둑길을 지나 강변에 이르게 되었다.

그때도 지금과 같이 원 매복 지점을 정찰 나간 사이 가假 매복 지점에서 휴식을 취하려고 각자 십여 미터 정도 거리를 두고 분산하여 자리를 잡고 있을 때였다.

'콰쾅' 고막이 터질 것 같은 엄청난 소리였다. 반사작용으로 낮은 포복 자세로 사격 준비를 했지만, 어느 지점에서 폭발음이 들렸는지 알 수 없었다. '후두두둑' 흙먼지가 철모와 등허리에 떨어졌다. 고개를 들었다. 두 시 방향 20m 거리에 웅덩이처럼 파여 나간 자리에는 검은 흙덩이에 풀뿌리가 뒤엉킨 속살이 드러나 보였다. 그 자리에는 화약 냄새와 함께 검은 연기가 피어오르고 있었다. 잠시 뒤 폭발 장소와 멀지 않은 곳에 쓰러져 있던 대원이 벌떡 일어나며 소리를 질렀다. 일어나자마자 어찔어찔했는지 비틀거렸다.

"전 괜찮습니다."

박태교였다. 제정신이 아닌 것 같은 뻘쭘한 모습으로 서 있었다. 거총 자세로 왼손을 들어 올리며 자기한테 오라는 수신호였다. 그런데 박태교의 왼쪽 팔과 다리의 정글복 위로 선혈이 묻어나고 있었다. 순식간에 일어난 사태였지만, 그를 바라볼 시간의 여유가 없었다. 우리는 적이 보이지 않는 정글을 향하여 반사적으로 사격을 가했다. 연발로 발사되는 M16의 소리가 밀림의 생태계를 혼란스럽게 만들어 놓았다. 탄창을 몇 개씩 갈아끼웠다. 조용하던 강변을 요동치게 만들었다.

분대장은 사격을 중지하고 대원들의 숫자를 확인해 보았다. 천만수가 안 보였다. 풀포기를 휩쓸고 간 자리에는 아무것도 안 보였다. 가까이 다가갔다. 비참해서 볼 수가 없었다. 너덜너덜한 몸통에 하반신은 잘려 나가고 없었다. 정글화가 신겨진 허벅지 아래 다리 한 짝이 나뭇등걸에 걸쳐 있었다. 즉시 무전기로 중대 본부와 연락을 취했다.

"여기는 찰리, 여기는 찰리. 알파 나와라, 알파 나와라, 이상."

"여기는 알파, 찰리, 무슨 일이 발생했는가. 이상."

"여기는 찰리, 매복을 나가던 중 부비트랩 사고 발생, 전사 1명, 부상 1명. 긴급히 매드백(닥터헬기)을 요청한다. 이상."

"여기는 알파, 잘 알겠다. 즉시 매드백을 보내겠다. 철저한 상황 파악과 환자 후송 후 그 자리에서 즉시 철수하기 바란다. 이상."

피비린내가 진동했다. 너덜너덜한 시신을 수습하는 것이 여간 조심스럽지 않았다. 잠시 뒤 헬기가 접근하는 소음이 들려왔다. 위치를 알리는 연막탄을 쏘아 올렸다. 건십(gunship)이 하늘의 제왕답게 적의 근거지를 찾아 나섰다. 날렵하게 생긴 건십이 우리가 있는 주변 일대에 불줄기를 만들며 기총소사를 가했다. 높이 날아올라 곤두박질하면서 M60으로 사격을 해 주었다. 위축되어 있던 우리에게 사기를 높여 주었다. 판초 우의로 수습한 천만수의 시신과 부상자 박태교를 태운 올챙이처럼 생긴 매드백이 사라질 때까지 엄호 사격을 해 주었다.

천만수는 파병된 지 채 한 달도 안 된 신참이다. 얼굴을 보면 금방 알 수 있다. 햇볕에 그을려 등허리에 허물이 세 번 벗겨져야 온몸이 청동구리처럼 반들반들 윤이 나는데 아직 그런 때깔이 나지 않았다. 뽀얀 얼굴에 민첩성도 보이지 못했다. 눈알 돌아가는 소리가 들리고 광채도 없었다.

105mm 포탄에 봉인된 밀랍으로 등화용 양초도 제대로 만들어 내지 못했다. 눈치 빠른 놈은 절에 가서도 새우젓 얻어먹는다는데 눈썰미가 없어 이리저리 얻어터지기 일쑤였다.

고참들이 만들어 내는 벙커는 예술적인 건축물이다. 야전삽 하나만으로 사낭을 쌓아 옹벽을 올리고, 철조망 철제 지주대를 잘라 한쪽 면을 납작하게 두드려 칼날과 손잡이를 만든 만도칼로 주변에 있는 나무를 찍어 기둥과 서까래를 세웠다. 그 위에 이중, 삼중 사낭을 덮어 반듯하고 견고한 요새를 만들어 놓았다. 신기하게도 놀라운 건축 예술의 진수를 볼 수 있었다. 155mm 정도의 포탄에도 견뎌낼 수 있는 건축물을 뚝딱뚝딱 만들어 놓았다.

그런데 천만수는 진지 구축용 사낭 자루 하나 제대로 퍼 담지 못하고 느려 터져 중고참이 될 때까지 개인 참호 하나 만들어 낼지 심히 걱정스럽게 보이는 고문관이었다.

어느 날 야간 동초를 서고 들어와 분대 벙커 앞에 숨어 라면을 끓여 먹는다고 수류탄 안전핀을 분해한 후 불을 붙였다가 큰 사고를 낼 뻔했었다. 파란 불꽃이 피어오르는 M26 수류탄만을 사용해야 하는데, 어설프게 배운 솜씨로 M67 세열 수류탄을 분해하여 불을 붙였다. 강한 독성의 연기를 내뿜는 바람에 봄

꿩 제바람에 놀라듯이 수류탄을 놓아 버리고 말았다. 다행히 터지지 않았지만 여기저기서 샌드백 치듯 당하여 혼쫄이 난 적도 있었다.

작전을 나가서도 마찬가지였다. 천둥에 놀란 개 뛰듯 분주하기만 했지, 앉을 자리 누울 자리를 구분하지 못해 사고를 당하고 말았다.

등받이처럼 생긴 나뭇등걸에 등을 기대고 휴식을 취하려고 했다. 적은 이런 장소에 교묘히 부비트랩을 매설해 놓는데 하필 그곳에 자리를 잡은 것이 원인이었다. 조금 전만 하여도 후미에서 엉덩이에 매단 수통이 서로 부딪치면서 덜거덕거리는 것이 거추장스럽던지 PP 끈을 목에 매달고 오는 모습을 보았는데, 순간적으로 흔적 없이 사라지고 말았다.

군대 생활 6개월째, 이제 며칠만 지나면 이등병 딱지를 뗄 수 있었는데 V.C가 매설해 놓은 부비트랩에 산화하고 말았다.

일부러 불편한 장소에 자리를 잡았다. 칠면조 고기가 든 B3형 박스를 열고 거뜬히 식사를 끝낼 때쯤 분대장과 첨병이 돌아왔다. 흙바닥에 그림을 그려 가며 각자 매복 위치를 알려 주었다. 10m 간격으로 4개 팀으로 나누어 주었다. 나와 이상태가 한 팀이 되어 들어가는 초입 공동묘지에 근무를 서도록 지시하였다.

이상태는 눈만 감으면 코를 골아 누구나 매복조를 같이 하기를 꺼리고 있었다. 지난번 남풍마을 부근으로 매복을 나갔을 때 하필이면 오늘 첨병으로 나선 악질 허욱선과 같이 매복을 서며 잠시 코를 골다가 다음 날 방석에 들어와 야전침대 마후라로 5대를 맞았다고 하였다.

“야, 이 새끼야. 코를 골다 V.C에 들키게 되면 어떻게 되는 줄 몰라? 이 시발놈아, 빠져 가지고. 너 혼자 죽는 것이 문제가 아니라 우리 모두 전멸이야, 이 개새끼야.”

“잘 알겠습니다.”

“이 새끼 한 번만 더 코를 골면 죽여 버릴 거야.”

말끝마다 저급하고 상스러운 육두문자였다.

그 후 또다시 다른 선임과 근무를 서다 호된 기합을 받고 난 뒤부터 어리바리한 모습이었다.

측은한 생각이 들었다. 누구나 그런 과정을 거치지만 새까만 졸병들은 요령이 없어 힘만 들었지 능률이 안 올라 금방 지쳐 버렸다. 태양이 정수리에서 꼼짝하지 않고 있는 한낮쯤 이글거리는 교통호에서 진지 보수 작업을 하다 보면 녹초가 되어 버린다. 쉴 틈 없이 식사 당번, 총기 수입을 끝내고 매복을 나가게 되면 피로가 겹쳐 감겨 오는 눈꺼풀을 밀어 올릴 수가 없다. 이 상태는 더구나 생리적인 현상으로 나타나는 수면에 코골이 때문에 더한 고통을 받는 것 같았다.

땅거미가 내려앉기 시작하자 원 매복 지점을 향해 출발했다. 얼마쯤 지나자 잔잔하게 흐르는 얕은 실개천이 나타났다. 첨병은 강을 건너 숲속으로 사라져 보이지 않았다. 발소리를 죽였는데도 왠지 정글화에 물이 넘치며 찰방찰방거리는 소리에 신경이 쓰였다.

중간쯤 왔을 때였다. 갑자기 찐 감자 냄새가 코끝을 스쳐 갔다. 몇 발짝 동안 냄새가 이어져 머리끝이 쭈뼛거렸다. 등 뒤의 알 수 없는 총구에서 불을 뿜어 낼 것만 같았다. 이 깊은 황무지에 무슨 민가가 있어 밥을 지어 먹고 있을까. 상상도 할 수 없는 일이다. 너무 예민해서 그럴 것이라 생각했지만 예사롭지 않은 느낌이었다.

강을 건너 500m쯤 왔을 때 분대장이 먼저 우리 팀 매복 지점을 선정해 주었다. 잡풀이 무성한 황폐화된 공동묘지였다. 군장을 풀어 크레모아 4발을 꺼내 가슴에 안고 낮은 포복으로 전방을 향해 나갔다. 4~5m 간격으로 크레모아를 매설하고 인계철선을 연결한 후 자리에 돌아와 점화기에 플러그를 꽂아 놓았다. 예비용 탄창 1기수 탄을 소총 옆에 올려놓았다. 무기들을 다시 한번 점검했다. 방탄조끼에 매단 수류탄 4발, 조명탄 4발을 확인했다.

옆 팀과 수시로 이상 유무를 확인하기 위한 PP 선을 일부러 이상태 손목에 걸어 주었다. 졸지 못하게 하기 위해서였다. 소곤거리듯 이상태에게 말하였다.

"너 오늘 코 골면 내일 들어가 작살을 낼 거야, 알았지."

"넷. 조심하겠습니다."

왠지 오늘밤은 한바탕 일이 벌어질 것만 같은 예감이 들어 당부를 해 놓았다. 이놈도 바짝 긴장되고 있는지 수통의 물을 마시고 있었다. 나도 그 모습을 보자 목구멍이 마르는 갈증이 느껴졌다.

수통을 달라고 손을 내밀었다. 미처 받지도 않았는데 이상태가 놓아 버리고 말았다. '털거덕' 땅바닥에 떨어지며 둔탁한 소리를 냈다. 풀벌레 소리만 간간이 들려오는 조용한 밤이라 수통 떨어지는 소리가 신경을 건드렸다. 이 잘못은 전적으로 이상태의 책임으로 돌렸다. 오른손에 주먹을 쥐며 나직하지만 힘을 주어 말했다.

"새끼, 쫄따구가 빠져 가지고 그것도 제대로 못 건네주나."

"잘못했습니다."

주눅이 들어 있었다.

"인마, 쫄지 말고 근무 잘 서."

"잘 알겠습니다."

조용하게 말하였지만, 목소리에 엄포가 들어 있었다. 월남에 온 지 얼마 안 되었을 뿐 아니라 나보다도 7기 차이가 나 평상시도 얼굴을 마주 보고 얘기도 못 할 군번이었다.

오늘은 아무리 담배가 피우고 싶어도 참아야겠다고 다짐했다. 판초 우의를 덮고 수통 속에 담배를 넣어 감쪽같이 한 대 피우고 나면 무척 기분이 좋지만 포기하기로 했다. 인정사정없이 달려들며 쏘아대는 모기에 시달리며 고통스러운 밤을 보내어야 할 것 같았다. 여기 월남 모기는 빨대 침이 얼마나 강하고 긴지 미제 모포 세 장 반을 뚫고 들어와 피를 빨아먹을 정도라고 했다. 과장된 말이지만 보통 극성스러운 놈들이 아니다. 모기 기피제가 나온다는 말은 들어 봤지만 한 번도 발라 본 적이 없다. 이유는 기피제 냄새가 V.C들의 후각에 노출될까 봐 그런다고 하는데, 방석에 있을 때 딱 한 번 본 적은 있지만, 그 후 구경해 보지 못했다.

박명이 짙어지며 하늘은 청회색으로 고요가 내리기 시작했다. 시간은 여덟 시 오 분 전을 가리키고 있었다. 보통 V.C들은 자정을 전후하여 준동하는데 그때까지 식지 않은 열기와 담배를 못 피우는 금단현상, 모기와의 전쟁에 대한 인내를 어떻게 감당해 나갈 수 있는지 모를 것 같았다. 무료한 시간이 흘러가고 있었다.

월남에 온 지 한 달 만에 처음으로 전과를 올릴 때였다. 방석에서 멀지 않은 칸호아 마을을 지나 건너편 논밭을 향한 비스듬한 언덕에 참호를 파고 매복에 들어갔다. 이 일대는 몇 번 매복을 나와 봤지만, 허탕만 치고 철수했다. 전방을 주시하며 경계는 했지만, 별일 없을 것이라 긴장을 풀고 판초 우의를 뒤집어쓰고 빈 수통 속에 있는 담배도 맛있게 빨았다.

그날 밤은 유난히도 밤하늘이 맑고 선명했다. 우주의 거대한 캔버스에 수많은 별이 알알이 박혀 반짝이며 간간이 유성을 내리꽂으며, 뽀얀 먼지 뭉텅이처럼 생긴 끝 간 데 없이 이어진 은하수가 장엄하면서 경이롭게 보였다.

숲속에는 알지 못하는 풀벌레 소리가 유난히 소리를 내며 울어 대고 있었다. 셀 수도 없는 많은 반딧불이 노르스름한 빛을 반짝거리며 공중에서 난무하며 밤을 보내고 있었다.

어린 시절 맑은 날 밤 숲속을 헤엄치는 모습을 수없이 보아 왔지만, 발광체에서 빛을 발하는 개똥벌레의 반딧불은 언제 보아도 아름다웠다.

반딧불의 꿈은 길몽이라 한다. 사랑과 행운의 열쇠를 거머쥘 수도 있고, 어깨에 붙어 반짝이는 반딧불은 승진과 명예를 얻게 된다고 한다. 글쎄다. 오늘밤에 V.C가 출몰하여 커다란 전과를 올릴지 모를 일이라 생각했다. 시간은 계속 흘러갔다.

자정을 넘길 시간쯤 되었을 때였다. 우측 방향에서 근무하는 매복조에서 신호를 보내왔다. 손목에 매단 PP 선을 갑자기 '툭툭' 두 번 치며 전방에 이상이 있음을 알려왔다. 우리 팀도 좌측 매복조에 즉시 신호를 보냈다. 시선을 집중하자 논둑 위로 빠른 걸음으로 걸어오는 물체가 보였다. 칠흑 같은 밤이지만 다가오는 검은 물체를 알아볼 수 있었다. 틀림없는 V.C였다. 우리 분대 매복 한가운데 사정거리를 통과할 때였다. 거의 동시에 크레모아 점화기를 눌렀다. 천지를 진동하는 굉음이 지축을 들었다 내려놓았다. 동시에 휴대용 조명탄을 쏘아 올렸다. 대낮같이 주변을 환하게 밝혀 주었다. 걸어오던 물체가 쓰러졌는지 보이지 않았지만, 그곳에 집중하여 화력을 쏘아 부었다. 9명의 대원이 M16 자동 소총으로 뿜어내는 소리는 장관이었다. 동시다발로 수류탄을 투척하였다. 초긴장 상태에서 가지고 있는 화력을 집중적으로 쏟아부었다. 사격 중지 명령이 떨어졌고 우리는 각자 참호에서 꼼짝 않고 자리를 지키고 있었다. 세상은 별다른 일 없었다는 듯 고요와 적막으로 돌아왔다.

독일의 문호 보르헤르트의 작품『문 밖에서』한 구절이 생각났다 '호수에 바위를 던졌다. 큰 파문을 일으키더니 잠시 후 조용해졌다. 세상은 모두 제자리로 돌아왔다.' 하늘의 성체는 변함없이 별빛을 토해 내고 있었다. 숲속에는 벌레의 합창 소리와 반딧불이의 유희가 여전했다.

여명을 지나 어스름이 걷히며 칸호아 마을 언덕 위로 우리를 닮아 가고 있는 육중한 태양이 초록의 융단을 밟으며 장엄하게 걸어 나오고 있을 때였다.

소대장이 3분대 대원을 데리고 나타났다. 지난밤 집중포화를 했던 현장 상태가 몹시 궁금했다. 작은 농수로를 건너 논둑에 올라섰다. 모내기한 지 얼마 되지 않아 벼 포기 사이가 듬성듬성했다. 논둑 위에 3구의 쓰러진 시체가 보였다. 그들은 우리가 매설해 놓은 크레모아에 꼼짝없이 당하고 말았다. 쓰러진 시체들은 수없는 탄알과 수류탄에 맞아 만신창이가 되어 있었다. 너무 처참해서 온전한 시선으로 볼 수 없었다. 시체 한 구는 목덜미 횡근 부근에 총알 자국이 났는데 얼굴 전면은 절반 정도

흔적이 없었다. M16의 위력을 실감할 수 있었다. 탄두가 총열을 통과하며 여섯 번 반을 회전하며 날아가 탄착 지점을 통과할 때 엄청난 파괴력을 나타낸다는 것을 처음으로 목격했다. 한 구의 시신은 창자가 흘러나와 무논에 담겨 있고 주변에는 핏물이 흥건하게 고여 있었다. 남색 러닝셔츠에 고무줄 끈으로 동여맨 검정색 반바지를 입고 있었고, 신발은 폐타이어를 잘라 만든 슬리퍼를 신고 있었다. 첨병으로 보이는 맨 앞쪽의 시신은 형체를 알아볼 수 없을 정도였다. 그들은 AK 소총 1정과 우리가 사용하고 버린 휴대용 조명탄 뚜껑에 콤포지션과 쇠구슬을 넣어 조악하게 만든 수류탄을 소지하고 있었다. 30발이 장전된 탄창의 실탄은 단 한 발도 사용하지 못한 채 고스란히 있었다.

분대장이 신병을 불러 모았다. 나와 2기 선임인 허욱선이 앞으로 나섰다.

"너희들 저기 베트콩 옷을 벗겨 가지고 오너라."

담력을 길러 주기 위하여 월남 신병이 처음 V.C의 시체를 접하게 되면 시신을 수습하는 것이 관행이라는 말을 들어왔지만, 쩔쩔맬 수밖에 없었다. 지금까지 살아오면서 죽은 사람 모습을 한 번도 본 적이 없었는데, 성한 눈으로 볼 수 없는 처참한 시신의 옷을 벗기라는 것에 용기가 나지 않았다.

허욱선은 앞쪽에 있는 V.C에 접근해 옷을 벗기고 있었다. 그 시신은 좀 덜 흐트러져 있었다. 어쩔 수 없었다. 피가 흥건히 고여 있는 무논에 들어갔지만, 달달 떨려 손을 댈 수 없었다. 눈을 질끈 감고 시신의 바지를 벗겨 내렸다. 고무줄 끈이라 어렵지 않았는데 상의는 어깨와 팔이 굳어 있어 벗길 수가 없어 난감해하고 있었다. 그때였다. 누군가 나의 엉덩이를 시신 앞으로 힘껏 밀어 버렸다. 순간적이라 비킬 틈도 없이 시신 앞으로 꼬꾸라지고 말았다. 아찔했다.

"야, 이 새끼야. 그런 새가슴을 가지고 어떻게 해병대에 들어왔어. 저리 비켜, 시발놈아."

통상 V.C의 출몰 시간은 자정을 전후해서 움직이고 있었다. 칸호아 마을 부근에서 처음 전과를 올릴 때도 자정을 넘은 시간이었다.

차츰 어두움이 익숙하게 눈에 들어올 때였다. 갑자기 부비트랩을 설치해 놓은 오른쪽에 어떤 그림자가 너울거리며 다가오고 있었다. 분명히 허상이 아닌 물체를 목격하게 된 것이다. 믿을 수 없는 현실이 눈앞에 나타났다.

순간 포항 영일만 해변으로 착각할 뻔했다. 해안 방어할 때 순찰하는 소대장을 보고 '암호.' 하며 소리를 지를 뻔했다.

가까이 다가오는 모습은 틀림없는 꽁까이(여자)였다. 밤거리 마실 나가듯 아오자이를 펄럭이며 자연스러운 모습으로 걸어오고 있었다. 꽁까이는 오감은 물론 정신작용인 육감이 남자들과 비교해 월등하여 대규모 병력이 이동할 때 첨병으로 앞장세운다는 것은 알고 있었지만, 초저녁에 무방비 상태로 기동했다는 사실은 어디에서도 들은 바가 없었다. 이상태는 손목에 매어 놓은 PP 선으로 좌측 매복 팀에게 신호를 보냈다. 아주 잘하고 있었다. 좌측에서도 감 잡았다고 '쓱쓱' 땅바닥에 끌리는 PP 선 신호가 돌아왔다. 첨병을 10m쯤 조용히 보내자 웅성거리는 소리가 들려왔다. 개인 거리 확보도 없이 대화를 나누며 다가오고 있었다. 주변을 살피는 조심스러움이 전혀 보이지 않았다. 적의 근거지 깊숙한 곳으로 들어왔다는 느낌이 들었다.

아까 실개천을 건널 때 찐 감자 냄새가 났던 것은 이들이 이곳 가까운 부근 어디서 저녁밥을 먹고 있었기 때문일까. 그렇다면 왜 동초도 세워 두지 않고 밥을 먹는 엄청난 실수를 하였다는 말인가. 만약 그들이 우리를 먼저 발견했다면 깊은 적지에서 흔적도 없이 당하고 말았을 것이라 생각되었다.

발자국 소리를 내며 지나가는 적의 숫자를 세어 보았다. 다닥다닥 붙어 있어 정확하지는 않았다. 하나, 둘, 셋, 넷… 열하나, 열둘, 열셋, 후미에도 몇몇 그림자가 보였다.

그때였다. 좌측에서 굉음을 울리는 크레모아 터지는 소리가 들려왔다. 동시에 나의 양손에 준비되었던 점화기를 눌러 버렸다. '꽈다당, 꽝, 꽝.' 20여 발에 가까운 크레모아 터지는 굉음과 지축을 흔드는 땅울림이 조용한 밀림을 뒤집어 놓았다. 후폭풍도 대단했다. 강력한 폭발력에 풀포기와 함께 날아온 흙덩이가 '후드두둑' 하며 철모와 방탄조끼 위로 떨어지고 있었다. 조명탄을 쏘아 올리며 엎드려 쏴 자세로 전방을 향해 M16 소총의

방아쇠를 당겼다. 11명이 연발로 쏘아대는 위력은 대단했다. '드르륵 탕탕 드르르륵 탕.' 반질반질하게 손질된 총열에서 총구로 내뿜는 실탄은 빛의 속도보다 빠르게 날아갔다. 탄창을 갈아 끼우며 무차별 사격을 가했다. 청정과 고요로 묻혀 있던 들판에서 구수한 탄매가 정글로 퍼져 나갔다.

하늘에는 쏘아 올린 휴대용 조명탄이 보름달보다 더 밝은 빛을 발광하여 전방의 상황을 파악할 수 있었다.

'후다다닥' 뒷모습을 보이며 도망가는 물체가 보였다. 서너 명으로 보였다. 도저히 믿을 수 없는 일이었다. 크레모아 콤포지션은 터질 때 약 700개 정도의 쇠구슬이 50m의 사정권 안에 있는 모든 생물체는 뼈 한 점 추릴 수 없게 만들 정도로 파괴력이 있는데 살아서 도망간다는 것이 이해가 되지 않았다. 아마도 사정권 밖에 있었던 놈들 같았다. 도망가는 모습은 분명 숙련된 군인임에 틀림없었다. 곧바로 뛰어가는 것이 아니라 지그재그로 달아나는 것이었다. 촌각의 목숨인데도 몸이 반응하여 달리는 숙달된 병사만이 할 수 있는 반사작용을 유감없이 발휘하며 내달렸다. 탄창을 갈아 끼우고 연발로 무차별 사격을 가했다. 침착할 수가 없었다. 탄착군을 형성하여 가늠자 위에 목표물을 올려놓은 다음 심호흡을 한 후 명중시키겠다는 여유는 있을 수 없었다.

살아남은 적들은 건너편 대나무 숲 속에서 응사하였다. 통상 베트콩 2~3명에 AK 한 정씩 소지하고 있을 정도로 무기가 빈

약하기 때문에 연발로 쏘지 못하고 있었다. 그러나 이곳 안남산맥 일대에 은거하는 V.C들은 스나이퍼로 널리 알려져 있었다. M16의 둔탁한 소리와 달리 '따딱 딱 따딱 딱' AK47 소총 소리는 소름이 돋아 올랐다. 처음 들어 보는 소리인데 야무진 참나무 부러지는 소리 같았다.

바닥에 쓰러진 시체 여러 구가 군데군데 눈에 들어왔다.

"막대기 주워 가지고 와!"

분대장이 큰 목소리로 외치는 것이 들려왔다. AK 소총 및 각종 무기를 노획하여 오라는 은어이다. 누구라 할 것 없이 모두들 앞으로 뛰어나갔다. '피웅 피웅.' 스나이핑이 귓바퀴를 스치며 지나가고 있었다. 시체 주변을 분주히 돌아다녔다.

무릇 인간의 성장기의 정점은 20대 초반인 것 같다. 이 무렵 육체적 활동은 왕성하나 생과 사에 대한 심오한 사유와 고뇌하는 능력은 여린 상태로 성찰의 여정에 이르지 못하고 있을 때다. 한마디로 죽음에 대한 두려움과 겁이 없는 나이로 아무나 부딪히면 싸우고 싶고, 싸우면 이기고 싶은 욕망이 내면 깊숙이 자리 잡고 있을 때라 거리낌 없다.

따라서 국가는 국방으로써 국민의 생명을 지키는 군인에게 목숨을 담보로 하는 희생정신을 요구하고 건아들은 부름에 따른다. 전쟁터에서 싸움은 살지 못하면 죽을 수밖에 없는 이분법적 사고로 용감한 싸움꾼이 될 수밖에 없다.

크레모아를 터트리고 조명탄을 쏘아 올리자 전방 30m 지점에 검은 물체가 쓰러진 채 꿈틀거리는 것이 보였다. 그 모습을 놓치지 않고 마지막까지 시야에 묶어 놓았다. 그곳을 향해 수없이 방아쇠를 당겼는데도 움직임이 여전했다. 수류탄을 던졌더니 조용해졌다. 적이 어떤 모습으로 쓰러져 있을까, 궁금했다. 그 물체를 지정하여 달려갔다. 대나무 숲 쪽을 향해 웅크린 자세로 엎어져 있었다. 정글화로 어깻죽지를 힘껏 밀쳐 젖혔다. 분신과 같은 AK 소총을 가슴에 껴안고 죽어 있었다. 덥석 총신을 움켜잡았다. 아직 응고되지 않은 뜨끈하면서도 뭉클한 핏덩이의 촉감이 손아귀에 전달되자 찌릿한 느낌이 들었다.

핏덩이가 엉킨 AK 소총을 손에 쥐고 재빨리 원위치로 돌아와 엄호 사격을 가했다. 적과의 교전은 계속되었다. 1기수 탄창이 거의 소비되고 있었다. 수류탄과 조명탄 유탄발사기도 전부 소진되어 가고 있었다. 적의 화력은 점차 강해지고 있었다. 고막을 찢을 것 같은 포탄 터지는 소리가 여기저기서 들려왔다. 적의 지원군이 쏘아대고 있었다. 우리의 66mm 무반동포와 비슷한 소련제 B-40 포격이었다. 더 이상 교전은 의미가 없을 것 같았다. 그때 분대장으로부터 소리가 들려왔다.

"전부 후퇴하라!"

앞뒤 좌우 어디를 가도 적의 은밀한 근거지가 도처에 진을 치고 있는 것으로 예측되었다. 실탄이 든 탄창 서너 개와 필요 장비를 주섬주섬 배낭에 챙기고 교전 장소에서 반대되는 곳으로 무작정 달려 나갔다. 별빛마저 숨어 버려 아무것도 보이지 않는 깜깜한 정글 속을 둔탁한 군화 소리를 내며 무조건 숲을 헤집고 달렸다. 나뭇가지에 옷이 찢기고 대나무 숲 가시에 생채기가 나도 문제가 되지 않았다.

발을 헛디뎠는지 몸이 공중에서 낙하하며 부유하다 떨어지는 느낌이 들었다. 찰나의 순간이었겠지만, 창자가 단전 아래로 밀려나며 떨어지는 것 같았다. '꾸당당 철석.' 거의 같은 자리 위를 이어 떨어지고 말았다. 여기저기서 '아이쿠야!', '아이쿠!' 가느다란 비명이 연이어 들려왔다. 가늠할 수 없는 높이의 절벽에서 떨어진 것이다. 앞 사람 몸통 위로, 머리 위로 떨어졌지만, 한 사람도 다친 대원은 없었다. 떨어진 곳은 발이 빠지는 늪지대라 충격을 완화할 수 있어 다행이었다. 그런데 2팀에 매복하고 있던 김병기는 주저앉아 꼼짝 못 하고 있었다. 신병 딱지는 아직 달고 있지만, 눈치 빠르고 동작이 잽싸서 기수 빠따가 아니면 기합을 받는 경우가 거의 없는 대원이었다.

"다리에 힘이 없어 도저히 못 가겠습니다."

정글화를 벗겨 보았다. 피가 흥건히 고여 있었다. 아예 바지를 벗겨 버렸다. 고관절 대퇴부에 총상을 입은 것이다. 다행히 관통한 것은 아니었지만, 피하조직 깊숙한 부위를 뚫고 나가 피가 흘러내리고 있었다. 이런 상태로 몇백 미터를 뛰어왔기에 출혈이 심했을 것 같았다. 첨병 허욱선은 노획한 소총과 군장을 내려놓더니 얼른 웃통을 벗어 이빨로 옷소매를 찢어 압박붕대를 만들어 김병기의 허벅지를 동여맸다. 허욱선은 제천 출신으로 2소대에서도 악질이라고 소문이 났다. 광대뼈가 툭 튀어나온 커다란 얼굴에 눈은 와이셔츠 단추만 하게 작은데 한쪽 눈은 위로 째져 있었다. 성깔이 사나운 데다 화가 나서 말할 때에는 게거품을 물며 침을 튀겨 내는 꼴이 가관이다. 이놈은 빠따 때리는 것도 가히 명품 솜씨다. 곡괭이 자루를 사용하지 않는다. 반드시 사각 진 야전침대 마후라로 엉덩이를 후려친다. 대각선을 만들며 위로 한 대, 아래로 한 대, 그리고 정면에 한 대, 세 대를 맞으면 꼬꾸라지지 않는 졸병이 없었다. 신병들이 들어오는 날이면 먹잇감을 만난 백상아리처럼 어깨를 들썩거리며 신바람이 나서 돌아다녔다.

미국 스탠퍼드 대학에서 간수와 죄수의 배역을 나누어 실험을 하였는데 시간이 지나자 간수 배역의 실험자들이 피실험자들에게 신체적 폭력과 심리적 모욕을 자행하는 습관이 자연 발생하였다고 하였다.

구조주의자 소쉬르(Soussure)는 인간은 누구나 언어적, 문화적, 사회적 구조의 영향을 받고 있다고 했는데, 아마도 허욱선이도 상명하복이 잘 형성된 군대조직에 누구보다 잘 길들어져 포악한 행동을 하고 있는 것으로 보였다.

그는 언젠가 나에게 이런 말을 한 적이 있었다. '빠따를 칠 때 말이야, 근육이 적은 대상자를 때릴 때에는 빠따 자루가 엉덩이에 척척 달라붙어 참맛을 못 느끼는데, 탱탱한 엉덩이는 한 대씩 내려칠 때마다 자루가 튀어 오르는 반동에 짜릿한 손맛을 느끼게 된단 말이야.' 아마도 에피쿠로스가 주장하는 바와 같이 타고날 때부터 원초적 쾌락을 온몸으로 느끼고 있는 것처럼 보였다.

소대에서 악명을 날리는 놈이 알몸으로 김병기를 덥석 업고 앞으로 나섰다. 힘도 좋았다. 교대로 업고 갈 만한데 미련스럽게 끙끙거리며 달려 나갔다. 얼마를 더 갔을까. 밋밋한 동산이 보였다. 거리낌 없이 정상에 올라 내려놓았다.

숨을 고른 후 아래를 내려다보았다. 저기가 어디쯤인지 분간할 수 없으나 수많은 횃불이 떼를 지어 움직이고 있었다. 우리를 찾고 있는 것일까. 야간 지리에 익숙한 그들의 수색조가 우리를 발견하여 교전한다면 불리한 처지에 놓여 있을 수밖에 없었다. 엄폐물을 찾아 타원형으로 사주경계에 들어갔다.

빨리 부대와 교신하여 전투 상황을 알리고 구난 요청을 하려 했으나 통신이 두절되었다. 조금 전 절벽에서 떨어지면서 무전기가 고장이 나고 말았다. CR-10 무전기는 교신 상태는 좋지 않으나 휴대가 간편해 소규모 병력이 청음초나 매복을 나갈 때 보병들이 짊어지고 다니기에 용이했다.

통신선의 물기를 닦아내고 연결 부위를 빼고 끼우고 하며 주파수를 돌려 보았더니 천만다행으로 교신이 되었다. 도움을 요청했다.

"하나 둘 삼 넷 오 여섯 칠 팔 아홉 공, 여기는 찰리, 파파 나와라."

"여기는 파파. 나는 중대장이다. 찰리, 상황을 말하라."

고지 아래 저 멀리 암흑 속에서 쏘아 올린 휴대용 조명탄을 보고 교전이 있는 것으로 예측하고 중대장이 직접 통신 벙커에 나와 있던 것이다.

"여기는 찰리, 아군의 부라보 탱고는 458-905, 458-905, 전과는 적 사살 아홉으로 추정, AK 소총 6정, 방망이 수류탄 8발 노획, 그리고 김병기 일병이 대퇴부 관통으로 위급하므로 빨리 매드백을 요청한다. 조명탄도 부탁한다. 이상."

"잘 알겠다. 속히 조치하겠으니, 상황을 파악하고 경계 임무에 최선을 다하라. 이상."

매드백은 미 항공대 소속이다. 한밤중 환자가 위중하다고 적지 깊숙한 곳에 올 것이라 기대하지 않았다. 매드백이 랜딩하여 환자를 운송하는 과정에서 지체하게 되면 야행성인 적이 즉시 공격하여 올 것이고, 우리의 위치도 쉽게 노출되어 어려운 상태로 대치할 수밖에 없어 기대하지 않았다. 대대 본부에서 쏘아 올리는 105mm 조명탄은 우리가 있는 위치까지 미치지 못했다. 초승달만 한 희미한 조도였지만 쉼 없이 밝혀 주는 덕분에 어두운 밤의 두려움을 이겨 내는 데 도움이 되었다.

김병기는 차츰 의식을 잃어 가고 있었지만, 우리가 해 줄 것은 아무것도 없었다. 구급약도 없고 1롤의 압박붕대는 언 발에 오줌 누기였다. 고관절 대퇴 부위라 출혈을 멈추게 하기에는 군복을 찢어 만든 압박붕대도 효과가 없었다. 너무 안쓰러웠지만, 옆에서 지켜볼 수밖에 없었다. 용기를 주며 말했다.

“야, 인마, 상처가 별것 아니야.”

“조금만 있으면 매드백이 올 거야.”

“용기를 내. 넌 할 수 있어.”

다들 한마디씩 격려하고 위로해 줄 뿐이었다.

“박 수병님, 나 물 좀 줘요.”

과다한 출혈은 많은 수분을 요구하게 되는데, 이럴 때 수분을 흡수하면 혈액의 농도가 묽어져 사망에 이른다고 하여 물을 주지 않았다.

“물이 다 떨어졌어. 조금만 기다려. 날이 밝으면 저 아래 내려가서 물을 떠 올게.”

바싹 마른 혓바닥을 내밀며 겨우 말을 이어 갔다.

지난번 탐색 작전을 나갔을 때였다. 일일 탐색 작전이 1박 2일로 연장되어 정글 속을 수색하며 나아갔다. 비상식량은 물론 수통의 물도 바닥을 드러냈다. 식량은 조금씩 나누어 먹어 조절할 수 있었으나 목마름은 견뎌낼 수가 없었다. 혓바닥까지 바짝 말라 말하는 것조차 어눌했다. 마른침도 생기지 않아 목구멍까지 타들어 갔다. 더 이상 작전이 불가했다. 모두 물을 찾아 우거진 숲속으로 들어갔다. 다행히 물기가 축축한 늪을 발견했다. 정글화를 꾹 눌렀다. 자작자작 고여 있던 물이 정글화 발자국으로 고여 들었다. 지네 같은 작은 절지동물도 따라 들어왔다. 팔과 다리를 굽히고 물을 빨아 마셨다. 입안으로 끌려 올라온 벌레들을 이빨 사이로 걸러내며 흙탕물을 마셨다. 그마저 부족했지만 다행이었다. 수인성 전염병 따위는 문제가 되지 않았다.

그때 김병기는 내 옆에 있었다. 목마름을 벗어난 즐거움에 잇몸을 드러내며 만족한 웃음을 보여 주었다.

언제 시간이 이렇게 빨리 지나갔을까. 여명이 지나면서 차츰 날이 밝아 오기 시작했다. 어제저녁 어둠이 꽉 차올 무렵 교전이 시작되었는데 순식간에 지나가 버렸다.

헬기가 날아오는 소리가 들리자, 용기가 솟아났다. 건십 두 대도 날아올라 우리가 있는 주변에 엄호 사격을 가했다. 높은 곳에서 급하강하며 M60 기관총과 로켓포에서 진홍빛 불기둥을 만들어 내리꽂으며 사격을 가하고 고공으로 날아가면, 뒤이어 다른 한 대가 같은 방법으로 하강하며 사격했다. 현란한 공중 쇼였다. 동산 위 로열석에 앉아 아름다운 전쟁의 종합예술작품을 감상하고 있었다. 스릴 넘치는 실전을 구경하는 특권을 누리고 있었다.

건십 한 대의 화력은 보병 한 개 중대의 전투력과 같다고 하였는데 실로 대단한 위력이었다. 사격을 가한 주변 일대는 쑥대밭이었다.

잠시 후 매드백이 랜딩하여 눈을 감고 있던 김병기를 간이침대에 옮기며 소리를 질렀다.

"야, 김병기. 나 박창섭이야. 치료 잘 받고 빨리 와야 해."

목소리를 높여 소리를 질렀지만, 프로펠러 진동과 바람 가르는 소리 때문에 못 들었는지 하얀 얼굴에 반응이 없었다. 왠지 다시 돌아오지 못할 것 같은 생각이 들었다.

건십이 떠난 자리에는 정찰기가 선회하며 우리를 엄호해 주고 적의 동태를 감시하여 주었다.

팔랑개비처럼 하늘을 누비며 내뿜던 건십의 폭격이 끝나자 짹짹거리는 새들의 반주 소리가 주변을 가득 채웠다. 이름 모를 새들이 분주히 날아다녔다. 아침 먹잇감을 찾아 나선 모양이다. 노란 색상의 몸통에 파란 긴 꼬리를 한 한 쌍의 새가 부리를 맞대면서 사랑을 나누고 있는 모습도 보였다.

인간은 삶과 죽음의 사선을 오가며 밤새 싸움을 하였지만, 숲과 새들은 공생하며 아무 일 없이 자연의 섭리대로 살아가는 모습들이었다.

멀리서 얼룩무늬 복장을 한 대원이 일렬횡대로 내려오는 모습이 보였다. 무전기로 지원군이 온다는 연락은 받았지만, 가까이 다가오자, 천군만마를 만난 것 같았다. 소대 선임 하사와 함께 온 3분대 대원들이었다.

어제 교전이 있었던 격전지로 다시 가 보았다. 나뭇가지가 부러지고 찢기어 있는 모습이 어젯밤 참상을 증명해 주었다. 크레모아가 폭발한 자리는 풀뿌리 흔적도 없이 쓸려가 버렸고 검은 상흔을 드러내 보였다. 시체들도 만신창이가 된 상태 그대로 있었다. 시체 3구가 더 발견되었다. 시체를 다시 확인해 보았다. 첨병 꽁까이는 앳되게 보였는데 품속에서 난수표를 발견했고,

다른 시체에서 미제 세열 수류탄 3발, 그리고 알아보지 못하는 월남어 책자 다수를 수거했다.

어제 가假 매복 지점에서 원 매복 지점으로 이동하면서 실개천을 건널 때 모두 음식 냄새를 맡았다고 하였다. 혹시 근방에 그들의 은신처가 있는지 조심스럽게 수색해 나갔다. 물길을 따라 500m쯤 올라왔을 때였다. 잔잔한 물결이 곱게 일렁이는 강가, 하얗게 빛나는 모래톱 한가운데 타다 만 숯검댕이 대나무 무더기가 보였다. 주변에는 집기 한 점 보이지 않았다. 숯불에 감자를 구워 먹은 것으로 보이는 감자 껍질이 무수한 발자국 사이로 너저분하게 깔려 있을 뿐이었다.

우리가 지나오던 길에서 불과 300m 정도밖에 안 되는 근처였다. 주변이 온통 울창한 숲으로 둘러싸여 있기는 하지만, 이들이 경계만 철저히 하여 우리를 먼저 발견했다면 우리는 독 안에 든 쥐가 되어 지금쯤 황천길을 가고 있을지도 모른다는 생각에 이르자 모골이 송연해졌다. 보초 한 명 없이 저녁밥을 먹은 것으로 보아 여기까지 우리가 침투할 것이라고는 꿈에도 생각 못 하였던 것 같았다.

태양이 빗금으로 기울 무렵 부대로 복귀하였다. 마중 나온 중대장이 환하고 흐뭇한 얼굴로 손을 내밀었다. 첩보를 전달한 소대장도 반갑게 맞이했다. 더구나 AK 소총 6정을 노획한 전과로 인헌무공훈장은 따 놓은 당상이라며 우쭐거리는 분대장도 의기양양한 모습이었다.

벙커에 들어가 김병기가 머물던 머리맡에 군장을 내려놓았다. 허전했다. 분신 같은 아주 소중하고 귀한 물건을 잃어버리고 돌아온 느낌이었다. 말동무가 없어 혼자 덩그렇게 앉아 있을 뿐이었다.

손톱을 내려다보았다. 장기 작전이 있을 시 무탈하게 살아 돌아오기 위한 금기사항으로 머리와 손톱, 발톱을 깎지 않는다는 속설이 있어 달포 동안 깎지 않은 손톱 속에 어젯밤 V.C의 품속에 있던 무기를 노획할 때 딸려 온 응고된 검은 피가 그대로 꽉 차 있었다. 불결하거나 혐오스럽다는 생각은 들지 않았다. 씻을 물도 없었지만, 모두가 귀찮았다.

김병기가 이 자리에 있다면 지금쯤 캔 통 속에 C-레이션과 K-레이션을 쏟아부어 맛있는 성찬을 해 먹으면서 어젯밤 격전지에서 있었던 무용담을 얘기하며 즐겁게 시간을 보낼 텐데. 그 생각에 이르자 허파가 터질 것 같아 견딜 수가 없었다. 밤새 그렇게 보냈다.

다음 날 아침이었다. 나뭇잎 스치는 소리인지 사람 목소리인지 가끔 들릴 뿐 조용한 아침을 맞이하고 있었다. 매복을 나갔다 돌아오는지 덜커덕거리는 소리가 들려왔다.

벙커 속 텐트 지붕 두드리는 소리가 들려왔다.

"박 수병님, 저 남철용입니다. 소대장님이 찾으십니다."

소대장 전령의 목소리였다.

"왜 찾는데?"

"모르겠습니다."

"알았어, 곧 간다고 그래."

어제 저녁밥도 오늘 아침밥도 안 해 먹고 그대로 누워만 있었다. 보름 동안 옆자리에서 부대끼며 동거하던 사람이 없으니 허전해서 온전히 잠을 자지 못했다. 부스스한 모습으로 소대장 벙커로 찾아갔다. 소대장 벙커는 남쪽 일번 국도가 내려다보이는 9부 능선에 사낭으로 쌓아 올린 반지하화된 견고한 요새였다. 내부로 들어가면 구불구불하여 미로처럼 통로가 만들어져 처음 들어가는 사람은 찾기가 쉽지 않다.

사람을 불러 놓고 어디를 갔는지 자리에 없었다. 무료하게 시간은 흘러갔지만, 돌아갈 수 없었다. 교통호를 따라 올라오는 두 사람이 보였다. 철모 아래 얼굴이 보였다 안 보였다 하며 올라오고 있었다. 소대장과 선임 하사였다. 아마도 순찰하러 갔다 돌아오는 모습같이 보였다.

"야, 박창섭, 김병기 군장과 유품을 들고 소대장실로 가지고 오너라. 전사했다는 통신을 받았다."

그러면서 벙커로 들어갔다. 애도하고 슬퍼하는 모습은 어디에도 찾아볼 수 없었다. 일말의 착잡한 심정마저 나타내는 모습을 보이지 않았다. 병가지상사라 그럴까. 일상 군무에서 일어나는 일처럼 덤덤하게 말하였다. 생사를 같이하며 사랑하고 아끼는 자기 부하가 죽었는데 어떻게 저렇게 태연한 모습으로 말할 수 있을까. 초급 장교로서 기본적인 자세가 안 되어 보였다.

울컥 화가 치밀어 올랐지만 어쩔 수가 없었다.

야전 병원에서는 죽어 가는 사람도 살릴 수 있다는 조그만 기대가 있었는데 끝내 돌아오지 못하고 말았다.

작전 지역이라 관물도 없어 유품이랄 것이 없었다. 한쪽 구석에 땀과 때에 절어 뻣뻣하게 구겨진 정글복 한 벌과 구린내 나는 양말 세 켤레, 흰 바탕에 붉은색 글씨가 뚜렷한 미제 콜게이트 치약과 칫솔이 전부였다. 그가 사용하던 식기 두 개와 스푼도 챙겼다.

쓰다 만 편지가 눈에 들어왔다.

'부모님 전 상서.

아버님, 어머님. 평안히 잘 계시지요. 저는 부모님이 염려해 주시는 덕분에 잘 지내고 있습니다. 저는 이번 작전이 끝나면 즉시 대대 본부 인근에 있는 고등학교 태권도 교관으로 보내 준다고 중대장님이.' 여기까지는 꼬부랑글씨로 또박또박 써 내려갔는데 그다음 행은 무슨 이유인지 볼펜 자국이 나도록 박박 지워 버려 내용을 알 수 없었다. 간직하고 있는 다른 편지는 보이지 않았다. 애인에게 받은 편지 한 통 없었다. 동글동글하게 예쁘게 쓴 여학생의 위문편지도 없었다.

쓸 만한 위문편지는 언감생심이었다. 상급 부대에서 전부 날치기당하고 초등학교 어린이가 연필로 삐뚤삐뚤하게 쓴 편지만이 고무줄 끈에 묶여 왔다. '일선 장병에게'로 시작하여 '흰 눈이 펄펄 내리는 휴전선에서 북한 공산군과 싸우느라 얼마나 고생을 하십니까.'로 끝나는. 번지를 잘못 찾은 철 지난 편지만 어쩌다 한 번씩 묶음으로 오기 때문에 간직하고 싶은 엽서 한 장 없었다.

쓰다 만 편지지와 함께 가지런히 개 놓은 군복 위에 칫솔과 치약을 올려놓았다. 보잘것없는 유품이었다. 가붓했다. 어젯밤 M16 소총으로 얼마나 사격을 많이 했는지 총구와 약실에 아직 탄매가 배어 있었다. 반질반질 윤이 나도록 꼬질대로 닦아낸 소총과 함께 유품을 소대장 전령 남철용에게 넘겨주었다.

김병기는 파병되어 2소대 2분대에 배속받아 나와 함께 야전 생활을 시작하며 많은 정이 들었다. 타원형의 얼굴에 도톰한 입술을 가진 미남형의 사내였다. 하나를 보게 되면 금방 따라 하고 재빨리 움직이는 민첩성이 있어 대원들로부터 호감을 받고 있었다.

그와 같이 후문 외곽에 처음으로 청음초를 나가서였다. 벙커 안에 서 있는 자세가 몹시 불편하게 보였다.

"엉덩이 내려 봐, 몇 대 맞았냐."

"잘 모르겠습니다. 한 오십 대 맞은 것 같습니다."

엉덩이에는 검붉은 피멍이 꽉 차 있었다. 진피층 아래까지 살갗이 찢어져 있었다. 엉덩이는 지방층이 두꺼워 손상된 부위가 잘 낫지 않아 오랜 시간 고통이 지속된다. 쪼그려 앉게 되면 피부가 이완되어 아물던 살갗이 터지게 되어 대변보기가 힘들다. 엉거주춤한 자세로 서서 볼일을 볼 수밖에 없다. 아무리 조심스런 자세를 취해도 가랑이 사이로 분변이 묻어 나오는 것은 어쩔 수 없었다. 신고 빠따는 누구나 피할 수 없는 전통적인 관습이었다.

"누가 기합을 제일 세게 주더냐?"

그는 특유의 반달 모양을 한 눈으로 웃음만 보였고 아무 말도 하지 않았다.

"허욱선 그 새끼지?"

보복이 두려워서인지 얼굴을 돌리고 딴전을 피우고 있었다.

방석에서는 그와 마주하며 접촉할 일이 별로 없었는데, 케손 565고지 작전을 나와 2인 1조 팀 구성으로 생활하며 할 일 없는 밤이면 비하인드 스토리를 주고받았다.

군대 와서 보면 자기네 과거 조상들 우의정, 좌의정 안 해 본 놈 없고, 집에 금송아지 없는 놈 한 놈 없다. 그런데 김병기는 덧칠이 있기는 했으나 순전히 거짓말은 아닌 것 같았다.

3대 독자로 부모와 함께 위로는 누나 3명이 있다고 하였다. 아들 하나를 얻기 위해 줄줄이 딸을 낳고 아들을 맞이하여 가족의 사랑을 독식하였다. 누나들 숲에서 놀고 성장하면서 점차 행동이 여성화되어 가는 모습을 본 아버지는 마땅치 않게 여겼다. 중학교 때 강제로 손목을 잡혀 태권도장에 끌려가 5년 동안 수련을 한 결과, 태권도 국기원 심사에서 5단을 취득하였다. 할아버지 그늘 아래 다칠세라 실컷 뛰놀지 못한 약골로 자란 아버지는 자식만은 패기 있는 사나이다운 아들로 키우고 싶었다. 대학 1학년 때 아버지의 권유로 해병대에 지원하게 되었는데, 설마 월남에 파병될 것이라는 생각은 꿈에도 해 보지 못했다. 일간신문이나 지상파 방송에서 참전용사의 전사 소식을 들은 아버지는 여러 경로를 통해 파병 인원에서 제외받을 수 있게 노력해 보았지만 허사였다. '어떻게 얻은 아들인데.' 아버지는 운영하는 철물점을 임대 주고 교회 장로로서 어머니와 함께 아들의 무사와 안위를 걱정하며 기도와 봉사 활동으로 생활하고 있다고 하였다. 행복한 모습의 가족사진도 보여 주었다. 뒤편에 서 있는 누나 셋이 예쁘게 보였다.

"누나 하나 소개해 주라."

'에이, 우리 막내 누나도 박 수병님보다 나이가 많아요.'라고 말하는 바람에 포기하고 말았다.

그런 환경과 여건에서 성장하여 왔던 그였는데….

어느 날 아들의 전사 통지서와 함께 한 줌 재가 되어 돌아온 재 봉지를 받아 든 가족의 심정이 어떠할까. 쑥대머리가 된 얼굴에 초점 잃은 시선으로 땅을 치며 통곡하는 그의 어머니가 오버랩되어 가슴이 아려 왔다. 아버지는 더욱 자기의 과욕으로 3대 독자를 잃어버렸으니 망연자실하고 온전하게 생활할 수 있을까, 심히 걱정스러웠다.

한 달이 지나 케손산 565고지를 베리아 6대대 열두 중대에 인계하고 주둔지로 복귀하여 일상으로 돌아왔다. 케손산 전투에서 전과를 올린 허욱선이가 포상 휴가 준비에 들떠 있던 어느 날이었다.

“어이, 박창섭, 나 좀 보자.”

헬기장 보수 공사를 끝내고 돌아오는 나를 슬그머니 야외식당 옆 교통호로 불러냈다.

“실은 내가 할 말이 있는데 누구와 상의할 수도 없고 그래서 너를 불렀어.”

뜸을 들이며 평소와 다르게 버벅거리며 말했다.

“뭔데요.”

통상 포상 휴가를 다녀오면 보상 차원에서 상급 부대로 전출 가는 것이 통례여서 이놈도 대대 본부로 가는 것이 틀림없어 보였다. 평상시에도 기수 차이가 별로 안 나 데면데면했는데 오늘은 시선조차 주지 않았다.

“사실은 말이야, 내가 김병기 만년필을 가지고 있는데, 이번 특별 휴가를 가서 그 만년필을 돌려주고 오려고 그래.”

손에 들고 있던 만년필을 보여 주었다. 검정 색상에 황금색 펜촉에서 반짝반짝 광채가 나는 고급 브랜드 파카 만년필이었다. ‘이 새끼 봐라, 언제 만년필을 다 빼앗았을까?’ 아무래도 겁박하며 우격다짐으로 가로챘을 것 같았다. 잉크 묻은 자국이 없었다.

파병할 때 부산 3부두 열차 차창 밖으로 가족 모두의 모습을 보았다고 했는데 아마 그때 누구로부터 받은 선물인 것 같았다.

"김병기 집이 경기도 양평이라 했지. 양평 어디냐? 너 주소 가지고 있냐?"

"몰라요, 그런 것은 중대 본부에 가서 알아보면 되잖아요."

가책을 하고 있는 것 같아 측은한 생각이 들었지만, 매몰차게 돌아섰다. 사실 주소를 가지고 있지도 않았다. 방석 내에서 김병기의 존재를 기억하는 대원은 아무도 없었다. 졸병의 개인적 효용가치는 미미했다. 있어도 되고 없다고 전술 전략이 달라지지도 않는다. 전장에서 잘생긴 얼굴은 아무런 용도가 없다. 그의 그림자는 아주 조용히 지워져 버렸다.

김병기의 빈자리는 신병 217기 백철기로 채워져 전과 다름없는 야전 생활이 이어져 가고 있었다.

허욱선이 떠나면 소대는 조용할 줄 알았는데 그 자리는 귀신이 붙은 자리인 것 같았다. 대대 관측병으로 근무하던 사고뭉치 마능규로 대체되었다. 선임병에게 대들고 싸우다 30일 동안 구류를 살고 쫓겨 왔다고 한다. 하극상이었던 것이다. 소대 고참들이 가만히 놓아둘 리가 없었다. 전입 오던 날 밤 부대 외곽 윤형 철조망에 설치된 철주를 뽑아 엉덩이가 부르트도록 내리쳤다.

다음 날 아침 마능규는 정문을 나가 럼주를 병나발로 마시고 돌아와 M16에 탄창을 장전하고 관측소를 향해 허공으로 난사를 하였다. 사살 명령이 떨어졌다. 훈련소에서 특등 사수였다는 1소대 전영우가 영점 조준과 동시에 격발하려는 순간, 마능규가 실탄이 떨어져 헌병대에 체포되는 사건도 있었다. 프래깅이라는 총기 난사 사건으로, 간혹 있는 그런 사고였다.

전쟁터에서는 평범하지 않은 일이 무수히 많다. 보병 소총 부대에서는 매복, 탐색과 수색 작전에서 적과의 교전으로 삶과 죽음의 교차로에 서 있는 싸움꾼이 있는가 하면, 한편에서는 부조리가 난무하는 어두운 면도 있었다. 이유야 알 수 없지만 일일 지급량 '백미 몇 그램, K-레이션 몇 캔, C-레이션 몇 캔' 앵무새처럼 달달 외우게 하면서 절반에도 미치지 못하는 보급품을 지급받아 배고픔을 참으면서도 끽 소리 한 번 못 하며 지내야 했다.

기합을 해도 상관은 아예 외면해 버린다. '꼬라박아.' 정도는 머리를 박고 쿨쿨 잠이 들어 버려 기합에 들어가지도 않았다. 엉덩이 빠따는 일상적이고 쇠망치 같은 핸드 파라슈트(Hand Parachute)로 쇄골을 내리칠 때는 어깨뼈에 금이 가는 고통도 견뎌내야 했다. U.S 스푼으로 오므린 손톱을 내려칠 때는 손톱이 빠져나갈 것 같은 아픔도 참아냈다. 감옥소 출신 고참들이 만들어 낸 기합 방법이라 하였다.

그런데 참으로 이상한 일이다. 고된 작업과 야간 경계근무와 기합을 받고도 서너 시간 꿀잠을 자고 나면 거뜬히 회복되고 모든 고통이 머리에서 하얗게 지워져 버린다. 고참들 말마따나 국방부 시계는 멈추지 않고 잘 돌아갔다.

월남에 온 지 엊그제 같은데 벌써 1년의 세월이 지나 귀국선에 오르게 되었다. 1년 동안 이곳 밀림과 산악에서 오직 적을 사살하는 싸움꾼으로 살아왔던 생각밖에 나지 않는다.

두 달 전, 이쯤이면 모든 작전에서 열외 되는 것이 상식이었다. 그런데 병력이 보충되지 않아 작전을 나가게 되었다. 투이야 마을이었다. 이곳에 V.C 소대급 병력이 은신하고 있다는 정보에 의한 작전이었다. L19 경비행기가 공중에서 선회하며 양민들에게 오른쪽 바나나 숲 광장으로 소개 명령을 하였다. 미처 퇴각하지 못한 V.C들과 치열한 교전이 있었다. 종전과 다르게 그들의 화력이 대단했다. 30발을 장전한 AK 소총을 연발로 발사하며 가끔 박격포도 쏘아대고 있었다. 침투가 만만하지 않았다.

웬일인지 지금까지 단 한 번도 느껴 보지 못했던 공포감이 스멀스멀 엄습해 왔다. 마을 벽면에 있는 검은 구멍이 전부 총구로 보였다. 그곳 총구에서 불을 뿜어낼 것 같아 낮은 포복 자세에서 일어나지 못했다. 싸움꾼으로 싸울 만큼 다 싸워 봤고, 내일모레면 귀국하는데 마지막 전투에서 죽을 것만 같은 두려움에 용기가 나지 않았다.

때마침 화기소대의 지원사격으로 불타고 있는 마을에 침투하여 이곳저곳을 수색해 나갔다. 그때 백철기와 마주쳤다. 저 죽는 줄 모르고 잿밥에만 관심 있는 별난 놈이었다. M16 소총 개머리판으로 재봉틀을 내리쳐 철제 재봉틀 대가리를 배낭 속에 욱여넣고 있었다. 신병치고 대단히 잽싼 놈이었다. 엊그제 온

놈이 벌써 귀국 선물 준비를 하는 것이었다.

투이야 마을을 접수한 후 V.C를 색출하여 월남 정규군에게 인계하고 61mm 박격포를 포함한 다수의 무기도 수거하고 있을 때였다.

"박 수병님, 왼쪽 옆구리에 피가 흐르네요."

코골이 이상태가 다가와 군복 위에 묻어 있는 피를 문질렀다. 깜짝 놀라 내려다보았다. 축축한 느낌이 들었다. 자세히 살펴보니 어깨 아래 방탄조끼 소매 선에 파편이 날아와 충격이 완화되면서 광배근을 뚫고 들어왔던 것이다. 언제 맞았는지 알 수 없었다. 그때부터 어깻죽지가 쩌릿쩌릿하며 아파지기 시작했다. 곧바로 후송되어 치료를 받았는데, 큰 부상이 아니어서 4주 만에 퇴원하였다.

두 달 전 부상당한 어깻죽지가 가끔 저려 올 뿐이지만, 꿈자리까지 따라다니는 극심한 공포심에 평정심마저 잃어버릴 것만 같았다. 때로는 가물가물 희미한 기억이 안개처럼 사그라들다가 다시 머리를 내밀기도 하였다.

참혹하게 사살되어 널브러진 적의 시체가 아른거리고, 62mm 포탄에 맞아 팔과 다리가 끊겨 나갔는데도 죽어 가면서 '야, 인마. 그쪽이 아니야, 세 시 방향이잖아.' 정신 나간 사람처럼 알 수 없는 말로 고래고래 질러 댔던 정영무의 외침도 귓바퀴에서 윙윙거렸다.

말라 버린 습지 한구석에 기포가 올라오는 한 줌 고여 있는 흙탕물을 주둥이를 내밀고 빨아 먹던 추억, 전투병들에게만 있는 극심한 욕구 충족을 해결하기 위해 낭풍 마을 유곽에 있는 야화野花 골목을 찾던 어둡고 칙칙한 과거를 내장된 기억장치에서 포맷하여 지워 내고 싶었다.

붙박이가 되어 지워지지 않는다면 두꺼운 책갈피 속에 간직하고 있다가 먼 훗날 한 번쯤 꺼내 볼 수 있다면 좋겠다. 새로운 생활에 익숙해지면 지난 1년 동안 있었던 무용담만 각색해 주변에 들려주고 악몽 같은 시간은 깊숙이 도려내 편집하면 될 것이라 생각되었다.

월남에 올 때는 확성기에서 흘러나오는 이미자의 '황포돛대'를 들으며 환송객들과 작별의 인사를 나누느라 갑판 위가 분주했는데, 떠날 때처럼 같지 않았다. 뻐기며 어깨에 힘주던 동기들이 보이지 않았다. 전사하였는지, 부상을 당하고 조기 귀국을 하였는지 알 수 없었다.

잘 있거라, 월남 땅아. 다낭항에 정박하고 있던 귀국선이 출렁거리는 남지나해를 향해 선수를 돌리고 있었다.

숱한 죽음의 날

꽝! 대포 터지는 소리 같았다. 그것도 목전에서, 아니 코앞에서 터지는 소리였다. 고막이 터지는 것 같은 엄청난 굉음에 정신을 잃을 뻔했다. 포탄이 터진 것이다. 눈을 떴다. 멍청한 망부석 같은 다섯이 누런 유황 가루를 뽀얗게 뒤집어쓰고 눈만 멀뚱하게 굴리며 서 있었다. 정신을 차려 보았다. 장섭이가 내리치는 함마에 엉거주춤 두 손으로 정을 붙잡고 있던 종석이가 다리를 감아쥐고 나뒹굴며, 나 죽는다고 소리를 지르고 있었다. 상상조차 못 했던 사건이 순식간에 일어난 터라 어찌할 바를 몰랐다. 그 자리에 다시 무슨 일이 터질 것만 같았다. 덜컥 겁이 났다. 후다닥 뛰어 화장실 뒤에 숨어 버렸다. 포탄이 터진 자리에는 종석이 혼자만의 비명이 계속 들려왔다.

어른들은 모두 일터로 나가 주변에는 아무도 없었는데, 길 건너 기와집에 살고 있는 영신이 형이 달려왔다. 영신이 형은 고등학교 밴드부로 활동하며 자기보다 몸집이 큰 나팔을 불며 시가 행사 때는 으스대며 저잣거리를 활보하고 다녔다. 할 일이 없을 때는 낮잠을 자는 게으른 버릇이 있어 얼굴에는 늘 개기름이 번질번질했다. 그런 그가 맨발로 달려 나온 것을 보면, 아마도 포탄 터지는 소리에 꽤나 위험하게 느꼈던 것 같았다. 종석이는 너무 아파서 그런지 몸을 비틀며 끊임없이 울음을 토해 내고 있었다. 유황 가루가 더께로 덮어 버린 얼굴에 눈물 자국이 범벅이 되어 있었다. 그 모습을 보는 것이 안타까울 뿐이었다. 흡사 괴물같이 무섭기도 했다.

오른쪽 다리에 쇳덩어리 파편이 날아와 맞은 것 같았다. 검은색 광목 바지 위로 검붉은 피가 흥건히 묻어 있었다. 영신이 형이 발을 들어 올리자, 정강이가 너덜거렸다.

"야! 니들 말이야, 내가 야를 업고 송강병원에 갈 테니 야들 집에 빨리 알려 줘라."

덩치가 큰 영신이 형이 종석이를 덥석 업더니 고물상 큰 문을 성큼성큼 나서고 있었다. 게으른 모습은 어디에도 볼 수 없었다. 종석이의 너덜거리는 오른쪽 다리가 빠져 버릴지도 모른다는 생각이 들었다.

송강병원은 남천다리 부근 우물터 한가운데 제일 큰 기와집인데, 한약을 지어 주는 한의원으로 알고 있었지만, 용하다는 이야기는 들어 본 적이 없었다. 부부가 함께 병원을 운영하는데, 부인은 산파로 산모가 부를 때는 언제나 달려간다고 하였다. 이 산파가 왕진 갈 때 산모 집에서는 아이를 쉽게 낳으려고 참기름을 꼭 준비해 놓아야 한다는 이야기도 들어 본 적이 있었다.

악고개는 6.25 사변 때 격전지 중 하나였다고 하였다. 그래서 그런지 주변에는 심심찮게 탄피를 발견할 수 있었다. 고물상에서 제일 값나가는 물건이 구리였고, 다음으로 쇠붙이인 고철을 알아주었다.

동네 아이들은 봄 · 가을철이면 밭을 갈아 지표면에 노출된 탄피를 찾아 나섰다. 운이 좋으면 한나절에 바지 주머니 양쪽을 채우고도 남을 정도였다. 그 정도를 고물상에 갖다주면 십 원을 받고 가락엿 두 개도 얻어먹을 수 있었다. 일 년이 지나자, 탄피 찾아내는 것은 보물찾기보다 어려웠다. 그 무렵이었다.

고물상 주인은 어디서 가지고 왔는지 알 수 없으나, 뇌관이 분해된 포탄 수십 발을 모아 놓았다. 둘이 끙끙거리며 들어야 옮길 수 있는 무게였다. 오랫동안 방치해서 표면에는 심한 녹이 슬어 있었다. 고물상 주인은 우리를 불러 모았다. 포탄 안에 있는 화약을 전부 파내면 한 개에 오십 원을 준다고 했다. 그 돈이면 갱엿 열 개와 연필 세 자루도 살 수 있는 돈이었다. 매력이 있는 일이었다. 그런데 포탄 안에는 시멘트가 성석되어 있는 것보다 더 단단한 화약이 굳어 있어 그 화약을 파내기란 여간 어렵지 않았다.

며칠째 포탄 안에 있는 화약을 제거하는 작업을 하고 있었다. 망치로 정머리를 치면 그 충격에 가루가 되어 파 내렸다. 네다섯이 망치와 정을 교대로 쥐고 작업을 해 나갔다. 방과 후에 하는 일이라 진도가 매우 느렸다. 3~4일이 걸려야 한 개를 파낼 수 있었다. 감질이 났다. 요령이 생기자, 오늘은 커다란 망치를 찾아 나섰다. 고물상이라 쉽게 구할 수 있었다.

자잘한 돌덩이처럼 부서져 나왔다. 신바람이 났다. 아이들은 돌아가면서 망치를 휘둘렀다. 오늘은 하루에 한 개를 파낼 것 같았다. 절반 정도 파 내려갈 때였다. 마당이 들썩거릴 정도로 커다란 폭발음과 함께 포탄이 터지면서 유황 가루가 솟구쳐 올랐다.

언제 연락을 받았는지 경찰관 두 명이 나왔다. 고물상 주인은 사시나무 떠는 모습으로 경찰관과 얘기를 주고받았다. 주변에서 맴돌고 있던 아이들을 불러 세웠다. 유황 가루를 뽀얗게 뒤집어쓴 아이들은 무엇을 잘못했는지도 모르고 무릎을 꿇고 무조건 용서를 빌었다. 종석이가 병원에 가게 된 원인 제공을 하였기 때문이라 생각했다.

경찰관은 상황 파악을 하였는지 주변을 점검하고 돌아가 버렸다. 현장을 다시 가 보았다. 포탄이 터진 모습은 마치 활짝 핀 백합꽃 송이처럼 다섯 갈래로 찢겨 있는데, 그중 한 조각만이 떨어져 튀어나오며 종석이의 정강이를 치고 말았던 것 같았다.

행운이었을까. 다섯 명 중 제일 힘이 좋은 주일이는 아침을 굶었다며 뒷전에 밀려나 있었다. 주일이 아버지는 매일 밤이다시피 술을 마시고 골목길로 접어들면서부터 고래고래 소리를 지르는 술주정을 하며 집으로 돌아갔다. 그러면서 땟거리가 없어 자주 아침밥을 거르는 날이 많다고 하였다.

만약 주일이가 아침밥을 먹고 초장부터 포탄 한가운데를 힘차게 가격했다면, 그 폭발력에 다섯 모두 죽거나 종석이보다 더한 치명상을 입었을지도 모른다는 생각이 들었다.

개울가에 나가 대충 얼굴을 씻고 아무 일 없는 것처럼 집으로 돌아왔다. 일찍이 꼴지게를 지고 안뜰 과수원집 앞 무논으로 향했다. 늘 하던 대로 미처 손질 못 해 웃자란 논섬에서 꼴 한 짐을 거뜬히 베어 지게 짐을 만들어 마구간 앞에 풀어놓았다. 아직 해는 중천에 머물고 있었다. 천천히 소를 몰고 거름더미 앞 말뚝에 매어 놓았다. 칠팔 년 묵은 일소로 사람이 시키는 대로 잘 따라 했다. 구렁이가 다 된 늙은 암소는 풀어놓은 꼴짐을 쳐다보지도 않았다. 마구를 깨끗이 청소한 후 자기 밥그릇인 구영에 가지런히 담아 놓을 텐데, 게걸스럽게 덤벼들지 않아도 된다는 것을 오랜 경험으로 잘 알고 있는 것 같았다. 암소는 끈적한 거품을 흘리며 여유롭고 느긋하게 되새김질하고 있었다.

때가 되어 가는가 보다. 옥희 누나가 밥을 하려고 집으로 돌아왔다. 무얼 하며 놀고 왔는지 치맛단 부위는 흙먼지가 누렇게 달라붙어 있었다. 옥희 누나도 저녁때면 똑같은 일을 반복하고 있었다. 물동이를 이고 달순이 마당에 있는 우물터에서 세 동이의 물을 받아 놓고 밥을 짓는 일이 저녁 일과였다.

그다음 일터로 나갔던 큰어머니가 돌아오고 어둠이 내릴 무렵 문밖에서 '어험 어험' 헛기침 소리를 내며 들어오는 사람은 큰아버지였다.

저녁밥은 늘 넷이 먹었다. 고등학교에 다니는 성섭이 형은 무얼 하는지 날마다 밤늦게 돌아와 혼자 밥을 차려 먹고 잠자리에 들었다. 언제나 그러하듯 오늘도 밥상이 끝날 때까지 한마디 하는 사람이 없었다. 어두침침한 외눈 등잔불 아래 조용히 숟가락 소리만 날 뿐이었다. 밥상이 비워질 때였다.

"장섭아, 내일부터 조밭 매러 가자."

불어 터지는 큰어머니의 한마디였다. 더 이상 말은 없었지만, 명령이나 한가지였다. 이유를 단다거나 불만은 용납이 되지 않았다. '이놈의 종재야, 밥이 아가리로 거저 넘어가는 줄 아나! 내일부터 밥도 없으니, 쎄가 빠져 죽어라.' 상놈이나 하는 거친 육두문자를 거침없이 뱉어낼 것이 틀림없었다.

조밭 매기는 방학 무렵 시작되기 때문에 빠져나갈 방법이 없었다. 정말 힘든 일이었다. 쇠중골에 있는 조밭은 마흔 골이 넘는 기다란 밭이었다. 한여름 허허벌판에서 뜨겁게 달궈진 햇볕이 정수리에 내리꽂힐 때는 숨이 막힐 지경이다. 조 농사가 잘된다는 사양토에서 토해 내는 복사열은 온몸을 노글노글한 엿가락으로 만들어 놓았다.

조밭 매는 것은 호미로 흙을 뒤집으며 잡초인 피를 뽑아내는 것인데, 같은 화본과 식물이기 때문에 특히 어릴 때는 구분이 되지 않아 밭매기가 여간 힘들지 않다. 아무리 매도 돌아보면 제자리다. 하루 종일 김매기를 해 봐야 세 골을 매기 힘들다. 마흔 골이 넘는 밭을 큰아버지와 큰어머니, 그리고 장섭이 셋이 족히 일주일을 매야 하는데, 어린 장섭이에게는 고문과 같았다.

상달이 지나고 무서리가 내리는 한가한 농한기가 시작될 무렵, 동네 사람들은 삼단을 하러 대관령을 넘기 시작했다. 무료하게 지내던 장섭이 어머니도 동네 아낙들과 함께 같이 가기로 하였으나 젖먹이 갓난아이를 품고 무거운 삼단을 하기에는 쉬운 일이 아니었다. 다행히 옆집 종순이 엄마도 처음으로 동행한다기에 용기를 내 진부 장터를 찾아 나섰다. 울력으로 삼단의 품질을 보고 가격을 흥정하는 일에 별 어려움은 없었다. 덕분에 맞춤한 크기의 삼단을 구입하였다. 필요한 만큼 삼단을 구입한 여섯 명은 가까이 있는 차부로 나와 버스가 올 때까지 기다렸다. 장날이라 그런지 사람들이 몹시 붐비고 있었다. 두 시간이 훌쩍 지날 무렵 반가운 버스가 도착했다. 버스 안은 방림, 대화, 장평에서 태운 승객으로 꽉 차 있었다. 앉을 자리가 없었다. 이 버스를 놓치면 저녁때까지 기다려야 했다. 그 버스도 꼭 탈 수 있다는 보장이 없어 삼단을 머리에 이고 지고 아귀다툼하며 버스에 올라야만 했다. 버스 안내양과 조수는 사람들을 꾸역꾸역 밀어 넣었다. 통로까지 사람과 짐이 채워져 발 디딜 틈조차 없었다. 몸을 가눌 수가 없었다. 엄마 등에 업혀 있는 같은 또래 장섭이와 종순이는 계속 울어 대며 그칠 줄을 몰랐다. 버스에 탄 사람들은 숨넘어가며 울어 대는 소리에 관심도 주지 않았다. 싸리재를 넘는 버스도 너무 힘이 드는지 꿀꺽꿀꺽 덜커덩거리며 느린 걸음으로 겨우 올라오고 있었다.

한 손은 버스 손잡이를 잡고 한 손은 포대기 뒤에 업혀서 울고 있는 아이의 엉덩이를 잡고 어르고 있었다. 안타까운 시선으로 지켜보던 군인 아저씨가 자리를 양보해 주었다. 아마도 몹시 측은하게 보였던가 보았다. 허리를 구부리며 몇 번이나 고맙다고 인사를 하였다.

자리에 앉자 보채고 있는 아이에게 젖을 물렸다. 그칠 줄 모르던 아이는 엄마 젖을 빨자 언제 그랬냐는 듯이 울음을 그쳤다. 군인 아저씨의 모습은 준수했다. 양구에서 근무하고 있는데, 이제 마지막 휴가를 나온다며 여유 있게 싱긋이 웃어 주었다. 너무나 고마웠다. 삼단을 팔걸이 쪽까지 당겨 밀착시켰다. 꼼짝달싹할 수 없었지만, 고마운 군인 아저씨의 불편을 조금이나마 덜어 주기 위해서였다. 횡계에 들러 내리고 타느라고 또 한 번 난리를 겪었다. 그만 태우라는 원성이 여기저기서 들려왔으나 통로와 보닛 위까지 사람과 짐짝으로 꽉 채워졌다. 비대해진 버스는 뒤뚱거리며 대관령 정상을 넘어섰다. 꼴깍거리던 해는 싸리재 너머로 빠져 버리고 핏빛 잔광마저 감춰 버렸다. 어둠에 실린 버스는 아래 반정을 지나는 동안 무게 중심을 지탱하지 못해 계속 '끄르륵 끄르륵' 하며 브레이크 밟는 소리가 연이어 들려왔다.

굽이굽이 깊은 산중, 아무도 없는 비탈길을 내려오다 굽이가 심한 장군봉 아래를 내려올 때였다. 갑자기 버스의 속력이 높아지고 있었다. 깜깜한 밤이라 전조등의 역할도 보잘것없었다. 오른쪽, 왼쪽 핸들이 틀릴 때마다 사람과 짐짝이 좌우로 쏠리며 비명이 골짜기를 타고 계곡 아래로 미끄러져 갔다. 핸들은 이미 제 기능을 잃고 말았다. 찰나의 순간을 지탱하지 못하고 버스는 천 길 낭떠러지로 굴러떨어지고 있었다. 처음에는 천천히 두어 번 옆으로 굴러 내리다 다시 만난 낭떠러지에서 육중한 몸체가 앞으로 꼬꾸라지고 말았다. 바위에 부딪히며 찢기고 짓이겨진 버스 잔해에서 연기가 모락모락 피어오르고 있었다. 버스가 구를 때마다 사람들과 짐짝이 차창 밖으로 튕겨 나가 몇 명이 남아 있는지 알 수 없었다. 여기저기서 가끔 신음이 들려왔다. 갓난아기의 울음소리에 첩첩산중의 산짐승도 겁을 먹고 몸을 움츠리고 있었다.

한밤중 외딴곳이라 목격자가 없어 구난 요청을 할 수 없었다. 늦가을이라 하지만, 대관령 중턱은 이미 낙엽이 지고 겨울 채비가 끝난 차가운 밤공기가 산허리를 덮고 있었다.

한 여인이 신음과 함께 꿈틀대는 모습이 보였다. 삼단 속에서 온 힘을 다해 기어 나왔다. 군청색 양단 치마저고리를 입은 여인이었다. 비녀마저 빠져 버려 흘러내린 머리카락이 젖가슴까지 흘러내렸다.

깜깜한 밤 당산나무 아래 나타난 귀신과 흡사했다. 여인은 정신을 차리고 주변을 돌아보았다. 지친 아이의 울음소리만 간간이 들려올 뿐이었다. 온몸을 움츠리더니 버스가 굴러 버린 비탈을 허겁지겁 오르기 시작했다. 마침내 큰길에 당도했다. 다시 몸 여기저기를 만져 보았다. 뼈도 부러지지 않았다. 다친 곳도 없었다. 천 길 낭떠러지에 수십 번을 굴렀을 것 같은데 전신이 멀쩡하다는 것이 믿기지 않았다. 부지런히 걸음을 옮겼다.

산짐승도 무섭지 않았다. 빨리 내려가 이 사실을 알려야 했기 때문이다. 가마골에 이르렀다. 동네는 쥐 죽은 듯 조용했다. 기별을 알리려면 한참을 더 가야 했다. 마침내 구산 지서에 당도했다. 새벽 2시 통행금지 시간까지 두 시간이 남았는데 시커먼 색깔의 치마저고리에 쑥대머리로 산발한 여인이 드르륵 문을 열고 들어섰다. 책상에서 졸고 있던 순경이 기절하듯 벌떡 일어나더니 곤봉을 찾아 들고 가격할 자세로 여인에게 다가갔다.

여인은 두서없이 교통사고 경위를 설명했다. 그리고 자기 신분도 밝혔다. 강릉 옥거리에서 포목점을 하고 있는데, 서울에 물건 하려고 갔다 오다 사고를 만났다고 자초지종 설명을 곁들였다. 내용을 파악한 경찰은 자석식 전화기 손잡이를 힘차게 돌렸으나 반응이 없자, 다급하게 더 빠른 속도로 돌렸다. 아마 우체국 교환원도 잠이 들었던 것 같았다.

"교환원, 여기 지서인데 빨리 경찰서 연결해."

더듬거렸지만, 육하원칙에 따라 자세히 보고하였다. 이파리 하나밖에 안 되는 순경이지만, 똑똑하게 보였다. 어느새 지서장도 나와 있었다. 전화기가 빗발치게 울리고 있었다. 얼마 지나지 않아 경찰서 관계관들이 달려왔다. 늦은 시간까지 버스가 도착하지 않아 애타게 기다리던 관동여객에서 사고 소식을 듣고 사장까지 모여들었다.

다음 날 날이 밝아 오자, 관계 기관과 병원 차량, 버스 회사 종사원까지 현장으로 달려갔다. 차마 멀쩡한 눈으로 바라볼 수 없을 정도의 대형 참사였다. 버스가 굴러떨어진 지점부터 조각난 파편이 보였고 버스가 박혀 버린 장소까지 시체가 즐비하게 널려 있었다. 그런데 갓난아이 하나가 생채기 한 군데 없이 멀쩡히 살아 있는 모습을 발견했다. 엄마 가슴에 품겨 있었다. 아이는 눈물 자국이 말라 버린 얼굴에 기진한 상태로 눈을 감고 있었다.

신문에는 대서특필이었다. 사망 38명, 생존 2명, 생존자는 사고 신고를 한 포목상을 하는 여인이었고, 또 한 사람은 갓난아기 이장섭이었다. 사고 차량은 관동여객 차량번호 강원 176번으로 확인되었다.

사고를 수습하는 데 이틀이나 걸렸다. 수습된 시신은 도립 병원 뒷마당에 안치되었다. 시신의 신원이 밝혀지기까지 여러 날이 걸렸다. 사망자 중에는 장섭이 엄마 장미선도 포함되어 있었다.

장섭이는 당장 갈 곳이 없었다. 신원 조회 결과 가까이 큰댁도 있고 고모가 있었지만, 모두 손사래를 쳤다. 당장 먹고살기 힘든데 아이를 맡을 수 없다는 것이다. 하는 수 없이 입암리에 있는 고아원으로 보낼 수밖에 없었다.

장섭이는 고아원에서 원생들과 생활하다가 국민학교 입학할 무렵 큰댁으로 오게 되었다. 큰어머니는 고아원에서 가지고 온 보따리를 풀어 보더니 도장방으로 던져 버렸다.

"이게 네 방이다. 오늘부터 이 방을 쓰도록 해라."

뒤도 돌아보지 않고 나가 버렸다. 문설주가 좁아 사람 하나 들어갈 정도였다. 문지방도 높아 허리를 잔뜩 구부리고 들어가야 했다. 방 안은 깜깜했다. 조금 지나자, 방 안 물건들이 눈에 들어오기 시작했다. 오랫동안 사용하지 않아서 그런지 곰팡내가 코를 찔렀다. 아궁이 불도 들어오지 않는 것 같았다. 이리저리 둘러보았다. 아랫목에는 자리틀 위로 고드랫돌이 어지러이 놓여 있고 바닥에는 삭은 부들자리에 먼지가 뽀얗게 쌓여 있었다. 밤이면 귀신이 나올 것만 같았다. 방문 입구에는 옹기로 만든 똥장군도 놓여 있었다. 괜히 온 것 같아 후회스러웠지만, 혼자 맘대로 할 수 없는 노릇이었다.

큰댁에 오는 것이 늦어지게 된 것은 장섭이 아버지가 가지고 있던 재산 처분 문제 때문이었다. 큰아버지와 고모 간에 늘 다툼이 있었다. 큰아버지는 그 재산을 독식하는 조건으로 장섭이를 맡기를 원했으나, 고모는 그 땅을 살 때 자기도 돈을 보탰다고 우기며 한몫을 내놓으라는 의견 충돌로 싸움이 끝나지 않았다.

장섭이 아버지가 가지고 있던 땅은 굴산사 터 건너편 버당말 중에 으뜸가는 열 마지기 논이었다. 참새끼 칠 무렵(이삭이 나와 열매를 맺는 경엽부)이면 황새가 끼룩대며 여유롭게 골뱅이를 까먹는 모습은 한 폭의 동양화를 보는 것 같았다. 동네 사람들이 모두 부러워하는 옥답이었다. 칠성산을 등지고 금강평이 내려다보이는 여섯 칸 기와집도 길지라고 널리 알려져 있었다.

저 멀리 태백산맥을 타고 내려와 발치를 드러낸 칠성산과 수려하고 웅장한 망덕봉이 수문장처럼 자리를 지켜 주고 있었다. 집 앞 텃밭은 양토로 배수가 잘될 뿐 아니라 보수력과 통기성이 좋아 어떤 작물을 심어도 농사가 잘되는 밭이었다.

장섭이가 성장하여 자립할 수 있을 때까지 길러 주며 공부시켜 주는 조건으로 큰아버지가 책임지기로 했다.

"그 재산이면 장섭이 서울서 대학 공부 시키고도 남는 돈이오. 어미 아비 없는 저놈이 불쌍하지도 않아요? 이제부터 조카가 아니라 오라버니 자식처럼 잘 길러 줘요."

큰아버지는 아무런 대답도 없는 시큰둥한 반응이었다. 그때부터 큰댁에 들어와 살게 되었다.

그 돈으로 쇠중골 조밭을 사들이고 달순네와 마당을 같이하고 있는 텃밭과 집 뒤 이틀 갈이 땅도 사들였다. 이 텃밭은 동네에서 힘깨나 쓰는 이동수가 첩한테 물려준 땅인데, 이동수가 기력이 쇠약해지자 첩이 미련 없이 팔아 버리고 서울로 갔다고 하였다.

방학이 되어 동네 아이들은 들로, 냇가로 놀러 다니는데 장섭이는 꼬박 일주일 동안 조밭에 엎드려 엉금엉금 기어 다니며 김을 매야만 했다.

어디 도망이라도 갈까. 아무 데도 갈 데가 없다. 12살 국민학교 학생을 누가 먹여 주고 입혀 주고 재워 준단 말인가. 참아낼 수밖에 없었다. 힘든 조밭을 매 놓았으니 이제부터 꼴 베고 마구간 치우는 것만 하면 되는 일이다. 공부는 뒷전이었다. 밤이면 등잔불도 없는 방 안에서 숙제할 수 없어 선생님으로부터 혼나기 일쑤였다. 종일 어떤 짓을 하고 놀아도 전혀 관심을 두지 않았다. 신발에 진흙 뭉텅이를 달고 들어와도 개의치 않았다.

오랜만에 고물상에 놀러 나갔다. 고물상은 고물을 쌓아 놓은 장소를 제외하고도 공터가 많아 공차기와 자치기, 구슬치기, 말뚝박기 등 어떤 놀이도 가능하여 자주 이곳에 모여들었다.

어제부터 흙더미 무너뜨리기 일을 하고 있었다. 가파른 언덕 위의 마사토를 바닥까지 무너뜨리면 가락엿을 세 개씩 준다고 하였다. 어려운 일이 아니었다. 푸석푸석한 마사토는 몇 번만 삽질해도 밀물 쓸려가듯 바닥으로 미끄러져 흘러내렸다. 하는 일이 재미있었다. 동네 아이들이 모두 모여들었다.

두꺼운 마사토층 아래는 주변 일대에서 찾아내기 힘든 붉은 황토층이 자리하고 있었다. 황토는 집 짓는 데 나무와 함께 가장 중요한 자재로 사용되고 있었다. 서까래를 올리고 그 사이 새벽으로 사용할 뿐 아니라 볏짚과 짓이겨 바람벽을 만드는 데 찰진 황토보다 나은 자재가 없었다. 요즘 집 짓는 사람이 늘어난 것 같았다. 고물상 뒤쪽에 있는 황토가 불티나게 팔리고 있었다. 고물상 주인은 노새가 끄는 수레 한 마차에 오십 원을 받고 팔고 있었다. 잘 팔려 나갔다. 많을 때는 대기하는 빈 수레가 줄을 서고 있을 정도였다. 수레꾼들은 하단부에 있는 황토층만 파서 담아 가기 때문에 표층에 있는 마사토가 무너질 염려가 있어 우리에게 가락엿 세 개를 주는 대가로 일을 시키고 있었다. 다리를 다친 지 두 달이 지난 종석이도 삽질하려고 덤벼들었다. 성치 않은 다리를 절룩거리며 한몫을 하려고 애를 쓰고 있었다. 늦게 도착한 장섭은 자리가 없어 과수원 쪽 비탈면을 타고 올라가 언저리에서 삽질을 해 나갔다. 딱딱한 땅이라 잘 파지지 않아 힘들었다.

아이들은 흙더미가 쭉쭉 미끄러져 내리는 것을 보고 재미있어했다. 놀이처럼 즐거웠다. 그때였다. 우리가 서 있는 윗부분에 가로로 금이 가기 시작했다. 처음에는 누구도 인지하지 못했다. 한 뼘 두 뼘, 점점 크게 벌어지고 있었다. 땅울림도 들리는 듯했다. 갑자기 가운데 있던 아이들이 중심을 잡지 못하고 허둥댔다. 그것도 잠깐이었다. 순식간에 집채보다 커다란 흙더미에 쓸려 내려갔다.

'어, 어! 으아악!' 단말마적 비명과 함께 세 아이가 사라지고 말았다. 언저리에 있던 장섭은 썰매를 타듯 스르르 마사토 위를 미끄러져 내렸다.

묻힌 발목을 뽑아내고 사방을 두리번거렸다. 조금 전까지의 우리들의 놀이터는 온데간데없이 사라져 버렸다. 산사태가 덮쳐 버린 것이었다. 고철을 쌓아 놓은 곳까지 흙더미가 넘쳐났다. 고철 더미 위에 올라서 있는 형철이가 보였다. 엉거주춤 풀린 눈으로 쓸려 내린 산더미를 쳐다보고 있었다.

다리를 다쳐 아직 성하지 않은 종석이, 비석거리에 살고 있는 주일이, 전재민 촌에 살고 있는 정국이도 보이지 않았다. '벌써 어디로 도망갔을 거야.' 정국이는 무척 빠르고 잽싼 바람 돌이라 저기 흙 속에 파묻혀 있지 않을 것 같았다. 공을 잘 차는 아이로 중학교에 들어가면 특기장학생으로 선발될 것이라 말들을 하였다.

동네 사람들이 모여들기 시작했다. 온통 아우성이었다. 얼마 지나지 않아 우마차가 동원되었다. 수레에 실은 흙을 길 건너 은성당 앞 골짜기에 쏟아부었다. 어른들도 거적이나 포대 자루에 흙을 담아 날랐다. 밤새 작업을 했지만, 엄청난 흙무더기를 옮길 수 없었다. 다음 날부터 제무시(GMC) 덤프트럭에 힘 좋은 상차꾼들이 흙을 퍼 올렸다. 저녁 무렵, 정국이의 시신이 발견되었다. 거의 비슷한 장소에서 종석이와 주일이의 시신도 수습할 수 있었다. 까맣게 변한 얼굴에 눈, 코, 입안까지 흙이 들어가 있었다. 들것에 실려지는 시신은 흐느적거렸다. 장섭이는 그 자리에 주저앉고 말았다. 아이들과 함께 뛰어놀 때면 걱정거리를 전부 내려놓고 온통 즐거움만 가득했었는데, 친구들을 잃어버린 슬픔에 가슴이 아리고 저렸다.

어둠이 내린 후 집으로 돌아왔다. 일찍 오든 말든, 공부를 하든 말든, 더럽든 말든 누구든 무관심했다. 해야 할 일을 안 했을 땐 심술이 가득한 큰어머니의 된소리가 나왔다.

"이놈의 새끼야, 여지껏 어디를 쏘다니다 이제야 들어오나? 소꼴도 안 베고 마구간도 안 치우고, 빌어먹을 종재야."

어제 고물상에서 일어난 일을 다 알고 있었을 것이다. 장섭이 거기 있었다는 것도 들어서 알고 있었을 것이다. 어른, 아이 없이 온 동네가 다 알고 울력하여 흙을 퍼 날랐는데, 코빼기도 안 보이고 그런 말을 하고 있었다.

월사금을 못 내 선생님이 집으로 돌려보내는 날이 허다했다. 집으로 돌아가 봐야 일터로 나간 큰어머니를 만날 수가 없었다. 그렇다고 빈손으로 학교에 돌아갈 수도 없었다. 그럴 땐 가끔 시내에서 싸전을 하는 고모한테 기웃거렸다. 고모는 장사를 해서 그런지 눈치가 빨랐다.

"너 돈이 아쉬워 또 왔구나. 네 아버지 땅 판 돈이면 평생 고기반찬에 입쌀밥을 먹고도 남을 텐데, 조카 새끼 하나 거두지 못한단 말이야. 오라비는 그렇다 쳐도 네 큰어머이는 어째 그럴 수가 있나. 온 동네 심술은 혼자 다 부리면서, 쯧쯧."

"월사금을 못 내 왔어요."

주눅이 들어 움츠린 어깨를 하고 기어들어 가는 목소리로 말했다. 고모는 싸전을 해서 그런지 부자라고 하였다. 제일 큰 형과 누나는 고등학교에 다니고 있었다.

큰고모는 부은 얼굴로 돈이 들어 있는 나무 궤짝을 열어 월사금을 건네주었다.

"두 달 치가 밀렸는데요."

"한 달 치는 큰어머이한테 달라고 해라. 그래도 안 주면 내가 가서 한바탕할 테니, 어서 가."

고모는 벌떡 일어나 나가 버렸다.

집으로 돌아오며 곰곰이 생각해 보았다. 고모는 장섭을 볼 때마다 재산 이야기를 빠트리지 않았다. 언제나 하는 얘기가 '네 아버지 가지고 있던 땅이면 어디 가도 떵떵거리며 살 수 있는 재산인데, 네눔의 새끼 부모 복이 없어 그러니 어찌할 수 없구나.'였다.

때로는 측은하고 불쌍하게 보였는지 머리를 쓰다듬어 주기도 했다. 그러면서 언제 알아도 알 이야기라며 옛날이야기도 덤으로 해 주었다.

장섭이 아버지 이낙삼은 삼 남매 중 막내로 태어났는데, 어려서부터 영특하였다. 집 가까이 서당이 있어 남들보다 들락거리기 쉬웠다. 소학교에 들어가기 전에 천자문을 습득하였고『동몽선습』과『계몽편』을 줄줄 외며 습자까지 거침이 없었다. 나이 든 아이들보다 빨리 책거리를 하였다. 낙삼의 부친은 집안에 큰 인물을 만들어야 한다며 성산 공립보통학교에 보냈다. 졸업할 때까지 줄곧 일, 이등 자리를 내놓지 않았다. 이낙삼이 4학년 때 부친은 알 수 없는 병으로 식음을 전폐하다 사망하였고, 그러던 중 가산이 기울어지면서 더 이상 진학을 할 수 없었다.

이 무렵 동문수학을 하던 장택수는 이낙삼과 아주 가까이 지내며 친하게 지내는 사이였다. 공부도 이낙삼 못지않게 용호상박하며 때로는 우열을 가리기가 힘들 정도였다. 이낙삼은 장택수 집에 자주 놀러 갔다. 장택수 아버지 장학열은 시내에서 경남상회라는 커다란 미곡상을 하고 있었다. 이낙삼이 진학을 못 하는 것을 짐작한 장학열은 똑똑한 이낙삼을 놓치고 싶지 않았다. 기왕 진학을 못 할 바에 우리 상회에 나와 서사 일을 해 보는 것이 어떠냐고 권유하였다.

"넌 똑똑하니 여기서 사오 년만 일을 배우고 나면 내 너에게 가게를 하나 만들어 줄 거다."

왠지 마음이 끌렸다. 길게 생각할 필요가 없었다. 택수 아버지처럼 잘살고 싶었다. 졸업하자마자 상회에 들어가 일을 배웠다. 쌀 도매상이라 하루에도 엄청난 돈이 오고 가고 있었다. 많을 때는 뭉칫돈이 포대 자루로 오갈 때도 있었다. 매일매일 빈틈없이 일을 처리해 나갔다. 늦은 시간 창고에 입고되는 쌀을 인부들과 함께 하차하여 힘을 덜어 주기도 했다. 차츰 일이 익숙해지자, 장학열은 이낙삼을 데리고 쌀을 수집하러 삼남 지방을 두루 다녔다. 주로 경북 예천과 전라도 영암, 나주와 목포를 오가며 그쪽 단골 상과 연락을 주고받으며 쌀을 매입하여 제무시로 한 차 가득히 싣고 돌아오곤 했다. 쌀을 많이 재배하는 곳에서 부족한 곳으로 구휼미를 보내는 것처럼 당당하고 힘차 보였다. 올라올 때면 무슨 사유인지 검문소마다 일정액의 금액을 봉투에 넣어 지불하고 있었다. 당연히 주고받는 것처럼 보였다.

그러고도 모든 비용을 공제하고 차액이 엄청나게 많았다. 정말 해 볼 만한 장사였다. 특히, 식량이 떨어지는 춘궁기에는 더욱 장사가 잘되었다. 전국을 누비며 인맥을 다지고 장사 수완을 넓혀 나갔다. 경남상회는 날로 번창하여 갔다. 영동 지방에서도 알아주는 미곡상이었다.

그러는 사이 택수와도 친분은 계속되었다. 방학 때면 자주 만나기도 했다. 입사한 지 5년이 지나갔다. 택수는 졸업과 동시에 가업을 이어받지 않고 정선 어느 시골 중학교 교사로 발령을 받았다.

낙삼은 이쯤에서 자립을 해 보고 싶은 생각이 들었다. 장 사장에게 독립해야겠다며 면담을 요청했다. 때가 된 것을 알았는지 흔쾌하면서도 너그러이 받아 주었다.

"사업을 하자면 자금이 필요하다네. 자! 많은 돈은 아니지만 이만하면 상회를 꾸려 나갈 수 있을 거야."

봉지에 담긴 뭉칫돈을 탁자 위에 올려놓았다. 생각지도 않은 큰돈을 받고 나니 너무 감격스러웠다. 월급날이면 하루도 거르지 않고 일한 양보다 많은 봉급을 주는 것도 고마웠는데, 어떻게 보답해야 할지 몰랐다.

"은혜 잊지 않겠습니다."

그날 저녁 직원들과 함께 집으로 초대받아 후한 대접을 받았다. 이미 목 좋은 곳감 전 뒤편에 점찍어 둔 창고를 찾아갔다.

1년에 쌀 두 가마 도지를 주는 조건으로 임대하였다. 용도를 달리하다 보니 손볼 곳이 많았다. 창고 한쪽에 사무실 겸 숙소도 마련하였다. 아직 할 일이 많았다. 상하차 인부들도 알아 놓아야 하고 사무실을 지키는 직원도 필요했다. 빨리 물건을 하러 남쪽 지방으로 가야만 하기에 마음만 더욱 바빠졌다. 이미 나주 영산포에 있는 미곡상에서 쌀을 실어 오도록 계약이 되어 있어 오늘내일 출발해야만 했다.

전화기를 설치하고 통신이 잘되는지 시험하고 있을 때였다. '드르륵.' 사무실 문이 열리더니 미선이가 배시시 웃으며 들어왔다. 반갑기는 했지만, 너무나 뜻밖이라 어리둥절할 수밖에 없었다.

"여기를 어떻게 알고 왔어?"

"제가 오면 안 되는 곳인가요, 사무장님 보고 싶어 왔지요."

언제나 조용하면서도 미소를 잃지 않는 단정한 모습이었는데, 오늘은 '사무장님 보고 싶어 왔다.'라며 감히 엄두도 낼 수 없는 말을 당돌하리만치 당당하게 말하였다.

경남상회는 날로 번창하면서 양곡 매입에 이어 창고 입출고, 인부 관리, 돈 관리까지 일이 점점 늘어났다. 거의 매일이다시피 늦은 밤까지 일을 하여야 했다. 미선이는 일 년 전 경남상회에 들어왔었다. 회계 업무를 도와주고 일을 맡겼는데, 일 처리 능력이 대단해서 빠른 속도로 일을 배워 나갔다. 얼마 지나지 않아 돈 세는 손놀림이 은행원 못지않았고, 주판도 잘 놓았다.

몇 개나 되는 장부 정리도 깔끔하게 처리하였다. 경남상회에 없어서는 안 될 정도로 자리매김하고 있었다.

“경남상회는 여전히 잘되어 가고 있지?”

빨리 상회를 운영하여야 하는 조급함에 눈길도 주지 않고 건성으로 물어보았다.

“저 상회를 그만두었어요.”

말도 안 되는 얘기를 하고 있었다. 얼른 고개를 돌려 미선을 쳐다보았다. 미선은 얼굴이 굳어 있었다. 미선은 거짓말을 하는 여자가 아니었다.

“무슨 말을 하는 거야. 미선이 그만두면 상회를 누가 운영하라고.”

이낙삼이 상회를 나올 때 자기 자리를 대신할 사람을 찾아 나섰지만, 마땅한 사람이 없었다. 괜찮은 사람이 나설 때까지 상회에 있어야 도리인 줄 알았지만, 그만둔다고 생각을 굳히자 빨리 장사를 하고 싶어 머무를 수가 없었다. 진주미곡에서 점원으로 일을 한 경험이 있는 양봉수를 불러들였다. 일하는 솜씨가 서툴러 썩 내키지 않았지만, 그런대로 쓸 만하다고 생각했다. 장정들이 득실대는 상회에 미선을 두고 나오는 것이 걱정되었다.

미선은 상회를 그만두고 싶지 않았지만, 어쩔 수 없었다고 하였다.

“양봉수 씨가 계속 치근대며 집적거려서 어쩔 수 없어 그만두었어요."

아차, 싶었다. 양봉수가 진주미곡에 있을 때 주인집 딸을 넘보다 쫓겨났다는 말을 얼핏 들었었는데 흘려버리고 말았다. 좀 더 찬찬히 챙겨 보았어야 했는데, 당장 경남상회 운영이 걱정되었지만, 어찌할 도리가 없었다.

"나 이리로 오면 안 될까요?"

"무슨 소리야. 그러면 사장님을 배신하는 거야."

이낙삼은 지금까지 사장님한테 부끄럼 한 점 없이 정직하게 일해 왔고, 덕분에 사업 자금까지 건네받았다. 앞으로도 사장님과는 돈독한 관계를 유지하고 싶었다. 미선이 이곳으로 온다면 빼앗아 왔다고 난리가 날 것이고, 사장님한테는 배은망덕한 놈이라고 낙인찍힐 것이 뻔했다. 신용도 떨어지는 용납 못 할 일이었다.

"그건 안 돼. 도저히 있을 수 없는 일이니 그냥 돌아가."

미선은 고개를 떨구고 한참을 앉아 있다가 일어났다. 이제부터 집에서 쉬겠다며 간단히 목례만 하고 밖으로 나갔다.

낙삼은 마당을 벗어나는 미선의 뒷모습을 바라보았다. 측은하고 가엽게 보였다. 정말이지 붙잡아 놓고 싶었다. 미선은 전형적인 여자 모습이었다. 길게 땋아 내린 머리는 윤이 났고, 까만 치마에 하얀 저고리를 입은 매무새는 언제 보아도 단정했다. 여자로 맞이하고 싶었지만, 아직 그럴 형편이 아니었다.

이낙삼은 단단히 맘먹었다. 경남상회보다 더 큰 미곡상 업을 하고 싶었다. 우리나라에서 알아주는 양곡 유통업의 거상이 되리라는 포부를 가졌다.

경남상회에서 거래하던 기존의 장터를 벗어나 새로운 장소를 찾아 나섰다. 장사꾼의 왕래가 없는 전라도 보성에서 장흥, 강진, 남해 오지 마을 고샅길까지 두루 찾아 나섰다. 의외로 쌀을 수집하는 데 어려움이 없었다. 해방이 되고 난 후 우익과 좌익이라는 이념으로 정치 세계는 어수선했지만, 쌀을 수집하는 데는 어려움이 없었다. 강원도는 산악 지방이 많아 쌀을 구경조차 하기 힘들었다. 처녀가 시집갈 때까지 쌀밥을 세 번밖에 못 먹어 봤다고 말할 정도로 귀한 곡식이었다. 보름에 한 차씩 가지고 올라와도 금방 동이 나고 말았다. 쉴 틈이 없었다. 밤낮 가리지 않고 뛰어다녔다. 장사가 너무 잘되었다. 은행 잔고 숫자는 한 뼘씩 늘어났다. 신바람이 났다. 몇 년만 부지런히 하면 경남상회도 앞지를 것 같았다. 창고 부지를 넓히고 그 위에 제재목 열두 자 높이로 새로운 창고를 만들었다. 인부들에게도 아낌없이 노임을 지불했다. 그들도 내 일처럼 열심히 일해 주어 든든했다. 입암리에 계시는 형님이 벼농사를 짓고 있지만, 맛좋은 전라도 쌀을 넉넉히 보내 드렸다. 누나에게도 빼놓지 않고 보내 드렸다.

이듬해 여름, 극심한 가뭄으로 작물이 타들어 갔다. 정부에서는 관정을 파는 일을 지원해 주었지만, 일부 국한된 곳에만 도움이 되었지, 대부분 하늘만 쳐다보고 있었다. 엎친 데 덮친 격으로 곡식이 익어 갈 무렵, 태풍이 몰아쳐 온통 물바다가 되어 버렸다. 농사를 망치고 말았다. 특히 중부 이북 지역인 경기, 강원 지방에서는 모든 농작물을 쓸어버렸다. 겨울을 나는 것은 고사하고 당장 먹을 것이 없었다. 중부 지방에 비해 삼남 지방은 수해가 덜했다. 부지런히 쌀을 수집해 나갔다. 창고에 가득 채울 요량이었다. 아쉬움 없이 그 정도의 곡식을 채울 돈이 있었다. 가을 내내 쌀을 거둬들였다. 빈틈없이 창고를 가득 채웠다. 내년 봄 춘궁기 때 창고 문을 열 심사로 굳게 문을 잠가 버렸다. 변질을 막기 위해 때때로 이적 작업을 하여 주었고, 해충 방제와 훈증 소독도 거르지 않았다.

선달 어느 날, 이적 작업을 끝낸 인부들이 춥다며 창고 좁은 공간 한쪽에 모닥불을 해 놓고 술을 마셨다. 이것이 화근이었다. 인부들은 불을 잘 끄고 창고 문을 나섰다고 하였다. 그런데 불씨가 살아나 벽면을 타고 올랐다. 냉·난방을 위해 내부 벽면에 나무판자로 덧씌우기를 해 놓았는데, 인화 물질이 되고 말았다. 통행금지 사이렌이 울리고 한참이 지났을 때였다. 설을 얼마 남기지 않은 그믐께라 아직 깜깜한 한밤중이었다. 창문을 두드리는 요란한 소리가 들렸다. 깜짝 놀라 깨어나 보니 한 씨의 목소리였다. 직감적으로 큰 사달이 난 것으로 짐작이 갔다. 마음을 진정하고 주섬주섬 옷을 챙겨 입고 밖으로 나왔다. 한 씨는 창고를 지키는 인부였다. 알 수 없는 불이 나 창고가 활활 타오르고 있다며 다급히 알려 주었다. 상상조차 할 수 없는 소리를 하고 있었다. 달음질을 쳐 창고 앞에 다다랐다. 우람하게 버티고 있던 백 평짜리 회색 건물은 온데간데없이 사라지고 그 자리에는 타다 만 목재에서 연기가 모락모락 피어오르고 있었다. 소방관들은 진화 작업을 마쳤는지 호스를 말아 들이고 있었다. 3년 동안 밤잠을 설치며 만들어 왔던 부의 꿈이 단숨에 사라지고 말았다.

잿더미 속에 타다 만 쌀은 쓸모가 없어졌다. 불에 그슨 쌀은 냄새가 나서 먹을 수가 없었다. 잡곡보다도 가치가 없어 사료로 사용할 수밖에 없었다.

날이 밝아 왔다. 창고 자국만 남긴 빈터에 회오리바람이 먼지를 쓸며 지나갈 뿐이었다. 인부들이 모여들었다. 다들 어제 이적 작업을 하던 작업꾼들이었다. 죄인처럼 주눅이 들어 있었다. 어깨가 축 처진 모습으로 용서를 빌었다. 어찌할 수 없는 노릇이었다. 무슨 억하심정에서 저지른 일이 아니었기 때문이다. 변변한 일거리가 없는 세상에 우리 상회에 나와 일하고 있는 것을 자랑처럼 여기는 사람들이었다. 이 사람들에게 책임을 물어봐야 변상할 능력이 없었다. 이들은 하루 벌어 하루 생활하는 사람들이었다.

정신을 차렸다. 다시 일어서기로 맘먹는 데 그리 오랜 시간이 걸리지 않았다. 한 번 실수는 병가지상사라고 했는데, 못 할 것이 없었다. 인부들도 며칠 동안 화재 잔해물을 정리해 주었다.

남은 밑절미로 다시 시작했다. 주변에 있는 빈 점포를 얻어 사무실로 만들었다. 전라도 임실과 벌교로 달려갔다. 일주일 만에 백여 가마를 수집할 수 있었다. 도로 사정이 좋지 않은 비포장 도로라 위험 구간을 비키며 올라오는 데 이틀이 걸렸다. 고생한 만큼 역시 중간 이윤이 좋았다. 다시 힘이 생기기 시작했다.

며칠 자리를 비운 사이 미선이가 두 번이나 찾아왔다고 한 씨가 일러 주었다. 참사가 있었다는 얘기를 듣고 위로 삼아 온 것 같았다. 오늘은 고성에 물건을 보내 주기로 하여 아침 일찍 사무실로 향했다. 발걸음이 가벼웠다.

깜짝 놀랄 전경이 눈앞에 그려졌다. 미선이가 사무실 앞에서 기다리고 있었다. 예의 삼단 같은 고운 머리를 양 갈래로 땋고 하얀 저고리와 연둣빛 뉴똥 치마를 입고 단정한 모습으로 서 있었다. 먼 걸음인데 단번에 알아볼 수 있었다. 뭉클뭉클 솟아오르는 가슴을 억제할 수 없었다. 와락 껴안고 싶은 심정이었다.

외진 비탈 길섶 노란 야생화 이파리 끝에 매달려 있는 이슬방울처럼 영롱한 모습이었다. 무슨 냄새일까. 이른 봄 들녘에 피어 있는 꽃다지 향기와 알싸한 깻잎 냄새가 버무려져 코끝을 맴돌았다. 봇물 터지듯 터져 나오려는 감정을 눌러 참았다.

그동안 미선을 그리워했고 보고 싶었다. 주판알을 튕기며 대장을 정리하던 하얀 손, 장부와 대장을 내밀며 살며시 미소까지 아끼지 않던 다소곳한 자세, 퇴근하며 문을 열고 나가던 뒷모습까지 겹치는 머릿속의 사진을 뚫어지게 바라보았던 그녀였다. 그런 미선이가 눈앞에 있는 것이었다. 태연할 필요가 없었다.

분간 없이 손을 내밀었다.

"나 사람이 필요해. 나 좀 도와줄 수 있을까?"

앞뒤 사족 전부 잘라 버리고 가운데 토막만 얘기했다.

"그러려고 왔잖아요. 3년이 다 되도록 여태껏 기다렸어요, 시집도 안 가고…."

'시집도 안 가고.'란 말이 귓바퀴에 서너 번을 울렸다.

"나 미선이 많이 좋아했어…."

분별없는 말이 어중간에 튀어나왔다.

"먼저 우리 상회부터 살려 보아요. 이제 시작이잖아요. 저 지금까지 기다려 왔는데 우리 일은 서두르지 말고요."

연니軟泥의 전부까지 식구로 맘먹고 있는 것이 틀림없어 보였다.

의욕이 창일하며 힘이 불끈 솟아올랐다. 미선이가 지켜 준다면 못 할 일이 없어 보였다.

장사 방법을 바꾸었다. 지금까지는 현지 거상으로부터 청결미를 사들였는데, 좀 더 싼 가격에 수집하는 방법을 알아냈다. 도부꾼들이 수집하여 모아 놓은 쌀이었다. 품종도 섞이고 미질은 떨어졌지만, 훨씬 싼 가격에 구입하여 맞춤한 가격에 팔 수 있었다. 수집하는 지역도 넓혀 나갔다. 경상도 밀양, 창녕에서부터 전라도 곡성, 구례까지 영역을 확장해 나갔다.

사업이 차츰 안정을 찾아가자, 자연스럽게 혼사 이야기를 양가에 알리게 되었다. 미선이 경남상회를 들어오게 된 동기는 장학열과 같은 인동 장씨로 촌수가 모자라는 친척이었다. 장학열은 두 사람의 혼사에 적극 앞장섰다. 서로 모자랄 것이 없었다. 이낙삼은 신라 건국의 모체 영산촌을 다스렸던 이알평을 시조로 하는 평장공파 양반 가문이었고, 미선은 고려 문종 때 금오위상장군을 지냈던 장금용을 시조로 하는 황상공파 후손으로 역시 양반 가문이었다. 두 사람 모두 아무나 다니기 힘든 소학교를 나왔다. 특히, 미선은 바깥출입이 어려웠던 시절이었지만, 오빠의 배려로 신학문을 접할 수 있는 사천 공립보통학교를 다닐 수 있었다. 혼사가 오간 지 얼마 지나지 않아 초례청 앞에 서게 되었다. 옥거리에 있는 적산가옥에 살림을 차렸다. 이낙삼은 천하를 다 얻은 것 같은 행복감에 취해 있었다. 앞치마를 두르고 밥상을 차리고 있는 미선의 모습은 선녀처럼 너무 고운 자태였다. 김이 모락모락 피어오르는 된장찌개와 생선구이에 하얀 쌀밥이 차려진 밥상을 마주하고 있다는 것이 너무 행복했다. 장사는 날로 번창하기 시작했다.

즐겁고 행복한 나날은 오래가지 못했다. 어저께 실어 놓은 짐을 끌고 아침 일찍 출발하여 벌교를 벗어나 순천을 지나 경상도 영천에 왔을 때 날이 저물어 하룻밤을 묵어야 했다. 진종일 덜컹거리는 화물차에 시달리다 보니 너무 피곤했다. 내일 일도 있어 일찍 잠을 청하고 다시 박명이 되기 전에 출발하였다. 포항, 영덕을 지나자, 운전사의 모습은 너무 지쳐 보였다. 감겨 오는 눈을 겨우 치뜨며 운전대를 잡고 있었다. 가엽고 안타깝게 보였지만, 더 지체할 수 없었다. 내일까지 양양 철광사업소에 납품

하기로 계약이 되어 있어 오늘 중으로 도착해야 했다. 날짜를 지키지 못하면 신용이 떨어지는 것은 물론 지체상금까지 물어야 했다.

임원을 지나 삼척읍이 내려다보이는 비탈길을 내려오기 시작했다. 점점 경사가 심해지는 길 때문에 운전대에 힘이 잔뜩 들어간 운전사의 모습이 눈에 들어왔다. 눈을 크게 뜨고 몇 번이나 브레이크를 밟는 모습이 불안하게 보였다. 절반쯤 내려왔을 때였다. 조금만 더 내려가면 정라진과 이어지는 평평한 도로를 만날 수 있었다. 벌써 날이 어둡기 시작했다. 그때였다. 운전사가 쥐고 있는 핸들이 이리저리 요동치기 시작했다.

“어어! 사장님, 큰일 났네요. 브레이크가 터졌어요.”

화물차는 하중을 이기지 못하고 쏜살같이 내리막길을 덜커덩거리며 내달렸다. 육중한 화물차가 기우뚱거리더니 오른쪽 낭떠러지로 굴러떨어지고 있었다. ‘뚜두둑’ 다대부(화물 적재 보조대)가 부러지는 소리와 함께 쌀가마니가 쏟아지고 있었다. 한 바퀴, 두 바퀴까지 넘어지는 것은 알았는데, 더 이상 생각이 나지 않았다. 정신을 잃고 말았다. 마침, 뒤따라오던 관동여객 버스에서 제무시가 굴러떨어지는 광경을 목격하였다.

버스를 세워 둔 운전사는 남자 승객 몇몇을 데리고 화물차가 떨어진 곳으로 달려왔다. 제무시는 전복되어 바퀴가 하늘을 향해 비스듬히 누워 있었다. 이상하게도 운전석에 있어야 할 사람은 튕겨 나와 작은 관목에 걸쳐 있었고, 조수석에 있는 사람이 두 손으로 운전대를 잡은 상태에서 정신을 잃고 있었다.

경찰이 출동하였으나, 많은 시간이 지체되었다. 운전사는 병원으로 오는 도중 사망하였고, 이낙삼은 왼쪽 다리가 찌그러진 보닛에 눌려 끄집어낼 수 없었다. 다리를 절단하지 않으면 살릴 수가 없었다. 찰나의 순간에 심연의 늪으로 빠져 버리고 말았다.

두 번씩이나 거듭된 실패는 그렇다 치더라도 잘려 나간 다리는 되찾을 수가 없었다. 미선의 극진한 간호로 치료는 되었지만, 불구의 몸으로 더 이상 사업을 할 능력이 없었다. 모든 것을 정리해야만 했다. 마침, 학산 마을에 좋은 땅이 나왔다는 소문이 들렸다. 아들이 출세해 큰 관직에 있는데 부모님을 서울에 모시기로 하여 대대로 내려오는 재산을 팔게 되었다고 하였다.

쓸 만한 땅과 집이 있었다. 굴산사 터 건너 망덕봉에 피어오르는 아침 햇살은 듬뿍 정기를 뿜어낼 것만 같았다. 나지막하게 등을 받치고 있는 칠성산이 북풍한설을 막아 주기에 안성맞춤이었다. 미선이가 더 좋아했다. 흔쾌히 받아 주며 손뼉까지 쳐 주었다. 지체 없이 땅을 사들이고 이사를 했다.

"우리 여기서 천년만년 깨가 쏟아지도록 오순도순 재미있게 살아요."

용기를 주었다. 살림살이도 윤기가 흐르게 하였다.

왼쪽 다리를 의족으로 지탱할 수밖에 없어 농사일이 불가해 일꾼을 들이기로 했다. 어렵지 않았다. 어단리에 살고 있는 김학선 내외가 있었다. 이 사람도 작년에 결혼했는데, 밥 식기와 대접 두 벌, 숟가락 두 닢만 들고 나와 살림을 차렸다. 사랑채에 들이기로 했다. 김학선은 팔뚝이 웬만한 사람 허벅지만큼 굵었다. 힘을 잘 쓸 것 같아 사경은 일 년에 쌀 여덟 가마를 주기로 했다. 이들은 제발 돈을 벌어 나갈 때까지 버리지 말아 달라고 되레 당부했다.

소소한 일상용품도 나누어 주었다. 담배까지 끊이지 않고 대주었다. 가을이 되었을 때, 버당말 열 마지기 논에는 누런 벼이삭이 가득 찼다. 젊은 부부가 부지런했다. 꼭두새벽부터 어두워질 때까지 손에서 일을 놓지 않았다. 김장 배추는 속살이 보이지 않을 정도로 진초록 몸집을 키워 나갔다. 여름내 뜨겁게 달궈 대던 태양에 묵비권을 행사하며 몸통을 키워 온 빨간 고추도 마당을 가득 채워 널어놓았다. 상처의 아픔이 가시지 않았지만, 웃음을 잃지 않은 미선의 살가운 사랑과, 문전에서 하루가 다르게 커 가는 작물을 보며 자리를 잡아가기 시작했다.

잘 오지 않는 우체부가 반갑게 마당 문을 들어섰다. 편지를 전해 주는 것이었다. 한동안 소식이 뜸했던 장택수의 편지였다. 뜻밖의 서신이었다. 굵은 만년필로 세로로 써 내려간 행서체에 힘이 들어가 있는 글씨였다. 너무 반가웠다.

편지의 내용은 차 사고로 어려움을 겪고 있는 것을 잘 알면서 변변히 위로조차 못 해 미안하다는 안부의 인사와, 마침 강릉으로 출장 올 일이 있으니 이번 토요일 우리 소학교 동창들과 만나자는 이야기였다. 다른 사람은 몰라도 너, 이낙삼은 만나 보고 싶으니 꼭 나와 달라고 하였다. 활동성이 좋은 장택수는 농촌에서 교사 생활이 적성에 맞지 않아 사표를 내고 서울로 올라와 보통고시 공부를 하였다. 단번에 합격하고 중앙부처인 상공부에 근무한다는 소식을 여러 번 들어 알고 있었다.

자기 모습을 과시하러 온 것 같았다. 상대적 열등감이 온몸을 휘감고 있었다. 나가고 싶지 않았으나 '너만은 만나고 싶으니 꼭 나와 달라.'는 말에 망설이게 되었다. 미선에게 편지를 내밀었다.

"무슨 얘기예요. 동문수학을 한 죽마고우로 누구보다 공부도 잘했고 절친한 사이였는데, 당연히 가서 축하해 주어야지요."

태풍이 오고 있다는 라디오 방송을 들었지만, 설마 했다. 어제부터 질척거리며 내리고 있는 길바닥에는 여기저기 흙탕물이 고여 있는데, 고이 접어 두었던 양복을 꺼내 입혀 주었다.

약속된 장소로 나갔다. 고급 음식점으로 장사를 할 때 몇 번 왔던 곳이었다. 시간도 되기 전에 여남이 와 있었다. 절룩거리며 다가가자 여기저기서 반갑다고 인사를 하는 친구들이 있었으나, 조롱하는 것 같아 애써 구석진 곳에 자리를 잡았다. 음식이 차려지고 몇 순배의 술잔으로 권주가에 여흥이 들었다. 이 친구 저 친구가 권하는 술에 장택수는 벌겋게 얼굴이 상기되어 있었다.

"우리 옛날 친구들 많이 나와 줘서 정말 고맙네. 니네들 어려운 일이 있으면 나한테 부탁해. 내가 할 수 있는 일이면 들어줄게. 술도 한잔하며 말이야."

은근히 자기를 과시하는 모습이었다.

벌써 날이 어두워졌는데도 비는 그치지 않았다. 먼저 일어서야 했다. 시오리 길을 절름거리며 걸어가자면 시간이 오래 걸리기 때문이었다. 슬며시 밖으로 나왔다. 비는 더욱 세차게 내리고 있었다. 몇 대 굴러다니던 시발택시도 비가 와서 그런지 볼 수가 없었다. 걸어서라도 가야만 했다. 오늘따라 사랑채에 있는 일꾼 부부가 제사를 보려고 어단리에 있는 큰댁으로 가 집에는 미선이 혼자만 있었다. 집에 올 때 시간이 되면 사과를 사 가지고 오라는 미선의 말을 놓치지 않았다. 미선은 임신 5개월째로 입덧이 심해 음식을 먹으면 토해 내고 물조차 제대로 먹지 못해 탈수 증상까지 보이고 있었다. 안쓰러워 제대로 볼 수 없었다. 그런 미선이가 오늘은 사과가 먹고 싶다고 하였다. 대관령 꼭대기에 있는 사과라도 따 가지고 올 수 있는데, 시장에서 사 가지고 가는 것은 어려운 일이 아니었다.

낙삼이 나가는 것을 택수가 알아보았다. 여러 사람과 함께 얘기를 나누느라 마주 보고 변변한 얘기 한마디 못 했다.

"비가 이렇게 오는데 어딜 가려고 그래. 우리 집에서 자며 밤새 얘기를 나누자."

장택수의 간곡한 부탁이었지만, 미선을 혼자 두고 자리를 비울 수 없었다. 장택수는 잠깐 기다리라 하더니 안으로 들어갔다 나왔다. 손에 들려 있는 것은 무전기같이 생긴 길쭉한 검은 물체였다.

"이거 내가 일본 출장 가서 사 가지고 온 우산이야. 쓰고 가."

우산 집에 넣어 둔 삼단 접이식 우산이라 하였다. 처음 펼쳐 보는 삼단 우산이 신기했다. 너무 귀한 것 같아 미선에게 주면 좋아할 것 같았다. 오는 길에 시장에 들러 사과 봉지를 사서 어깨에 둘러멨다. 비는 그칠 줄 몰랐다. 목발을 짚고 부지런히 걸음을 재촉했다. 늘 건너던 학산 개울 징검다리에 다다랐다. 돌다리는 흙탕물로 넘쳐나 건너갈 수 없었다. 윗마을 이장 집에 가서 하룻밤을 재워 달라고 할까. 그럴 수가 없었다. 물길을 따라 내려갔다. 돌아가는 길이지만, 조금만 더 가면 든든한 섶다리가 있기 때문이다. 다리를 보니 무서웠다. 거센 물결이 울어대는 소리를 하며 다리를 후려치며 내달렸다. 동발이 휘청거렸다. 밤새 비를 맞으며 이렇게 서 있을 수 없었다. 용기를 내 다리를 건너가기 시작했다. 칠흑같이 어두운 밤, 한 발짝, 두 발짝, 세 발짝, 걸어 나갔다. 여태껏 버티고 있던 다리가 갑자기 물길을 따라 맥없이 무너지기 시작했다. 섶다리가 몇 번 곤두박질치더니 흔적 없이 사라지고 말았다. 그 자리에는 '쏴 쏴 꾸르륵 꿀꺽' 똑같은 음자리표로 소리를 내며 무서운 기세로 흘러내리고 있었다.

그날 밤 낙삼은 돌아오지 못했다. 미선은 이상한 예감이 들었다. 지난밤 밤새 기다리며 졸음에 잠깐 눈을 감았을 때 알 수 없는 검은 물체가 가슴을 조여 왔다. 가위에 눌리고 있었다. 무서웠다. 거의 뜬눈으로 날밤을 새웠다. 거친 바람과 함께 비는 그칠 줄 모르고 퍼붓고 있었다. 일찍 사립문을 나섰다. 논이고 밭이고 뜰 전체가 물에 잠겨 버리고 있었다. 징검다리 쪽으로 걸어 나갔다. 둑을 넘쳐흘러 돌다리가 있던 위치조차 분간할 수 없었다. 점점 불안하기 시작했다. 섶다리 쪽으로 걸음을 옮겼다. 아무것도 보이지 않았다. 황토물이 모든 것을 집어삼키고 호수처럼 자리를 잡고 있었다.

장택수 집을 잘 알기에 빗속을 뚫고 읍내로 달렸다. 장택수는 이미 서울에 가 있었다. 우체국에 쫓아가 시외전화를 요청했다. 가슴이 두근거려 견딜 수가 없었다. 수화기 건너편에서 장택수의 목소리가 들려왔다. 무슨 변고가 있냐며 어제저녁 삼단 우산을 선물하며 배웅까지 해 주었다고 하였다.

미선은 남편을 찾아 나섰지만, 그날 저녁 이후 누구도 본 사람이 없었다. 미선은 식음을 전폐했다. 물조차 넘어가지 않았다. 그러자 태아도 미동이 없었다. 뱃속의 아이를 보더라도 억지로 먹어야 했다. 탯줄로 빨아들인 먹이 활동으로 발차기하는 행동이 예사로웠다.

실종된 지 달포가 넘어서였다. 수마가 할퀴고 간 들녘에 쓰러져 있던 곡식을 거둬들인 뒤라 들판은 황량했다. 된서리를 맞은 감나무 이파리는 푹 삶아 놓아 축축 처져 있었다. 스산하게 불어오는 찬 바람에 고개를 돌리는 늦가을 어느 날이었다. 지서로부터 급한 연락이 왔다. 모산 저수지 근방에서 사람의 시신을 발견했는데, 혹시 이 집 주인 이낙삼인지 현장에 확인하러 가자는 것이었다. 부른 배를 앞세우고 저수지 어귀에 이르렀다. 논둑에 검은 물체가 보였다. 발걸음이 떨어지지 않았다. 가슴이 콩닥거려 옮길 수가 없었다. '설마 아니겠지. 아닐 것이야. 낙삼 씨가 저기에 누워 있을 일이 없어.' 주문하듯 그이가 아니기를 간절히 소망했다. 처음으로 하나님 소리가 나왔다.

가까이 다가갔다. 얼굴은 이미 부패하여 형체를 알아볼 수 없었다. 그런데 입고 있는 옷은 그날 나갈 때 입혀 주었던 흑감색 양복이었다. 결혼식장에서 입었던 그 양복이 틀림없었다. 맥없이 땅바닥에 주저앉았다. 남편의 가슴을 붙잡았다. 미어지는 아픔을 가눌 수가 없었다. 가슴이 아려 견딜 수가 없었다. 차라리 심장이 터져 버렸으면 좋을 것 같았다. 몽롱해지면서 서서히 맥이 풀렸다. 하늘도 푸른 산도 연못도 모두가 노란색으로 변해 가고 있었다.

눈을 떴을 때는 백열전구가 내려다보고 있는 병원이었다. 왼손 손목 위에는 링거병 호스를 타고 뚝뚝 수액이 떨어지고 있었다.

친지와 동네 사람들의 도움으로 장례를 치렀다. 사랑채에 살고 있는 젊은 내외의 보호와 도움을 받으며 하루하루를 지탱해 나갔다. 설상가상이었다. 며칠째 태아의 움직임이 없었다. 산파를 찾아 나섰다. 산모가 허약해서 그렇다며 이대로 놔두면 산모도 아기도 잘못될 수 있다며 잘 먹고 편안한 마음을 가지라고 일러 주었다.

미선은 마음을 다잡았다.

지금 너무 괴롭고 아프고 슬퍼서
하루 살기 힘드신가요?
이것 또한 지나가리다.

아름답고 예쁜 젊음이 영원할 것 같은가요?
이것 또한 지나가리다.

솔로몬의 아버지 다윗왕이 주문한 반지의 글귀 내용이다. 이 구절은 나치 학살 때 유대인들이 붙잡아 어려움을 이겨 낼 수 있었다고 하였다.

'사물이 극에 달하면 반드시 반전한다.'라는 『주역』에 나오는 물극필반物極必反이란 고사성어도 가슴에 새겨 넣었다.

난리 통에도 꼼짝하지 않고 있었다. 사랑채의 일꾼 부부는 겁을 먹고 자리를 비웠지만, 만삭의 몸으로 움직일 수 없었다. 아무도 없는 안방에서 아이를 출산했다. 사내아이였다. 후덥지근하게 비릿한 피비린내가 방 안 가득해도 꼭꼭 문을 잠가 버렸다. 혼자서 산후조리를 하였다. 이름은 돌림자 불꽃 섭 자를 따가지고 장섭이라 지어 주었다. 아이가 잘 자라 주었다. 대포가 터지고 총알이 날아오는 무섭던 전쟁이 끝이 났다. 이념이 무엇인지 불을 켜며 편 가르던 논쟁도 소리 없이 사라지고 말았다.

동지의 긴 허리가 너무 길었다. 신간 책도 간간이 사 보았지만, 외로운 긴 밤을 잘라내지 못했다.

먹고살기에 힘겨운 때라 동네 아낙들이 농사가 끝나자, 농한기를 이용해 영 넘어 삼단을 하려고 분주히 앞장섰다. 입암리에 살고 있는 맏동서에게 장섭을 맡아 달라고 부탁해 보았으나 단번에 거절해 버렸다. '먹을 것이 없어, 입을 것이 없어? 얼마나 큰 돈벌이가 된다고 길거리에 나서 야단이야!' 목청을 높이며 뒤도 돌아보지 않고 부엌문을 꽝 닫아 버렸다.

'장섭아! 우리 하루만 고생해 보자.' 그날 밤 대관령 고개를 넘어가던 관동여객 버스에서 미선은 유언장 한 장 남기지 못하고 장섭을 가슴에 품어 살리고 세상과 이별했다.

고모는 똑같은 얘기를 몇 번이나 들려주었지만, 어머니, 아버지의 기억이 전혀 없는 장섭은 시큰둥하게 듣고 있을 뿐 아무런 반응이 없었다.

되는 일이 없었다. 이제는 가지고 있던 밑천도 얼마 남지 않았다. 통장 잔고도 바닥이 났다. 병원 창문 밖을 내다보았다. 모두 추석 명절을 준비하느라 장바구니를 들고 분주히 오고 가고 있었다. 장섭이 혼자 입원하고 있는 병원은 추석 전날이라 모두 집에 가고 당직을 서는 직원만 지키고 있을 것 같았다. 갈 곳이 없었다. 사고무친인 장섭을 맞아 줄 사람이 보이지 않았다. 사람 만나는 것도 싫었다.

새벽 4시 통금 해제 사이렌 소리가 정적을 깨트리며 창문을 타고 울려왔다. 입원할 때 입고 있었던 작업복으로 갈아입었다.

빛을 잃은 희미한 백열전구만 천장에 매달려 졸고 있었다. 아무도 보이지 않았다. 잠겨 있는 출입문을 열었다. '삐이익.' 바닥과 마찰하는 쇳소리에 소름이 돋았다. 여름을 보내며 입던 옷이라 그런지 서늘한 공기가 폐부를 뚫고 파고들었다. 성큼성큼 차부로 향했다. 무작정 서울 가는 첫차에 올랐다. 추석날 꼭두새벽이라 사람들은 듬성듬성했다. 대관령을 넘자 희붐하게 날이 밝아오기 시작했다. 이제는 용기도 의욕도 없어졌다. 눈을 감아 버렸다.

이 년 전 이 무렵이었다. 하던 일이 실패하여 의기소침하고 있을 때였다. 기원을 기웃거리며 하루를 소일하고 있었다. 내기 바둑도 심심찮게 하던 상대가 있었다. 대관령에서 고랭지 채소 농사를 짓는데, 작년에 이어 올해에도 농사가 잘되어 많은 돈을 벌었다며 은근히 자랑삼아 얘기하는 것을 듣게 되었다. 머리통이 크고 검정 숯덩이처럼 풍성한 호랑이 눈썹을 한 김철기를 알게 되었다. 조금은 미련하게 생겼지만, 큰 가슴을 가지고 있어 힘이 좋아 보였다. 몇 번의 술자리를 하며 가깝게 지내게 되자, 놀지 말고 같이 농사를 지어 보자고 제의했다.

농림부에 고위직으로 근무하는 사람이 안반데기에 이만여 평을 가지고 있는데, 내년부터 자기가 맡아 관리하게 되었다고 하였다. 이만 평! 엄청나게 큰 농사였다. 큰댁에 있을 때 큰아버지는 논 아홉 마지기에 밭 삼천여 평을 가지고 있었지만, 동네에서 제일가는 부자 소리를 들었다. 그런데 이만 평의 땅 크기는 어느 정도 되는지 가늠이 되지 않았다.

그런 큰 밭을 영농자금이 부족해 동업자를 찾는 중이라고 하였다. 이미 임대료를 지불했기 때문에 앞으로 지출되는 인건비, 비료, 농약값 같은 영농비를 지불하면 된다고 하였다. 솔깃했다. 꼭 될 것 같았다. 칠전팔기라는데 고작 두 번 실패했다고 손을 놓고 있을 수가 없었다.

아지랑이가 눈을 간질이는 봄 어느 날, 날을 잡아 김철기와 같이 안반데기로 향했다. 왕산골을 지나 닭목령에 이르자 허연 눈이 군데군데 산자락 비탈 밭에 뿌리를 박고 있었다. 높게 쳐다보이는 피덕령 정상에 올라가야만 한다고 했다. 음지 계곡에 이르자 흐르던 물이 얼어 빙판이었다. 힘 좋은 사륜구동 세레스도 헛바퀴를 돌며 더 이상 오르지 못했다.

걸어서 올라갔다. 아름드리 소나무와 굴참나무가 비탈길을 사이에 두고 빼곡하게 들어차 있었다. 호랑이도 나올 것 같은 원시림이었다. 숨이 차 한 번에 오르기에 벅찬 산길이었다. 1,100m 정상에 올랐다. 일망무제의 높고 낮은 산들이 허리에 구름을 두르고 발아래 깔려 있었다. 장관이었다.

김철기가 임대한 밭을 얼른 보고 싶었다. 산등성이를 타고 북쪽으로 향했다. 가도 가도 끝이 보이지 않는 구릉지대가 전부 가파른 비탈 밭으로 형성되어 있었다. 능경봉이 보이는 끄트머리 밭에 이르렀다.

오른쪽 검지손가락이 반쯤 잘린 손으로 여기에서 오른쪽 계곡까지 전부라며 두 손을 아우르며 자랑스럽게 말하였다.

'이런 곳에서 농사를 짓는다고.' 경사가 심한 곳은 사람이 서 있기조차 어려운 경사지였다. 흙보다 돌도끼처럼 삐죽삐죽한 돌들이 더 많이 깔려 있었다. 어떤 식물도 자라지 못할 것 같았다. 현장을 보지도 않고 결정해 버린 것이 후회스러웠다. 그런 모습을 알아차린 김철기는 내려오는 내내 부연해서 설명을 이어 나갔다.

배추, 무는 서늘한 기후를 좋아하는 식물로 여름철 고온인 평야 지대에서는 재배가 불가하고, 여기 고랭지에서만이 가능하다고 힘주면서 말했다. 돌이 많은 것이 경작하는 데 어려움은 있지만, 가뭄 때는 땅속의 수분을 저장해 주는 역할을 하여 작물 성장에 도움을 주기도 한다고 하였다. 이해가 갈 듯 말 듯 한 말로 장황하게 설명해 주었다. 그러면서 여기 몇백만 평이 만들어지기까지 내역을 말해 주었다.

원래 여기는 울창한 숲속으로 여기저기 화전민이 살고 있었는데, 1965년 전후로 미국에서 지원해 준 구호미를 화전민에 지급해 주며 국유림인 이곳에 개간 사업을 하게 되었다. 나무를 베고 오직 삽과 곡괭이로 밭을 일구어 나갔다. 그렇게 개간한

밭을 정부에서 화전민에게 불하하여, 먹고사는 문제를 해결해 준 밭이라고 하였다.

김철기가 어렸을 때 그의 아버지는 통나무 너와집에 살며 농사를 지었다. 감자도 심고 얼갈이배추를 심어 연명해 나갔다. 도박성이 심한 아버지는 이 년을 넘기지 못하고 불하받은 칠천 평 밭을 방이골에 살고 있는 정 씨에게 넘기고 말았다. 이듬해부터 정 씨의 소작인으로 살아가게 되자 생활은 점점 힘들어졌다. 김철기는 이십 리가 넘는 곳에 있는 벌말국민학교를 다녔지만, 학교에 가는 날보다 안 가는 날이 많았다. 유년 시절부터 지금까지 여기서 농사일만 하고 살아왔다며, 자기의 과거를 말해 주었다. 자기를 꼭 믿어 달라고 하였다. 얘기하는 내내 진지한 태도였다.

그날 저녁 비료 300포대 값을 현금으로 건네주며 배추 농사를 짓기로 맘먹었다. 김철기는 못 하는 일이 없었다. 쟁기질에서부터 퇴비와 비료 살포 작업까지 생각했던 것보다 능력이 돋보였다. 쉬운 것은 어디에도 없었다. 힘에 부쳐 그런지 가쁜 숨을 몰아쉬며 일하는 역우가 매우 힘겨워 보였다. 작업 조건이 열악하다 보니 하루 밭갈이가 천 평도 안 되었다. 더디게 진행되었지만, 한 달을 두고 파종을 끝내게 되었다. 파종이 끝나면 농사일의 절반이 끝났다고 할 정도로 어렵다고 하였다. 뿌듯했다.

아침 일찍부터 작업 준비를 하고 인부들이 떠난 늦은 시간까지 뒷일을 마무리하고 움막으로 돌아오는 생활에 익숙해지기 시작했다. 원시인 같은 생활이었다. 생활용수는 300m 산 아래 계곡에서 길어다 먹었다. 목욕은 사치스러운 일이었다. 눈뜨면서 시작해 세끼 밥 먹는 시간을 빼고 미련할 정도로 일에 매달렸다. 어두워지면 머리맡에 놓인 라디오로 일기예보를 듣는 것을 끝으로 하루를 보냈다. 건너편 산속에서 컹컹대며 울어 대는 노루의 목청은 자장가 노랫소리로 들렸다. 한밤중 쏟아내는 별똥별이 중중히 이어진 산맥 너머로 떨어지고 있었다. 은가루를 뿌려 놓은 것 같은 은하수가 내일 날씨를 점쳐 주기도 했다.

하늘이 도와주었는지, 적당히 비가 내려 배추가 성큼성큼 자라 주었다. 하루가 다르게 퍼런빛을 너울거리며 잎사귀를 뽑아올렸다. 보고만 있어도 신기하리만치 기분이 좋았다.

제주도에서부터 아래 지방까지 극심한 가뭄으로 채소값이 오르기 시작했다는 보도에 주목했다. 날씨가 너무 더워 배추 무름병으로 작물이 고사되어 가고 있었다. 공급이 수요를 따라가지 못해 서서히 배추값이 오르기 시작했다. 포전매매 상인들이 여러 차례 밭을 둘러보기 시작했다. 병해충 예방을 게을리하지 않았다. 아침부터 원동기 돌아가는 소리가 고로포기 계곡에 울려 퍼졌다. 약대를 잡고 휘두르는 김철기의 모습이 기운이 넘쳐흘렀다. 강한 수압에서 뿜어져 나오는 약물이 포말을 만들어 하얀 먼지구름에 묻혀 있는 김철기를 실루엣처럼 만들어 놓았다.

독성이 강한 농약 중독으로 잘못될까 염려스러웠지만, 굵은 팔뚝을 자랑하듯 약 줄을 어깨에 메고 밭이랑을 구름에 달 가듯

유유히 걸어 다녔다. 대견스러웠다. 장섭이 하는 일은 뒷정리하는 허드렛일과 영농비만 아낌없이 지불하고 있을 뿐이었다.

날이 갈수록 배추가 제법 모양새를 갖춰 가기 시작했다. 여리고 여리던 노란 모종이 결구가 되어 가고 있었다. 하루가 멀다 하며 상인들이 찾아왔다. 포전매매를 하자고 제의하는 것이었다. 벌말, 배나드리 인근에서는 평당 오천 원에 거래되었다는 소문이 들려왔다. 주변에서 계약이 체결되었다는 소문과 서울 도매시장에서 거래되는 정보를 예의 주시하며 시간을 보냈다. 시세가 점점 올라가고 있었다. 이 정도면 남들처럼 팔아 버리자고 했으나, 김철기는 더 두고 보자며 배짱을 쓰고 있었다. 시세는 그칠 줄을 몰랐다. 열흘이 넘게 버티어 나갔다. 김철기의 안목이 맞아떨어졌다. 그 사이 평당 이천 원이 더 뛰어올랐다. 기막힌 판단이었다. 열흘 사이에 영농비 전체 금액보다 높은 금액을 챙겼다. 계약금만 받은 것이 아니라 잔금까지 모두 챙겼다. 가방 속에 신문지로 둘둘 말아 놓았던 돈뭉치를 끌러 놓았다. 방 안에 가득했다.

토지 임대료, 제반 영농비 등 투자비용을 제외한 금액을 두 토막을 내 나누었다. 넉 달 만에 공무원 5년 치 봉급이 넘는 돈을 움켜잡았다. 처음 경험해 보는 대박이었다. 운도 따라 주었지만, 우직하리만치 배추밭에 엎어져 뒹굴며 싸워 온 김철기의 사투가 없었다면, 이런 결과를 기대할 수 없었다. 믿음이 갔다.

마지막 더위가 기승을 부리고 있었다. 일기예보에 의하면 강릉지방은 연일 용광로같이 펄펄 끓어올라 작물이 타들어 가고 있다고 하였다. 시원한 곳에서 굳이 내려갈 이유도 없었지만, 떼돈을 벌었다는 소문이 퍼지면 파리 떼들이 몰려올 것이 명약관화했다. 얼마 못 가 다시 거덜이 날 것 같았다. 작심을 했다. 김철기와 함께 지내며 배추밭이 거부할 때까지 여기서 살기로 맘먹었다.

피덕령 중심을 경계로 남북으로 나누어 2년 1기 윤작 체계가 이루어지고 있었다. 올해에는 안반데기에 씨감자 채종포를 재배하였기 때문에 내년에는 고로포기에서 씨감자 재배를 하여야 한다고 하였다. 내년을 대비해서 씨감자 재배 방법을 알아 두어야 할 것 같았다.

마침, 병충해 방제 작업이 한창이어서 많은 인력이 요구될 때였다. 황색 수반(유해 진딧물 채집 그릇)이 설치된 곳에 감자 생육에 극심한 피해를 주는 진딧물이 날아오고 있을 뿐 아니라 역병이 발생할 수 있는 취약한 기상 조건이라 하였다. 1,000m가 넘는 고원지대지만, 한낮 더위는 피해 갈 수 없었다. 이처럼 고온 다습할 때 역병이 발생하면 순식간에 줄기까지 고사하고, 생육이 끝나 버리면 농사를 망치게 된다고 하였다.

사래 긴 밭에 약 줄을 잡아 주는 일꾼이 예닐곱 명도 부족했다. 추석을 지나자, 씨감자 수확과 선별 작업을 끝내고 수매할 때까지 자리를 비키지 않았다. 씨감자 농사 방법을 터득하기 위해서였다. 배추 농사보다 배 이상 영농 기간이 길었고, 많은 품이 요구되었다. 그렇지만 배추, 무 농사는 공급 과잉으로 가격 폭락 시 패농할 수 있는 위험이 있지만, 씨감자 재배는 안정적 수매 가격이 보장되어 씨감자 재배가 가능한 고랭지에서 서로 유치하기 위해 지역 농민 단체는 물론 정치인까지 동원된다고 하였다.

그보다 채소를 연작할 시 지력이 떨어져 병해충이 만연하여 막심한 피해가 발생할 수 있어 윤작 체계가 가능한 씨감자 재배는 꼭 필요하다고 강조했다.

다시 봄을 맞이하였다. 4월 중순, 봄이라고 하지만, 고산에는 추위가 남아 있었다. 저녁이면 아궁이에 군불을 지피고 두꺼운 이불을 덮어야만 잠이 들 수 있었다.

비료와 퇴비도 미리 신청해 놓았다. 관계 기관에서 원종(보급종 전 단계 씨감자)을 인수하여 종서 절단 작업에 들어갔다. 모든 작업이 생소했지만, 김철기가 차질 없이 설도해 나갔다.

이렇게 빨리 지나가는 시간을 보고 문틈 새로 지나가는 백마 모습이라 하였던가! 어느새 지력에 떠밀려 올라온 시퍼런 감자 포기 줄기 끝에 매달린 연보라색 꽃이 온 벌판을 가득 채우고 있었다. 감자꽃은 취산꽃차례(꽃대와 곁가지까지 피는 꽃) 형태로 생겨 낱 송이는 볼품없지만, 메밀꽃처럼 같이 터트린 꽃잎이 천만 송이 어우러져 피어 있을 때는 선경 앞에 서 있는 듯했다.
보름달이 만공산한 밤, 감자밭 한가운데 우뚝 서 있었다. 가늘게 숨죽이며 밀려오는 바람 소리마저 반가웠다. 얼굴에 촉촉이 묻어나는 이슬방울과 함께 한밤을 보내고 싶었다. 천년만년 이대로 이렇게 살고 싶었다. 겨울이면 설피 신고 멧돼지 사냥을 나가고, 봄이면 진달래꽃 꺾어 연인의 귀밑머리에 꽂아 주고, 여름이면 만발한 야생화 길을 걷고 싶었다. 바람 불면 흔들리고 비가 오면 주저앉으며 세상 주는 대로 살고 싶었다.

자연에 취해 몇 시간째 신선이 되어 있었다. 내일은 병해충 방제와 북주기 작업에 필요한 인부 30명을 예약해 놓았기 때문에 일찍 눈을 붙여야 했다.

다음 날, 약을 칠 인부가 세 사람이나 빠졌다. 인부 대신 김철기가 약대를 잡게 되어 부득이 장섭이 방제 차량을 운전해야만 했다. 가파른 경사면을 타며 운전하기에는 아직도 서툴렀다. 그렇다고 모든 작업을 김철기에게 맡길 수가 없었다. 간혹 기우뚱거리며 아슬아슬했지만, 오전 작업은 그런대로 마무리했다. 오후 작업 조건이 더 나빴다. 오전보다 경사면이 더 가파른 곳이 많았다.

오후에 쓸 약물을 탱크에 가득 채웠다. 차량 점검을 해 보았다. 타이어도 걷어차 보고 보닛도 열어 보았다. 잘 알 수는 없지만, 이상이 없는 것 같았다. 인부들이 들어오기 전 미리 적당한 면적을 칠 수 있는 장소에 이동해 놓아야 했다. 저속 기어로 변속하고 브레이크를 밟으며 조심스럽게 천천히 내려갔다. 비탈길이 가팔라 몸통이 운전대에 쏠렸다. 사륜구동이지만, 탱크에 가득 채운 약물 무게의 하중으로 미끄러져 내렸다. 브레이크를 밟았지만, 건잡을 수가 없었다. 가속을 내며 계곡 바닥으로 내밀려 나갔다. 절벽으로 이어진 바닥까지 내달린다면 차량은 산산조각으로 변하고 말 것 같았다. 가슴에 맞닿은 핸들을 온 힘을 다해 오른쪽으로 돌렸다. 운전대를 꽉 움켜잡았다. 한 바퀴, 두 바퀴를 굴렀다. 어떤 물체가 나타났다. '쿠당당 쾅' 소리와 함께 세레스 1톤 화물차는 약물을 실은 채 지붕 위를 덮치고 말았다. 정신은 멀쩡했다. 오른쪽 갈비뼈가 약간 아픈 정도였다. 다행이라 생각되었다. 차량에서 엉금엉금 기어 나왔다. 마주 보이는 집은 출입 경작을 하는 오상근의 집이었다. 지붕이 절반 정도 주저앉았다. 얼른 집 안으로 들어가 살펴보았다. 인기척이 없었다. 다행히 사람은 없었다.

갑자기 숨을 쉴 수가 없었다. 갈비뼈 부근 흉부에 심한 통증으로 움직일 수 없었다. 바닥에 누워 버렸다.

이 광경을 언덕 위에 있던 김철기와 인부 모두가 보고 있었다. 순식간에 일어난 일이라 손쓸 시간이 없었다. 모두 달려 내려왔다. 모두의 도움으로 강릉 병원에 이송되었다.

검진 결과 갈비뼈가 3대 부러졌다고 하였다. 6주의 진단이 나왔다. 주변 사람들은 기적같이 살아나 천만다행이라 했지만, 장섭은 앞으로 대처할 일에 심히 걱정스러웠다. 지금까지는 김철기와 호흡을 같이하며 어렵고 힘든 일이 있을 때 서로 앞장서 처리해 나갔다. 시너지 효과가 있어 장섭의 채종포는 고로포기 59 농가 중 모범 포장으로 관계 기관은 물론 전국 감자 재배 농가에서 수시로 견학을 오고 있었다.

신바람이 났었다. 그런데 장섭이 이렇게 누워 있으면 김철기 혼자 감당할 수 있을지 걱정스러웠다. 일할 때는 밭이랑 속에 파묻혀 자기 죽는 줄도 모르고 내달렸지만, 때로는 성숙하지 않은 모습과 행동을 보일 때가 있었다. 엉뚱하게 일을 저지를 때 넌지시 지적을 해 주면 실눈을 뜨고 싱긋 웃으며 일러 준 대로 따라 했다.

진딧물 비래와 역병 예찰의 증후가 나타날 시, 즉시 방제를 해야 하고 이병주罹炳株(병에 걸린 감자 포기) 제거와 아울러 3차 북주기 작업을 해야 하는데, 김철기 혼자 하기에는 벅찬 일거리였다.

아픈 것은 참을 만했지만, 움직이지 못하게 하는 것이 더 힘들고 고통스러웠다. 고문처럼 느껴졌다. 감자밭이 어른거려 당장 달려가고 싶지만, 어쩔 수가 없었다.

기침만 하여도 가슴에 침을 놓는 것처럼 아팠지만, 억지를 써 퇴원 수속을 마쳤다. 김철기도 함께하여 짐 보따리를 들어 주었다.

"우리 오늘 보신탕 먹으러 가자. 몸보신하고 빨리 밭에 올라가 일해야지."

용기를 주었다.

오랜만에 소주도 곁들였다. 목구멍을 타고 내리며 말초신경까지 금방 전달되었다. 전신이 찌릿찌릿하며 기분이 좋아졌다.

'이게 술맛이야.' 좋은 안주에 한 병씩 마셨다.

오늘은 푹 쉬고 내일 올라가자고 했지만, 장섭은 현장 모습이 궁금해서 올라가자고 우겼다.

길 건너편에 차를 세워 두었다. 파란색 1톤 화물차가 보였다. 감자밭에서 미끄러지며 파손된 차를 폐차하고 중고차로 대체하였다는 그 화물차가 눈에 들어왔다. 인도에서 횡단보도를 향해 발걸음을 옮겼다. 김철기는 왼쪽 한 발 앞에 걸어 나가고 장섭은 오른쪽 대각선 뒤쪽에서 가슴을 웅크리고 걸어가고 있었다.

'꽈광.' 몸이 새털같이 가벼웠다. 선명하게 펼쳐 보이는 무지개 일곱 빛깔 하늘이 보이며 공중 부양을 하고 있었다. 잠깐이었다. '철썩.' 커다란 물체가 중력을 이기지 못하고 땅바닥에 떨어지고 말았다.

오랜 시간 깊은 잠을 자고 깨어난 것 같았다. 눈을 떴다. 산소통처럼 커 보이는 투명한 유리병, 어디서 본 듯했다. 멀리 늙은 성황목 사이에서 불어오는 지친 바람 소리가 들려왔다. 가자미처럼 납작하게 침대에 달라붙어 꿈틀대는 하얀 물체도 보였다. 눈을 감았다. 저승사자가 길을 안내하러 왔는지 어른거렸다. 여기가 어디인지 도무지 알 수가 없었다. 정신을 차리고 벌떡 일어났다. 하반신을 타고 올라오는 통증에 주저앉고 말았다.

"눈을 뜨셨네요. 잠깐만요, 의사 선생님을 불러 드릴게요."

무표정한 간호사의 뒷모습이 보였다.

"CT, MRI 검사 결과 머리에는 이상이 없습니다. 다만, 정강

이뼈에 금이 가서 상당 기간 입원을 해야 할 것 같군요."

'왜 여기에 와 있지.' 정신을 쥐어짜며 생각을 들추어냈다. 희미하게 정신이 들었다. 화들짝 놀라 주변을 돌아보았다. 김철기가 보이지 않았다.

"간호사 아가씨, 나랑 같이 있던 사람은 어디 있나요?"

"잘은 모르는데, 교통사고로 환자분만 여기 중환자실에 오고 한 분은 사망하여 영안실에 있는 것으로 알고 있어요. 자세한 말씀은 의사 선생님께 여쭈어보세요."

말도 안 되는 실성한 말을 하고 있었다.

"이 여자가 미쳤나, 김철기가 왜 죽었어!"

버럭 소리를 질러 버렸다.

간이침대에 실려 외과 병동으로 옮겨 왔다. 링거에서 떨어지는 생리 식염수와 눈꼬리를 타고 떨어지는 눈물이 함께 흐르고 있었다. 찰나의 순간에 한 사람은 저승으로, 한 사람은 이승으로 갈라져 버렸다.

달려오던 차량에 한 발짝 앞서가던 사람은 현장에서 즉사하고, 뒷사람은 앞사람의 충격 완화로 차량 범퍼를 타고 지붕에 올랐다가 떨어지고 말았다. 동시에 뒤따라오던 소형 승용차가 미처 정지를 못 하고 장섭의 다리를 타고 넘는 이중 사고가 발생했다.

사고 차량 두 대는 같은 일행이었는데, 두 사람 모두 무면허 운전자로 음주 상태였다고, 피해자 사고 조사를 나온 경찰관이 말해 주었다.

"링거액이 다 떨어졌네요, 갈아 드릴게요."

중환자실 간호사와 달리 상냥한 목소리로 링거병을 교환해 주었지만, 관심조차 없었다.

앞길이 어득했다. 김철기는 다소 우직하고 아둔하게 보였지만, 때 묻지 않은 순수한 농사꾼으로 생활하고 있었다. 그와 함께 거기서 뼈를 묻기로 맘먹었는데, 그마저 끝나 버렸다.

악재가 이렇게도 겹칠 수가 있을까. 막장 드라마에서도 만들어 내지 못할 불운이 이다지도 연결되고 있는지 이해할 수 없었다. 장섭은 모든 것을 포기하고 말았다.

무면허 음주 운전으로 구속 수감 중이라는 가해자들은 월세방에서 생활하고 있는 취약계층의 사람들이라 하였다. 이들로부터 어떤 보상도 받을 형편이 못 되었다.

깁스를 하여 움직일 수 없었다. 혼자 살고 있는 김철기의 장례식을 어떻게 치러야 할지 걱정이었다. 아무것도 해 줄 수 없어 괴로웠다. 다행히 일손 바쁜 동네 사람들이 몇몇 모여 간단한 장례 절차를 거친 후 시신을 화장하였다는 말을 들었다.

갈비뼈가 부러져 한 달 동안 입원을 하였고, 다시 다리를 다쳐 한 달이 지나는 동안 한 번도 감자밭을 가 보지 못해 궁금하고 답답해 견딜 수가 없었을 때였다. 씨감자 채종포 고로포기 단지 회장이 찾아왔다. 병문안 겸 채종포 작황 상태를 말하며 참고하라고 하였다.

올해에는 이상하리만치 이병주 발생률이 높아 상위 단계 종사 생산 기관에 항의를 해 보았지만, 대책이 없었다고 하였다. 할 수 없이 이병주를 제거하는 데 엄청난 인력이 소요되었고, 빈 밭이 될 정도로 수확량이 적어 막대한 피해를 보았다며 답답해 하는 표정이었다.

'김철기 명의로 지정된 9-24부터 9-33 포장은 농산물검사소 포장검사에서 불합격 판정을 받아 관계 기관에서 인수할 수 없다.'라고 하였다. 더구나 김철기가 사망한 후 극심한 날씨 변덕으로 역병이 심했는데, 농약을 치지 못해 뜨거운 물에 삶아 놓은 것처럼 감자 포기가 녹아 버려 생육이 끝난 상태라 전혀 수확을 기대할 수 없다고 하였다.

절망적이었다. 더 이상 희망을 가져 볼 곳은 아무 데도 없었다.

벌써 양평을 지나 서울이 가까워지고 있었다. 어디로 갈까. 갈 곳이 없었다. 큰댁 사촌 형님이 생각났다. 큰아버지가 돌아가시고 가지고 있던 재산을 정리하여 신림동 어디에 살고 있다는 얘기는 들어 보았다. 몽니를 부리는 큰어머니는 그렇다 쳐도 사촌 형님마저 반갑게 맞아 주지 않을 것이 틀림없었다. '이 자식아, 그 큰돈 어디에 다 쓰고 비실거리며 찾아왔어.' 모랫바닥에 혀를 박고 죽는 것이 낫지, 자존심 상하게 찾아갈 맘은 전혀 없었다.

대문을 활짝 열고 안방으로 뛰어 들어오는 정서택이 가슴을 시원하게 만들었다.

고등학교 2학년 때였다. 4교시가 끝나고, 점심시간이었다. 화장실을 가려고 복도를 나왔을 때 2반에서 창문을 타고 넘어오는 비명이 들렸다. 한 아이가 여러 명에게 둘러싸여 발길질과 주먹으로 구타를 당하고 있었다. 2반에서 힘깨나 쓰는 어깨들이었다. 평소에 없던 의협심이 튀어나왔다.

"야! 이 새끼들, 비겁하게 뭐 하는 짓들이야. 꺼져, 시발 새끼들."

누구 한 사람 장섭에게 덤벼들지 못하고 비실비실 흩어졌다. K 고등학교에서 감히 대적할 상대가 없었다.

중학교 때부터 학교 뒷산에 터를 닦아 놓고 선배들로부터 십팔기를 배웠다. 정통 무술이 아니고 실전 싸움판을 벌이는 막치기 싸움판이었다. 친구들과 대련에서 거의 져 본 적이 없었다. 정도正道 없이 상대 어디를 가격해도 상관이 없었다. 재미가 있었다. 비가 오든 눈이 오든 거의 매일 산을 올랐다.

고등학교에 들어오자, 태권도를 배웠으나 흥미가 없어 합기도 도장으로 자리를 옮겼다. 그곳은 종합 격투기를 하는 곳이었다. 얼마 안 가 가볍게 2단 승단증을 받았다.

밤마다 거리를 쏘다녔다. 몸이 근질거려 가만히 있을 수가 없었다. 상대를 가리지 않았다. 가까이 있을 때는 권투의 어퍼컷, 유도의 목줄 조르기, 관절꺾기, 거리를 두었을 때는 돌려차기로 상대를 제압했다. 장섭은 교내뿐만 아니라 다른 학교에서도 싸움꾼으로 알려져 있었다.

집단 구타를 당했던 아이가 복도로 쫓아 나왔다.

"장섭아, 고마웠어."

"됐어! 인마, 비실거리지 말고 맞아 죽더라도 같이 싸워. 너 이름이 뭐야."

"나 정서택이야."

방과 후 학교 정문을 나서는데 정서택이 기다리고 있었다. 고마워서 한 턱 낸다며 장섭을 데리고 빵집으로 향했다. 향미루 빵집이었다. 남녀 학생 가리지 않고 부잣집 아이들만 출입하는 고급 빵집이었다.

그때부터 정서택은 장섭의 등에 올라타고 다녔다. 감히 누구도 건드리지 못했다. 차츰 기가 살아나는 모습이었다.

"야, 서택아, 너 이러지 말고 나 따라 도장에 나와 볼래? 인마, 너 그런 약골로는 날마다 두들겨 맞을 수밖에 없어."

서택은 장섭과 같은 나이였지만, 머리통 하나가 작았다. 몸집도 왜소할 뿐 아니라 성격도 내성적이라 선뜻 나서기를 망설이고 있었다.

며칠이 지난 뒤 서택은 도장 문을 두드리고 당당하게 관장 앞에 나섰다. 배우는 속도는 더뎠으나 땀을 흘리며 열심히 따라 했다. 둘은 점점 사이가 가까워지고 있었다.

토요일, 같이 교문을 나섰다. 서택은 뜻밖에 자기 집에 놀러 가자고 했다. 별생각 없이 서택이와 걸음을 같이했다.

서택은 지금까지 맘 줄 사람이 없어 누구에게도 자기 집 사정을 얘기해 본 적이 없었는데, 처음이라며 가정 형편을 말해 주었다. 할아버지가 살아 계실 때부터 임당동에서 제재소를 운영하고 있었다고 하였다. 서택이 어렸을 때 아버지가 작업을 하다 실수로 사망하였다고 하며 이야기를 이어 갔다.

모산봉 부근 만석꾼 부자가 집을 헐고 새집을 짓게 되었는데, 모든 목재는 서택의 아버지가 만들어 주게 되었다. 그런데 벌목이 늦어 필요한 원목이 제때 조달되지 못해 불가피하게 기술자들이 퇴근한 후 아버지가 직접 나서 늦은 밤까지 작업을 할 수밖에 없었다. 도리와 보에 들어가는 4×4 각목을 제재하고 있을 때였다. 자정이 넘어 삼라만상이 곤히 잠들어 있는 시간, 발동기 엔진 소리와 잘려 나가는 나무 사이로 미세한 톱밥이 쉴 틈 없이 비산하고 있을 뿐이었다. 얼마 남지 않은 일을 빨리 끝내려고 손놀림은 점점 바빠졌다. 오랜 기간 종사한 기술이라 빈틈없이 처리해 나갔다. 마지막 원목을 톱날 위에 올려놓았다. 도리와 문설주로 사용하는 황장목인 고급 목재인데, 진즉 확인을 못 하고 톱날 판에 올려놓았다. 이미 잘려 나가고 있었다. 건너편에서 마주 보며 작업하던 기술자에게 더 이상 나무를 켜지 말라고 소리쳤다.

"다른 용도야, 나무를 켜지 마."

큰 소리를 지르며 두 손으로 X 표시를 했으나, 나무 켜는 데 집중한 나머지 소리를 듣지 못했다. 직접 가서 알려 주려고 톱

밥을 모아 놓은 구덩이를 건너뛰다 미끄러지면서 왼팔 옷소매가 육중하게 돌아가는 피대에 감겨 버렸다. 몸통이 짓이겨져 버렸다. 한밤중에 일어난 참사였다.

지금은 작은아버지가 제재소를 운영하고 자기는 할머니와 어머니와 함께 살고 있다고 하였다.

멀리서 보아도 너른 터에 커다란 집이 보였다. 가까이 이르자 여기저기 커다란 소나무 원목 더미와 제재목이 가지런히 쌓여 있고, 피쪽도 산더미처럼 얼기설기 쌓여 있었다. 제재소를 지나자, 서택이 앞장서 대문에 다다랐다. 생각했던 것보다 부자인 것 같았다.

할머니가 반갑게 맞아 주었다. 반듯하게 쪽 진 머리에 청보리가 익어 가는 듯한 미색의 치마 적삼을 입은 모습은 지체 높은 집안의 노마님 같아 보였다. 어디를 보나 큰어머니와 비교가 안 되었다. 부엌에서 나오는 서택의 어머니도 고운 얼굴이었다. 앞치마에 닦고 있는 저 손은 가히 호밋자루 한 번 잡아 보지 않은 섬섬옥수였다. 서택은 장섭에 대해 미리 말해 준 것 같았다.

"우리 서택이와 친하게 지낸다며. 어려울 때 도와주기도 하고. 고맙네. 앞으로 우리 서택이와 가까이 친하게 지내 줘."

서택의 할머니는 마루까지 나와 가방을 받아 들고 안방으로 들어갔다. 점심시간이 지난 시간이었지만, 미리 준비한 밥상을 들고 들어왔다. 금방 지어낸 하얀 입쌀밥에서 모락모락 김이 피어오르고 있었다. 상 한가운데는 노릇노릇하게 구워 낸 고등어 등허리에 기름이 자르르 흐르고 있었다. 빨간 김치도 꽃무늬 접시에 정갈하게 담겨 있었다. 처음 먹어 보는 쇠고기 장조림도 있었다. 이런 음식상은 어디서도 구경해 보지 못했다.

쌀밥에 올려놓은 고등어 한 젓가락은 씹을 새도 없이 목구멍을 타고 미끄러져 흘렀다. 게걸스럽게 밥 먹는 모습을 서택의 할머니가 지켜보고 있었다.

“천천히들 먹어. 체하지 말고.”

그러면서 부엌에서 고봉으로 밥 한 사발을 더 들고 들어왔다.

체해서 배탈이 났다는 말은 들어 봤으나 증상이 어떤 것인지 알지 못했다. 한 번도 배탈이 나 본 적이 없었기 때문이었다.

그때부터 장섭과 서택은 단짝처럼 가까이 붙어 다녔다. 3학년에 올라오고부터 2반에서는 서택을 앞장서는 아이들이 거의 없었다. 서택을 괴롭혔던 아이들한테도 어깨를 툭툭 치며 ‘야! 인마, 비켜.’ 무소불위였다. 약골이었던 그가 어느새 장섭이보다 덩치가 좋아졌다. 일 년도 안 된 사이 몸집이 불어났다.

어느 때부터인지 서택이 친구를 잘못 만나 불량 청소년이 되어 꼴찌에서 허우적거리고 있다는 소문이 들렸다. 서울에 있는 대학은 어림도 없어 보인다고 하였다. 그 얘기를 들은 후 그를 위해서 단호하게 접근을 금지했다. 담배를 피우며 배회하는 다른 학교 아이들과 극장가에서 어슬렁거리는 모습을 보고도 외면해 버렸다. 힘을 잃은 서택은 얼마 못 가 그 바닥에서 사라지고 말았다. 그 후 서택은 재수를 하고 서울에 있는 대학교에 다닌다고 하는 말을 들어 본 기억이 났다.

가방에 들어 있는 동창회 명부를 들여다보았다. 주소와 전화번호가 적혀 있었다. 오래전 기록된 연락처가 맞는지 모를 일이었다. 마장동 차부는 도떼기시장처럼 왁자지껄했다. 사람들 틈새를 비켜나 공중전화로 달려갔다. 전화벨 소리가 들려왔다.

“여보세요.”

“네, 안녕하세요. 정서택 댁이 맞는지요.”

“네. 맞습니다만, 누구라고 말씀드릴까요.”

서택의 전화번호가 틀림없는데 젊은 여자의 목소리였다.

“네, 강릉에 살고 있는 친구인데 서울에 볼일이 있어 올라왔다가 잠깐 만나 볼 수 있을까 해서요.”

“네, 그러세요. 지금 아마도 회사에 있을 거예요. 전화번호를 알려 드릴 테니 그리로 연락해 보셔요.”

통화하는 도중 들린 ‘누구라고 말씀드릴까요.’라는 말에서 말씀이라는 단어에 방점을 찍어 보았다. 서택의 어머니라면 ‘말씀’이라는 단어를 쓰지 않았을 것 같은데 상냥하고 친절한 목소리는 누구일까, 궁금했다. 다시 전화기를 들고 같은 방법으로 전화했다.

“네, 상무님은 지금 공장에 계시는데요. 연락처를 알려 주세요. 들어오시는 대로 알려 드릴게요.”

“아, 아닙니다. 다시 연락드리지요.”

‘상무! 이놈이 이 나이에 상무라고?’ 뭐가 뭔지 알 수가 없었다. 일단 만나고 싶었다.

잠시 후 다시 연락했다. 조금 톤이 높을 뿐이지 옛날 서택의 목소리가 틀림없었다.

“나 장섭이야, 이장섭. 볼일이 있어 서울에 왔다가 너 얼굴 한 번 보고 싶어 전화했어.”

“너 지금 있는 데 어디야. 지금 바로 달려갈게.”

마침 공중전화기 옆에 다방이 보였다. 초록다방이라고 쓴 간판을 알려 주었다. 구석진 곳에 자리를 잡았다. 막상 만나자고 했지만, 이런 몰골로 그를 마주하기에는 자존심이 상했다. 며칠 동안 깎지 않은 수염에 덥수룩한 머리와 초라한 가년스러운 모습을 보여 주고 싶지 않았다. 그렇지만, 지금은 당장 갈 곳이 없었다. 다방 안은 금세 사람들로 꽉 차 버렸다. 어디서들 왔는지 지방 사투리가 여기저기 들려왔다. 찻잔을 나르는 레지들이 엉덩이를 흔들며 분주히 오가고 있었다. 담배 연기로 꽉 채운 출입문을 헤치고 다방에 들어서는 서택이 보였다. 오랜만에 보는 모습이었지만, 바로 알아볼 수 있었다. 서택이 성큼성큼 다가왔다. 너무 반가워 손을 꽉 잡았다. 악수를 청하는 악력이 대단히 강했다. 처음에는 반가워하는 모습이었지만, 조심스럽게 아래위를 훑어보고 있는 눈치였다.

“야! 나도 널 많이 보고 싶었어. 우리 이러지 말고 밖에 나가서 한잔하며 옛날이야기 좀 하자. 바쁘지 않지? 그러면 오늘 우리 집에서 자고 내일 내려가.”

'내일이고 모레고 내가 갈 데가 어디 있다고.' 장섭은 그 옛날 교복 위 단추를 끄르고 모자를 삐딱하게 쓴 자세로 시내를 활보하던 그 기백은 어디에서도 볼 수 없었다. 몸이 근지러워 하루라도 싸움을 안 하고 집에 들어가면 샌드백을 두들겨 쳐서 몸을 편하게 만들었던 체력마저 잃어버리고 말았다.

고기구이 집이었다. 고기 굽는 냄새가 코를 자극해 왔다. 오늘 종일 먹은 것이 아무것도 없었다. 벌겋게 피어오르는 숯불 석쇠 위에 쇠고기가 자글자글 기름을 끓어 올리고 있었다.

서택은 상무라는 지위를 가져서 그런지 품위도 있어 보였다. 곤색 양복에 흰 와이셔츠 위로 물방울 넥타이가 어울리는 중후한 모습이었다. 옛날 교실 뒤편에서 여러 아이에게 구타당하며 '진상 같은 놈'이라고 무시당하던 아이가 아니었다. 서로 지난 과거를 얘기해 나갔다. 서택의 얘기를 듣고 나니 어디 한 곳 매듭진 곳 없이 잘 풀려 오늘에 이른 것 같았다. '잘되는 놈은 넘어져도 가지 밭에 넘어진다니까.' 운 좋은 놈이 틀림없었다. 서택이 아버지도 없이 자란 불쌍한 장손이라 무척 아끼고 사랑해 주던 할머니는 강릉을 떠나기 전 지병으로 돌아가셨다. 그 재산을 정리하여 숙부와 함께 지금은 시멘트 가공 공장을 맡아 운영하고 있었다.

일제강점기 일본인이 시멘트 벽돌과 블록을 만들려고 준비 중이었는데, 해방 후 그들이 물러나고 방치되어 있던 적산 재산을 불하받게 되었다고 하였다. 망우리 일대는 벌거벗은 허허벌판으로 띄엄띄엄 주택 몇 채만이 덩그렇게 놓여 있었다.

숙부는 일본 패망 전까지 신주쿠에 있는 시멘트 전신주 공장에서 자재 업무를 맡고 있다가 해방이 되면서 귀국하게 되었다. 한국에서도 이 사업은 성공할 것이라 믿어 의심치 않았다.

일본에 있는 연구소 연구원과 기술자를 불러들여 PHC 파일부터 생산에 들어갔다. 높은 강도와 내구성이 요구되는 제품을 만들어 내는 것이 수월치 않았다. 몇 번의 시행착오 끝에 한국산업표준(KS) 인증서를 받게 되었다. 경부고속도로가 완공되고 나서부터 도로, 항만, 아파트 공사가 붐을 타기 시작했다. 주문량이 밀려들며 재고가 쌓일 틈 없이 팔려 나갔다. 공장은 3교대로 24시간 가동되어 가고 있다고 하였다.

서택은 장섭이 지금까지 지내온 이야기를 듣고 나서 이해가 되는 듯 안쓰러운 표정으로 고개를 끄덕였다.

"솔직히 내 너에게 사업자금을 대 줄 수도 없고, 당장 마땅한 취직자리도 마련해 주기 어려운데…."

말을 이어 가지 못하고 양손에 들고 있는 술잔을 내려다보며 한참을 생각했다.

"너 자존심이 상할까 봐 조심스러워 말하기 어렵지만, 좋은 자리 날 때까지 당분간 우리 공장에서 작업반장을 한번 해 볼래?"

작업반장의 역할과 보수에 대해서 설명해 주었다.

"마침, 작업 1 반장이 다른 직장으로 자리를 옮기겠다고 하여 사람을 찾고 있었는데 넌 충분히 그 일을 할 수 있을 거야. 우리 집에서 출퇴근하며 생활해 보자.”

자존심은 문제가 되지 않았다. 구세주를 만난 것 같았다. 작업반장 자리를 쾌히 승낙했으나 서택의 집에서 생활하는 것은 죽어도 용납이 되지 않았다. 어머니와 함께 결혼한 아내와 아이까지 있다는 다복한 가정에 흠집을 낼 수 없었다.

서택은 명함까지 만들어 건네주었다. ‘우주산업주식회사 생산과 1 반장’이라는 직책이었다. 아침 8시부터 오후 4시까지 8시간을 작업에 들어가는 1반 작업 오전 시간 때였다. 공장 안으로 들어서자, 천장 가운데로 PHC 파일이 굉음을 내며 거대한 레일을 타고 공장 밖으로 옮겨지고 있었다. 반지하에서는 무쇠 형틀이 고속으로 돌아가고 있었다. 마찰음 내는 소리는 고막을 찢어 놓을 것같이 진동했다. 증기기관차 엔진에서 뿜어대는 증기처럼 좁은 틈새로 칙칙거리며 솟구쳐 오르는 소리가 겁에 질리게 하였다. 외진 구석 어두운 곳에선 파일을 보강하기 위한 원통형 철근 조립 작업을 하고 있었고, 가운데에서는 무쇠 형틀 상 · 하판을 맞추고 스패너로 볼트, 너트를 분주히 조이고 있었다. 30여 명이 넘는 인원이 각자 주어진 일에 열중하고 있었다. 벼 모내기하듯 작업 공간이 자연스레 배당되게 되어 있었다. 한 사람이 빠지면 다른 사람이 그 영역을 대신해야 했다. 소변볼 시간도 옆 사람의 도움이 있어야만 허용되었다. 엄청난 기계 소음으로 대화를 할 수 없었다. 간단한 업무는 수화로 이루어지고 있었다.

작업반장은 기술자와 인부들의 작업 배치와 전반적 작업 감독을 하는 일이었다. 단순 작업이라 업무를 익히는 데 그리 오랜 시간이 걸리지 않았다. 작업 조건이 너무나 힘들고 열악해 퇴사하는 사람들이 곳곳에 있었다. 경제 사정이 좋지 않은 때라 실업자가 넘쳐나고 있어 건실한 작업 인원을 어렵지 않게 채용할 수 있었다.

얼마 지나지 않아 그들과 함께 친숙해지기 시작했다. 기계는 쉼 없이 가동되기 때문에 식사 시간이 별도로 없었다. 옆 사람과 상의하여 적당한 시간에 구내식당으로 달려가 밥을 먹고 원위치로 돌아와야 했다. 그런 사정을 보고 가만히 있을 수가 없었다. 빈틈을 찾아들었다. 콘크리트 타설, 볼트 조이기, 철근 결속선 조립 · 절단 작업까지 도와주었다. 작업 중 가끔 사고가 나고 있는 곳이 있었다. 양생된 파일을 밖으로 옮기는 과정에서 발생하는 사고였다. 천장에 설치된 레일 와이어에 매단 파일이 수평을 유지하지 못하고 한쪽이 기울면서 이동할 때, 그 아래 작업을 하는 사람을 치고 나가면서 일어나는 사고였다. 이곳에는 특별히 한 사람이 배치되어 있었다. 파일의 수평이 무너질 듯하면 재빠르게 높은 쪽에 매달리거나 올라타 수평을 만들어 하치장으로 옮겨 놓았다. 가끔 눈치껏 그 일에도 참견하여 와이어 한쪽에 매달려 끌려 나가 보기도 했다.

얼마 있으면 일본에서 첨단 장비가 들어와 대체하기로 계획되었다고 하지만, 그때까지는 어쩔 수 없이 현 상태로 작업을 할 수밖에 없는 형편이었다.

이제는 생활의 끈을 잡고 자리를 잡아가고 있었다. 절룩거리던 다리도 자주 걸으면서 자연 재활치료가 되어 몸 상태도 좋아졌다.

서택은 의리가 있었다. 가끔 맛집에 불러내 별난 음식을 먹으며 옛 학창 시절로 돌아가기도 했다.

"만약 너를 만나지 않았다면 지금 내 자리는 없을 거야. 야! 너 창섭이 그 자식 아직 기억나지? 비겁하게 잭나이프를 들고…."

그랬었다. 동명극장 뒷골목에서 S고교 백골단 단장 창섭이란 놈이 한판 붙어 보자며 바지 주머니에서 '찰깍' 소리를 내며 잭나이프를 꺼내 들었다. 기세를 앞세우며 겁박하는 것이었다.

우리는 수적으로도 밀렸지만, 울꺽하며 치밀어 오르는 울화를 참을 수 없었다. 언젠가 기회가 되면 그들과 한판 뜨고 싶었는데 잘되었다는 생각이 들었다. 말은 해 보지 않았지만, 서로의 위치를 잘 알고 있었다. 이 자식은 가까이 있을 때 앞차기로 명치 찌르기를 잘 한다고 알려져 있었다.

창섭이란 놈이 맨 앞에서 번쩍거리는 잭나이프를 들고 버티고 있었다. 순간적으로 면상을 향해 돌려차기를 했다. 그가 잽싸게 오른쪽으로 비켜 나가자, 왼발 돌려차기를 가했다. 다시 비켜나며 담벼락에 붙어 있었다. 빈틈을 주지 않았다. 연이어 날린 오른발 돌려차기가 복부를 명중시켰다. 뒤꿈치가 명치에 가 닿자 힘없이 제자리에 꼬꾸라지고 말았다. 동시에 발등으로 면상을 내리쳤다. 입속에서 벌건 피가 흘러내렸다. 간단하게 싸움이 끝났다. 잭나이프를 빼앗아 백골단 클럽으로 보이는 아이들에게 다가갔다. 모두가 골목으로 도망가고 말았다. 통쾌한 싸움이었다. 우리 학교 북극곰 클럽이 이기던 장소였다. 그 후 다시 대련할 장소를 모색해 보았으나 마땅한 기회가 없었다.

"그 무렵 영화 구경하려고 서울을 제집 드나들듯 했었지!"

서택은 담배 한 모금을 허파 골방까지 깊숙이 빨아 마시더니 하얀 연기를 뭉글뭉글 뿜어 올렸다. 지그시 눈을 감고 입가에 엷은 미소를 짓고 있는 모습이 어떤 의미인지 알 수 없었다. 회한, 아니면 그때의 추억을 그리워하는 것일지 모른다는 생각이 들었다.

서택이와 현길이, 장섭은 셋이서 영화 구경을 하려고 한 달에 한 번쯤 서울 나들이를 했다. 서택이는 열차표를 끊어 승차하였지만, 현길이와 장섭은 언제나 무임승차를 하고 서울 길을 왕복했다. 현길이는 정동진에서 통학하고 있었는데, 교통비는 다른 곳에 쓰고 언제나 무임승차를 하며 다니고 있었다. 그가 무임승차 하는 방법을 알려 주었다. 탈 때는 원목이 적치된 야적장 사이로 숨어 플랫폼으로 들어오고 내릴 때는 역사에 진입하기 전 달리는 방향으로 열차와 같은 속도로 뛰어내리는 방법이었다. 별로 어렵지 않았다.

전차를 타고 단성사, 피카디리 극장에 들어가 주로 서부활극을 구경하고 나왔다. 율 브리너와 스티브 맥퀸이 주연으로 나오는 「황야의 7인」, 「장고」의 프랑코 네로, 무법천지에서 폭력적으로 명예와 복수를 위하여 싸우는 총잡이 클린트 이스트우드의 호쾌한 총 솜씨를 보고 나면 마치 주인공이 된 것처럼 그렇게 후련할 수가 없었다. 힘차게 카타르시스를 느낄 수 있었다. 다음 날 학교에 돌아와 점심을 먹고 나서 아이들을 불러 모아 한 편의 영화 이야기를 들려주는 재미가 쏠쏠했다.

흙먼지가 뿌옇게 휘날리며 황량한 거리에 방랑의 휘파람 소리를 배경으로 하는 오프닝에서부터 주인공의 말 한마디, 조사 하나 빠트리지 않고 액션 동작을 연출하면 둘러 있던 아이들이 입을 벌리고 귀 기울일 때는 마치 주인공이 된 것처럼 으쓱해지곤 했다.

오늘도 장 가뱅과 알랭 들롱이 등장하는 「지하실의 멜로디」를 보고 내려오는 날이었다. 예와 같이 서택이는 입석표를 끊고 현길이와 장섭이는 무임승차를 하였다. 기차표 검사는 언제나 도경과 삼척 사이에서 하였다. 검표가 시작되어 장섭의 일행이 있는 칸으로 넘어오고 있었다. 세 명이었다. 금실 띠가 선명한 관모에 금실 견장을 달고 있는 검은색 제복의 여객전무가 두 명의 수행원과 동행하고 있었다. 이때는 늘 긴장하고 있었다. 만약 무임승차 하는 것이 적발되면 오뉴월 삼복더위 개 끌려가듯 승무원실에 끌려간다고 하였다. 거기로 가면 조선시대 순라군들이 쓰는 방망이를 만들어 놓고 머리통을 후려쳐 도깨비 뿔처럼 검붉은 혹이 여기저기 만들어질 정도로 두들겨 맞는다고 현길이가 말해 주었다.

언제나 현길이와 장섭이 양쪽에 있는 승강용 계단에 다리를 접고 웅크리면 서택이는 입석용 발판을 덮어 주었다. 스턴트맨처럼 매우 위험한 연출이었다. 검표하는 여객전무가 지나가면 서택이 뚜껑을 열어 주었다. 검표원을 감쪽같이 속여 넘기고 나면 짜릿한 희열을 느끼곤 했다.

오늘은 검표 시간이 길어지는지 서택이 뚜껑을 열어 주지 않았다. 바닥에는 밤이슬이 맺혀 미끄러웠다. 기차가 커브를 돌고 있는지 천천히 가고 있었지만, 오늘은 바닥이 미끄러워 그런지 몸을 지탱할 수가 없었다. 찰나의 순간이었다. 원심력에 의해 밖으로 튕겨 나가고 말았다. 장섭은 순간적으로 달팽이처럼 몸을 만들어 굴러 버렸다. 그리고 정신을 잃어버렸다. 얼마의 시간이 흘렀는지 알 수 없었다. 온몸이 축축하다는 것을 느꼈다. '여기가 어디지.' 질척거리는 무논 가장자리 벼 그루터기에 누워 있었다.

하늘에는 여전히 엄청난 별들이 빛을 토해 내고 있었다. '별 하나 나 하나, 별 둘 나 둘.' 쑥대를 피워 놓은 멍석에 누워 반짝이는 별들을 바라볼 때는 무척 아름답게 보였는데, 그래서 쉼 없이 별 하나 나 하나를 부르며 잠들었는데, 오늘 밤의 별들은 전부 냉랭하고 외롭게 보였다.

자리를 털고 일어났다. 두 팔을 벌려 보고 쪼그려 뛰기도 해 봤다. 아픈 곳이 아무 데도 없었다. 철길을 따라 무작정 걸어갔다. 장섭은 생각해 보았다. '내 갈 곳이 어디지.' 곤충의 더듬이 역할을 하는 방향타를 상실하여 목표도 꿈도 개념도 없이 가시덤불 속에서 체념하며 살아가고 있는 자신이 밉기만 했다. 가혹하리만치 체벌을 당하고 형벌을 받아야 마땅하다고 생각했다.

현길이는 무사히 잘 가고 있을까, 걱정이 되었다.

새벽녘이 되어 도경역에 도착했고, 통학생들이 서서히 모여들기 시작했다. 수돗가에서 대충 씻었지만, 흙 묻은 교복을 보고 '저 녀석 여기까지 와서 쌈판을 벌였구나.' 접근을 못 하고 비실비실 주변을 맴돌았다. 안면 있는 M고 아이가 건네주는 차표를 들고 아무런 일 없다는 듯 등교를 했다.

조회가 끝나고 첫 시간 수업이 끝나도 현길이가 나타나지 않았다. 불안했다. 서택을 화장실 뒤편으로 불렀다.

"현길이는 어떻게 된 거야, 왜 여태 안 보이는 거야."

"실은 어제 검표가 끝나고 너하고 현길이가 숨어 있는 승강용 발판을 열어 보았는데 둘 다 보이지 않았어. 넌 어떻게 살아났는지 나도 궁금했는데, 현길이는 정말 걱정이 된다야."

어제의 사건을 학교에 알려야 할까 말까, 착한 사마리안 법은 차치하더라도 인간적으로 신고를 해야 하는데 무지 혼날까 봐 침묵하기로 하였다. 다음 날 현길이 집을 통해 알아본 결과 다리 골절상을 입어 삼척 병원에 입원 중이라는 것을 알게 되어 천만다행이라 생각했다.

영화 「지하실의 멜로디」에서 전과범인 장 가뱅과 알랭 들롱이 많은 돈을 보관하고 있는 카지노를 털려는 계획을 세웠으나, 여자의 유혹에 빠져 실패로 돌아가는 긴장감 넘치는 내용은 들려주지도 못하고 말았다. 그 후 서울 영화 구경 나들이는 더 이상 이어지지 않았다.

참으로 철부지 같은 학창 시절의 기억들이었다. 늦도록 모험담을 나누다 헤어졌다.

장섭은 오늘도 평소와 다름없이 한 시간 먼저 출근하였다. 작업 3반의 분위기가 어수선해 보였다. 마지막 작업 시간이 끝나갈 무렵이면 신바람이 나서 점점 작업 속도가 빨라지는데, 침울한 표정들이었다.

한 시간 전에 파일을 옮기던 레일에서 사고가 났다고 하였다. 파일이 수평을 잃고 후미 쪽이 바닥으로 기울어지는 것을 감시하고 있던 작업원이 얼른 수평을 유지하기 위하여 매달렸다. 그런데 고공으로 올라가며 창고 밖으로 이동하던 순간 기계가 멈춰 버리고 말았다. 고장이었다. 아무리 유압 레버를 눌러도 작동되지 않았다. 파일 끝에 매달린 작업원의 힘이 빠지기 시작했다. 5~6m의 높이에서 뛰어내릴 수가 없었다. 위급 시 낙하를 대비해 간이 창고에 준비된 이불을 바닥에 덧씌워 포개 올려놓았다. 바닥으로 떨어진 작업원은 골절상을 입고 병원에 실려 갔다. 곧 달려온 기술자에 의해 자동 레버 장치를 고치고 나서 조금 전에 수리를 마쳤다고 하였다.

작업을 배치하기 전 전원을 모아 놓고 작업 3반에서 있었던 사고 내용을 말해 주며 주의할 것을 당부했다. 오후 2시경이었다. 공중에 매단 파일이 또다시 수평을 잃은 채 운반되고 있었다. 주변에 아무도 없었다. 균형을 잡기 위해 얼른 파일 위로 뛰어올랐다. '위이잉 윙.' 레일이 굴러가는 소리가 매끄럽지 않았다. 직감적으로 무엇인가 위험하다는 느낌이 머리를 스쳤다. 그 밑 양쪽에는 5명씩 파일 형틀을 붙잡고 볼트를 조이는 작업원들이 있었다.

운반 레일을 잡고 있던 기술자가 속도를 늦추며 하향 레버의 버튼을 누르고 있을 때였다. 또 레일이 작동되지 않고 제자리에서 털걱거리고 있었다. 그 충격 때문인지 '뿌지직' 소리를 내며 와이어가 터지고 말았다. 기중기 와이어로 사용해도 끄떡없을 단단한 쇠 로프가 찢어지고 말았다. 파일을 붙잡고 있던 장섭은 본능적으로 파일을 박차고 튀어 올랐다. '우당탕 쿵쾅.' 육중한 파일이 바닥에 떨어지며 주물로 만든 형틀에 부딪히며 나뒹굴었다. '으아악!' 여기저기서 외마디 비명이 들려왔다.

장섭은 공중 돌기를 하며 뛰어내렸다. 다행히 큰 부상을 입지 않았다. 오늘 아침 작업 3반에서 긴급 구조용으로 사용했던 충격 완화용 이불을 제자리에 갖다 놓지 않고 창고 앞에 둘둘 말아 쌓아 놓은 곳에 떨어졌기 때문이었다. 쌓여 있는 이불 조각들이 없었다면 큰 사고를 면치 못했을 것 같았다. 자동차 사고로 다쳤던 오른쪽 무릎이 콘크리트 바닥에 쓸리며 살가죽이 찢겨 피가 흐르고 있었다. 정신을 차리고 주변을 둘러보았다. 처참한 광경이었다.

우선 가동되고 있는 전기 시설을 중단시켰다. 한 사람은 파일이 허리를 눌러 꼼짝하지 못하고 있었다. 또 한 사람은 웅크린 채 바닥에 엎드려 있었다. 미동도 없었다. 크고 작은 부상자는 장섭을 포함해 세 명이었다.

즉시 구난 요청을 하고 사무실에 연락을 취했다. 사장을 포함해 임원진들이 달려왔다. 시신과 중환자를 후송하고 부상자도 그 뒤를 따랐다. 형틀에 떨어진 파일이 튕겨 오르며 작업원의 머리를 쳐 벽면에 쓰러진 환자도 병원에 도착하자 사망하고 말았다. 순식간에 벌어진 인재였다.

공장은 기약 없이 가동이 중단되었고, 임직원은 사고 수습에 모두 동원되었다. 생산과장은 즉시 파면되었다고 하였다. 얼굴에 마맛자국이 있는 100kg이 넘는 거구였는데, 기획 능력과 작업 기술이 대단했다.

공장이 가동되면서 불량품은 어디서도 찾아볼 수 없이 생산성이 매우 높았었다. 작업원들의 혹사쯤은 안중에도 없었다. 가성비가 좋다 보니 회사는 일취월장이었다. 회사의 일등 공신이 하루아침에 토사구팽 되고 말았다.

장섭도 작업반장으로서 그 책임에서 자유로울 수 없었다. 사표를 제출하고 상처 딱지가 눌어붙어 있는 상태로 병원 문을 나섰다. 갈 곳이 없으니 목적지도 없었다.

누런 하늘에 희뿌연 하현달이 맥을 놓고 매달려 있었다. 힘차게 걸어 다니던 사람들이 왜 저리 무표정한 모습으로 흐느적거릴까, 하늘로 치뻗친 건물도 무너질 듯 아슬아슬하게 보였다. 매연을 가득 담은 버스가 장섭이 걸어가는 코앞에서 풀풀거리며 연기를 토해 내고 있었다. 허파꽈리로 빨려드는 매연가스가 숨통을 조이는 것 같았다.

고개를 숙인 채 주머니에 손을 찌르고 다리 위를 걷고 있었다. 난간 위에 올라섰다. 시퍼런 강물이 출렁거리며 흘러내리고 있었다. 평소 한강 다리가 높다고 생각했는데 왠지 오늘따라 낮게 보였다. '이제 모든 것이 마지막이다.' 아무 생각 없이 뛰어내렸다.

발을 꼰 상태에서 한 손으로 코를 막고 직립으로 뛰어내렸다. 창자가 항문 쪽으로 밀려나는 느낌이 들었다. '풍덩' 하는 소리도 들렸다. 떨어지는 동시에 물의 부력을 이용해 몸을 수평으로 만들었다. 몸이 반응하고 있었다. 무의식적으로 헤엄을 치기 시작했다. 멀리 보이는 남산을 바라보며 자유형 헤엄을 쳐 나갔다.

군대 특수부대에 있을 때 영산강 다리 위에서 숱하게 훈련해 왔던 하선망 직립 다이빙을 한 것이었다. '내가 지금 무슨 짓을 하고 있지?' 평형으로 자세를 바꾸어 강가로 나왔다. 할석으로 제방을 보강한 경사면을 걸어 올라와 벌렁 누워 버렸다.

하늘을 쳐다보았다. 먹장구름 속 회오리바람이 천둥 번개를 만들어 천공을 터트리며 요동치고 있었다. 존재하는 모든 사물이 무와 허와 공이 되게 연자방아로 갈아 없앴으면 좋겠다는 생각이 들었다.

“형씨, 이제 일어나지 그래.”

고막에서 둥둥거리는 고동 소리가 들렸다. 눈을 떴다. 장승처럼 서 있는 사내가 내려다보고 있었다.

“그럴 용기가 있으면 일을 해서 먹고 살아야지, 빠져 가지고.”

비아냥거리는 말투였다. 물에 빠진 생쥐 모습에 한기까지 느끼게 되니 몸은 점점 움츠러들었다. 그 사내는 입고 있던 외투를 벗어 장섭의 어깨에 걸쳐 주었다. 장섭은 그를 쏘아보며 걸쳐 있던 외투를 벗어 강물에 던져 버렸다.

“개새끼, 꺼져.”

무릎 사이에 얼굴을 묻고 앉아 있었다.

“객기는 살아 있어 가지고, 언제까지 이러구 있을 거야. 가자, 우리 집으로.”

팔을 잡아당겼다. 그러고 보니 신발 한 짝이 없어졌다. 다리에서 뛰어내리다 벗겨진 것 같았다.

“우리 집에 신던 신발이 있으니 그냥 걸어가지.”

그의 얼굴을 쳐다보았다. 훤칠한 키에 별 특징 없는, 그냥 그렇고 그런 얼굴이었다. 장섭보다 예닐곱은 많아 보였다. 이 사내는 장섭이 난간을 잡고 뛰어내리는 순간부터 헤엄쳐 나올 때까지 지켜보고 있었다고 했다. ‘이런 냉혈동물을 왜 따라가고 있지.’ 둘은 아무 말 없이 걸었다. 한강 변과 멀지 않은 곳에 이르자 좁은 골목길이 나왔다. 공중에는 왕거미 집처럼 전깃줄이 얼기설기 매달려 있었다. 골목 안쪽에 들어서자 먼지를 더께로 뒤집어쓴 소라 여인숙이라는 손바닥만 한 간판이 보였다. 이자가 머무는 집이라 직감할 수 있었다. '삐그덕.' 나무 대문을 열고 안으로 들어섰다. 아무도 보이지 않았다.

마치 포로수용소 같은 기분이 들었다. 그는 방문 위에 화투장만 한 크기로 7호실이라는 쓰여 있는 문을 열며 들어가라는 눈치를 주었다. 빈대 콧등만 한 크기였다. 두 사람이 발을 뻗으면 맞춤할 것 같았다. 벽체는 합판으로 되어 있어 누르면 쿨렁거렸다. 옆방에서 내는 헛기침 소리까지 들려왔다.

장섭은 마치 목화밭에 팔려 온 노예와 같다는 생각이 들었다. 모든 감각기관이 마비되어 가고 있었다. 판단력도 사라졌다. 아무것도 할 수 없는 무기력증이 무겁게 짓누르고 있었다.

이른 새벽, 사내를 따라 어딘지도 모르는 공사장으로 향했다. 그러고 보니 여태 서로 이름이 뭔지, 고향이 어디고, 몇 살인지 물어보지 않았고 알려고 하지 않았다. 신분 따위를 알 필요가 없었다. 얼핏 보아 공사장을 전전하는 비렁뱅이 같아 보였지만, 관심을 두지 않았다.

거리에는 아무도 보이지 않았다. 밤새 불을 밝히고 있는 가로등만이 아무도 없는 빈자리에서 묵묵히 보초를 서고 있었다.

큰길에 접어들자, 저 멀리서 우렁찬 경운기 소리가 들려왔다. 밤공기를 가르며 빠른 속도로 지나가고 있었다. 짐칸에는 손질이 안 되어 황토가 그대로 묻어 있는 배추가 가득 실려 있었다. 위험하게도 고봉으로 실린 배추 단 위에 아낙을 위태롭게 매달고 운전하고 있었다. 멀리서 오느라 시간이 없어 덜컹거리며 달리고 있었겠지만, 아내로 보이는 여자가 안쓰럽게 보였다.

공사 현장에 도착했다. 현장에는 감독으로 보이는 중년의 남자와 장섭을 포함해 다섯 명이 전부였다.

새 건물을 짓기 위해 기존 건물을 철거한 상태였고, 노후화된 지하 옹벽을 해체하는 작업이라 했다. 작업 도구는 해머와 곡괭이, 손 망치와 쇠 지렛대가 전부였다. 이런 작업 도구로 철근 콘크리트 옹벽을 철거한다는 것은 백년하청이 될 것 같았다. 계란으로 바윗돌 깨는 것과 같아 보였다. 시키면 시키는 대로 하면 되지, 괜한 걱정이 필요 없었다.

우선 육중한 해머로 콘크리트를 내리쳐 금이 가도록 한 다음 손 망치로 두들겨 잘게 파손하고, 철근이 나오면 쇠톱으로 자르는 방법이었다.

근 열흘이 넘도록 똑같이 우격다짐으로 작업을 진행해 나갔다. 석벽과 붙어 있던 콘크리트 벽면이 궁글기 시작했다. 젊은 작업 감독이 다른 지시를 하였다. 하단부 기초 부위를 깊게 파내어 안으로 넘어뜨리라는 것이었다. 감독은 장섭과 이 씨라고 부르는 중년 남자에게 작업 지시를 하였다.

이 씨는 충청도 음성이 고향인데 소작농으로 살아가기 어려워 올라왔다고 하였다. 농사를 짓던 사람이라 일하는 솜씨는 있어 보였다. 아무런 생각 없이 두더지처럼 땅을 파냈다. 상단부에는 세 사람이 지렛대를 이용해 벽을 안쪽으로 밀어내고 있었다. '이 사람이 누구 빈대떡을 만들려고 그러나.' 조심스러워 몇 번이나 위를 쳐다보았지만, 벽체는 꿈쩍도 하지 않았다.

그때였다. 위에서 지렛대를 들고 작업하던 사람이 다급한 소리를 질렀다. 순간 위를 쳐다보았다. 벽면 전체가 무너지고 있었다. 발바닥을 튕기며 밖으로 빠져나왔다. 뒤를 돌아보았다. 충청도 이 씨는 미처 따라 나오지 못했다. 덮쳐 버린 콘크리트에 깔리고 말았다. 엎드린 자세에 양팔만 보였다. 누런 와이셔츠 차림의 양팔이 바르르 떨리더니 끝나 버렸다. 그리고 미동도 없었다. 아주 짧은 순간에 한 사람이 이 세상에서 사라지고 말았다.

어디서 보았던 것 같은 기시감이 들었다. 가물가물하던 생각이 삼투압 작용을 하며 스멀스멀 뇌세포에 스며들고 있었다.

미련하게 일만 하시던 큰아버지는 아울재 비탈 밭에 밭갈이 나갔다가 길들지 않은 황소에 떠받혀 사망하고 말았다. 눈에서 불을 철철 흘리며 날뛰는 황소를 보고 고삐를 낚아챘으나, 육중한 뿔로 큰아버지의 가슴을 떠받아 공중으로 날려 버리며 짓밟아 버렸다. 외진 곳이라 아무도 보는 사람이 없어 도움을 요청할 수 없었다. 그길로 큰아버지는 끝내 돌아가시고 말았다. 마을로 내려온 황소는 길길이 날뛰며 동네를 헤집고 다녔다. 동네

청년들이 모여들어 겨우 황소를 붙잡았다.

그 후 무슨 사연인지, 대학에 다니던 사촌 형님이 내려와 모든 재산을 정리하고 가족을 데리고 서울로 이사를 갔다. 사고무친인 장섭은 잠잘 곳을 잃고 친구 집을 전전하며 빈둥거리고 있었다.

이 무렵 입암동에 대규모 아파트 단지가 들어선다는 소문이 들렸다. 장섭은 자신과 관계없는 일이라 관심을 두지 않았다. 그러던 어느 날 당구장에서 서성거리고 있을 때였다. 할 일 없이 당구장에서 소일하는 건달 이영배가 말을 걸어왔다.

"장섭아, 운섭이 형이 널 찾고 있더라."

"왜."

"너 아직 모르고 있구나. 입암동 아파트 단지 시행자 대표잖아. 사장이라고. 경비 자리 하나 줄려는지 모르겠다."

심운섭은 5년 선배로 한 동네에 같이 살아 잘 아는 사이였다. 그는 상속받은 과수원 언저리에 연립주택을 지어 재미를 보았고, 연이어 같은 방법으로 공동주택을 분양해 큰돈을 벌었다는 소식을 여러 번 들었다.

굼벵이도 구르는 재주가 있다더니 심운섭을 두고 한 말인 것 같았다. 손가락을 잘라낸 검정 가죽 장갑을 끼고 건달들과 어울려 건들거리며 시내를 배회하며 다녔는데, 사람 팔자 시간문제 같았다.

못 만날 이유가 없었다. 풍찬노숙하고 있던 차, 어떤 좋은 소식이 있나 싶어 이영배가 알려 준 곳을 찾아 나섰다.

문을 열고 들어서자, 그럴듯한 사무실이 보였다. 전면에 대통령 집무실 책상만 한 흙색 책상이 눈에 들어왔다. 그 위에 금조개 껍데기로 만든 자개 판에 운선산업 대표 심운섭이라고 선명한 글씨가 새겨진 명패가 보였다. 직원으로 보이는 젊은 사람도 둘이나 있었다. 실눈을 한 채 소파에 비스듬히 누워 있던 심운섭이 장섭을 알아보고 얼른 일어섰다.

“장섭이 오랜만이구나. 그래. 그동안 잘 있었나?”

이런 적이 없었다. 뜬금없이 왜 이렇게 친절하게 대하는지 알 수 없었다.

“어이, 남 양. 거기 이장섭 씨 서류 좀 가지고 와. 커피도 한 잔 가져오고.”

예쁘장하게 생긴 여직원이 서류가 든 노란 색상의 홀더를 테이블 위에 올려놓았다. ‘이 사람 뭘 잘못 먹었나. 심문하는 것도 아니고….’ 살짝 기분이 나빴지만, 눌러 참았다. 무엇인가 궁금한 점도 보였다.

“너 쇠중골 일대에 아파트 단지가 들어오는 것을 알고 있는지 모르겠다. 너 그 땅 뭣 하러 여태 가지고 있어. 팔아 치워. 한 값 더 쳐 줄 테니 넘겨줘라.”

운섭은 직원이 가지고 온 서류를 훑어보고 있었다. ‘무슨 귀신 씻나락 까먹는 소리를 하고 있는 거야.’ 도무지 이해되지 않았다.

서류 뭉치를 받아 쥐었다. 등기부 등본과 토지대장을 확인해 보았다. 표제부를 넘기자 갑구란이 나왔다. 소유권자 '이장섭'이라 표기되어 있었다. 한문으로 오얏 리에 베풀 장, 불꽃 섭, 분명히 이장섭이 소유권 상속이라고 되어 있었다. 순위 번호 3번에 아버지 성함도 기록되어 있었다. 토지대장과 대조해 보아도 틀림없었다. 강릉시 입암동 56-5, 56-9, 57-13, 57-15 네 필지 1,300평이었다. 눈을 의심하고 재차 훑어보았다. 길바닥에 버려진 황금 돌을 주운 것처럼 황홀했다. 가슴이 두근거려 참을 수가 없었다. 애써 태연한 척하였다.

"형님, 집안 어른들과 상의해 보고 내일 다시 들를게요."

뒤도 돌아보지 않고 사무실을 나왔다. 직감적으로 알 수 있었다. 큰아버지는 아버지 재산을 정리하고 쇠중골 논을 조카 장섭 앞으로 등기해 놓은 것이었다. 큰어머니도 고모도 모르는 사실이었다. 아마도 큰아버지는 장섭이 머리가 크면 돌려줄 요량이었던 것 같았다. 큰아버지는 무지하고 미련한 사람이라 원망도 해 보았는데, 너무나 고마운 분이었다. 그렇다면 사촌 형님은 이 사실을 알고 있었을 텐데, 왜 알려 주지 않고 서울로 갔을까. 이해가 되지 않았지만, 깊게 생각하고 싶지 않았다. 어느덧 남천 다리를 건너고 있었다.

주체할 수 없는 큰돈을 받아들였다. 소문이 금방 돌았다. 친구들, 선후배가 몰려들었다. 같이 사업을 하자는 제의도 들어왔다.

자주 드나들던 당구장을 찾았다. 당구장을 내놓겠다는 이야기를 얼핏 들은 바도 있어 겸사겸사 들어섰다. 밀려 있던 당구 비용을 전부 계산했다.

“입암동 땅을 팔았다며. 돈 있으면 이 당구장 맡아 한번 해 봐. 난 이 직업 오래 해서 싫증을 느껴 내놓았어.”

평소에도 돈만 있으면 한번 해 보고 싶은 사업이었다. 당구장 사장은 장섭이 솔깃해하는 모습을 보고 매달렸다.

“친구들도 많잖아. 젊은 사람이라 장사가 잘될 거야. 내 들어간 본전만 찾고 나올 테니 한번 해 봐. 물어보는 사람이 많아 곧 계약이 될 것 같아.”

남이 먼저 계약할 것 같은 생각이 들었다. 성급하게 즉석에서 계약금을 지불했다. 지금껏 친구와 지인들에 진 신세와 은혜를 갚을 수도 있을 것 같았다. 서둘러 잔금을 지불하고 수리에 들어갔다. 오래되어 낡은 당구대 천 갈이를 했다. 흔히 사용하는 녹색이었지만, 깔끔하고 신선하게 보였다. 공도 바꾸고 큐대도 교환했다. 친구들이 입을 귀에 걸고 찾아왔다. 선후배와 지인들도 모여들었다. 오후부터는 빈 당구대가 없을 정도였다. 처음이라 한두 번은 게임 비용을 받지 않았다.

시간이 지나면서 종일 바쁘기만 했지, 돈이 들어오지 않았다. 늦은 시간 장사를 마감하고 장부를 정리해 보면 돈통에는 얇은 지폐 몇 장만이 뒹굴고 있었다. 거의가 외상 장부에 기록되어 있었다. ‘나도 그렇게 했는데.’ 역지사지 입장에서 이해해 주어야 했다. 날이 갈수록 외상 장부만 책꽂이에 늘어났고, 빚이 쌓이기 시작했다. 임대료는 통장에서 빼내어 갚아 나갔다. 고민스러웠다.

늦은 아침나절, 이제는 빨리 정리하는 것이 손해를 막을 것 같다고 생각하며 소파에 기대어 고민하고 있을 때였다.

"사람 살려."

연이어 '사람 살려.'라는 소리가 들려왔다. 무슨 소리인지 주변을 둘러보았다. TV에서 나는 소리도 아니었다. 귀를 기울이고 들어 보았다. 가느다랗게 사람 살리라는 소리가 들렸다. 계산대 창문 너머에서 들리는 소리였다. 창문을 열고 밖을 내다보았다. 화장실 옆 쓰러진 담벼락에 사람이 깔려 있었다. 출입문을 열고 뛰어나갔다. 길 건너 철물점을 운영하는 문인선 어른의 하반신이 시멘트 블록에 덮여 있었다. 혼자서 들기에는 어림도 없었다. 큰길로 뛰어나와 다급하게 사람들을 불러 모았다. 다섯 명이 있는 힘을 다해 보았지만, 시멘트 블록 담장은 꿈쩍도 하지 않았다. 어른은 그렇게 사망하고 말았다.

사인은 전날 전선을 보수하던 작업원이 깜빡하고 전깃줄 위에 절단기를 걸어 놓고 그냥 가 버렸다. 어른은 길 건너편에서 전깃줄 위에 걸려 있는 절단기를 본 것 같았다. 화장실에 올라 담장을 타고 절단기를 건지려다 노후화된 담벼락이 무너지면서 그를 덮치고 말았다.

경찰은 사건을 종결하고 말았지만, 이때부터 분쟁이 일어났다. 피해자 측에서는 위험이 있는 담장을 방치해서 일어난 사고

이니 건물 주인에게 책임이 있다고 피해 보상을 요구하게 되었다. 이 불똥이 장섭에게 날아왔다.

임차인은 '건물의 선량한 관리 업무를 소홀히 해 피해가 있었을 때 책임을 진다.'라는 건물임대차계약서 특약사항을 제시하며 피해 보상을 책임져야 한다는 것이었다. 이어져 오던 분쟁을 한 달 만에 합의를 보게 되었다. 사망자 가족이 요구하는 보상액을 임대인과 임차인이 절반씩 부담하는 것으로 결정했다.

더 이상 당구장에 나가고 싶지 않았다. 헐값에 처분하고 말았다. 생생한 생각이 디졸브 되며 스크린을 채워 나갔다.

시멘트 블록 담장에 하반신이 깔려 죽어 가던 모습이 나타났다. 자신을 덮친 육중한 담장을 벗어나려고 땅바닥을 끌어당기느라 손톱이 부서지며 피가 흘러내렸다. 얼마나 고통스러웠을까. 얼마 되지 않는 중고 절단기가 얼마나 대단하다고 목숨과 바꾸었을까. 가엽다는 생각이 들었다.

충청도 이 씨도 문인선 어른과 비슷한 모습으로 유명을 달리하고 말았다. 기중기와 체인블록이 동원되어 늦은 밤 시신을 수습하여 영안실로 보냈다. 한 사람이 그렇게 아침 이슬처럼 사라지고 말았다. 영면에 애도와 슬픔을 나눌 가족도 안타까워할 문상객도 없이 저승으로 가고 있을 것 같았다.

작업장에서 부르지도 않았지만, 찾아가지도 않았다. 며칠째 방구석에 누워 있었다. 같이 기거하는 남자를 감독은 서용수라 불렀다. 서용수는 풀 방구리에 쥐 드나들듯 드나들었다.

"오늘도 옥수동 현장에는 어느 한 놈 코빼기도 안 보이는 거야. 이 시발 새끼들. 보여야 품값을 받아내지. 이봐, 장섭이. 우리 내일 결행해 보자."

"뭘 하자는 거요."

뻔히 알고 있으면서 그냥 내뱉었다. 옥수동 현장을 갔다 오는 첫날, 저녁밥을 먹으면서 제의해 왔던 말이었다. 충무로 스타 호텔이 주인이 바뀌어 지금 보수 공사 중인데 지하에 있는 수중 모터를 훔쳐 오자는 것이었다. 그 수중 모터는 국내에도 몇 대 없는 일제 얀마 제품인데 이것 한 대를 팔면 몇 달은 편하게 먹고살 수 있다고 하였다. 그러면서 자기가 지하에 내려가 작업을 할 테니 망만 봐 달라는 것이었다. 지금껏 단 한 번도 들켜 보지 않았으니 걱정하지 말라고 하였다. 잘 아는 장물아비도 있다고 하였다.

상습 절도범이 틀림없어 보였다. 이놈은 내가 한강 다리에서 뛰어내릴 때부터 이용해 먹으려고 맘먹은 것 같았다. 이제는 공사장에도 나갈 형편이 안 되는 처지라 공모를 제의하는 것이었다.

쪼그리고 앉아 같은 얘기를 반복하고 있었다. 코를 골며 자는 척했다.

"야, 이 개새끼야. 내일 당장 보따리 싸서 꺼져. 다 죽어 가는 놈 살려 놨더니 의리도 없이…."

거친 말을 남기고 방문을 차고 밖으로 나가 버렸다. 스르르 잠이 들어 버렸다.

부모님이 계신 산소를 찾아 나섰다. 굴참나무 군락으로 푹신푹신하게 낙엽이 쌓여 있는 장소가 이승에서 마지막 장소로 제일 좋게 보였다. 준비한 삽과 괭이를 들고 버스에서 내리자 깜짝 놀랄 일이 벌어졌다. 친하게 지내던 용석이, 진만이, 순석이, 여럿이 몰려들었다. '야! 인마, 너 왜 이제 왔어. 얼마나 기다렸는데….' 어찌할 바를 모르게 반겨 주었다.

'쿵쿵쿵.' 문 두드리는 소리가 들렸다. 꿈결에 벌떡 일어나 문을 열어 보았다.

"늦은 밤, 죄송합니다. 서용수라는 사람 잘 아시죠. 참고인으로 조사할 일이 있으니, 경찰서에 같이 가야겠어요."

서용수는 그날 밤 집을 나간 후 돌아오지 않았다. 수중 모터를 훔치다 붙들린 것으로 짐작이 갔다.

경찰서에서 조사를 받던 그는 동정을 바라는 눈으로 장섭을 쳐다보았다. 마치 자기의 어려운 처지를 이해해 달라는 눈빛이었다.

서용수는 절도 전과 7범인 자였다. 크고 작은 절도 행위를 하다 교도소 생활만 2년을 하였다. 조서 과정에서 개과천선하여 공사판을 전전하더라도 열심히 일하며 생활하려 했는데, 장섭을 만나게 되면서 어려운 처지를 도우려다 어쩔 수 없이 저지른 일이라며 정상을 참작해 달라고 한 모양이었다.

이장섭이 한강에서 뛰어내려 자살하는 것을 막아 주었고, 불쌍히 여겨 자기 집으로 돌아와 먹여 주고 재워 주었는데, 공사판 노임이 체불되어 당장 어쩔 수 없어 저지른 일이라 말한 것 같았다.

삼류 마당극같이 치기 어린 얘기를 하고 있었다. 다만, 하숙비와 며칠 동안의 식대를 서용수가 부담한 것은 사실이었다.

사실보다 부풀린 생활비를 적어 놓은 조서를 보여 주었다. 공사장에서 못 받은 체불된 노임을 서용수에게 위임하는 각서를 넘겨주고 돌아섰다. 참으로 비열하고 치사하게 살아가는 사람같이 보였다.

지난밤 꿈이 생각났다. 인간의 의식 아래 깊숙이 잠재하고 있던 여러 생각들이 꿈속에서 나타나고 있었다. 그 꿈의 의미는 무엇일까. 길몽일까, 흉몽일까. 흔히 꾸어 보는 개꿈이라 생각되었다.

죽음의 장소를 다시 선택해 보았다. 한밤중 동해 바다 깊은 곳까지 힘이 다할 때까지 헤엄쳐 나가 버릴까. 아니면 꿈속 장면과 같이 부모님 산소 곁에서 마지막을 맞이해 보는 것도 괜찮을 것 같았다.

삶의 방법을 몰라서 그랬을까. 몇 년을 두고 몇 번의 실패를 거듭했는가. 가진 것을 모두 거덜 낸 지금, 유체에서 영혼마저 분리되어 가고 있었다. 냄비 속의 개구리처럼 말초신경마저 익어 가고 있었다.

터벅터벅 마장동 차부로 걸어갔다.

"장섭아, 혹시 장섭이 아니야?"

뒤에서 들리는 소리였다. 대명천지 서울 하늘 아래서…, 쫓아오는 소리가 들려 뒤를 돌아보았다.

남용석이었다. 지난밤 꿈에 차부로 마중 나왔던 남용석이 틀림없었다. 양복 차림에 멀끔한 모습의 용석이었다.

'이 녀석이 여기서 어떻게.' 용석은 첫 시간부터 책상에 얼굴을 묻고 잠들기가 일쑤였던 놈이다. 그러다 출석부로 뒤통수를 얻어맞고 일어났지만, 주의력이 안 보였다. 수업이 끝나 교문을 나서면 초점을 잃었던 눈이 반짝반짝 빛을 발하며 패거리와 거리를 활보하던 그였다.

"모두 너를 얼마나 찾고 있었는데. 함바집을 다시 할 수 있게 되었어. 너 바쁘지 않지. 나랑 어디 가서 얘기 좀 하자. 나도 장조카 결혼식이 있어 서울에 왔다가 내려가는 길이야."

용석은 장섭이 파안대소하며 반가워 좋아할 줄 알았는데, 덤덤해하는 반응을 보이자 말을 붙이기가 궁색해졌다. 둘은 아무 말 없이 걸어가고 있었다. 장섭의 초라한 행색이 시선을 붙잡았다. 당당하던 호기는 어디에도 찾아볼 수 없고 움츠러진 어깨, 느릿하고 흐느적거리는 걸음걸이, 햇빛에 바랜 얼굴, 초점 잃은 시선 등이 안쓰럽게 보여 몇 번이나 훔쳐만 보았다. 무슨 말을 해야 할지, 조심스러워 접근하기 어려웠다.

'뜬금없이 함바집은 무슨.' 까마득히 잊어 꼬리마저 놓아 버린 지 오래된 옛날 일이었다. 장섭은 용석이 무슨 궁리를 하려는지 의심이 들었지만, 굳이 거리를 두고 싶지 않았다. 차마 지금 고향으로 내려가려고 차부로 가는 중이라고 말할 수 없었다.

둘은 아무 말 없이 걸어가고 있었다. 마장동 차부에 이르렀을 때였다. 느낌이 왔다. 장섭의 검은 눈동자에 갑자기 별빛이 발하고 있는 것이 보였다. 청량한 바람이 머물더니 한 번도 느껴보지 못했던 인스피레이션이 함바집에 고정되고 있었다. 썩어서 냄새나는 엉킨 고깃덩어리가 단박에 항문을 타고 쏟아져 내렸다.

차부서 내린 장섭은 용석이를 돌려보내고 이십 리 길 시동리를 향해 걸음을 옮겼다. 어리 중천으로 가는 길이 아니었다. 관동병원이 들어서려던 곳에 있는 함바집을 가 보려고 들메끈을 조이고 걸음을 재촉했다.

당구장을 접고 무위도식하고 있을 때였다. 어디 좋은 자리가 없을까, 이리저리 기웃거리며 다닐 때였다. 영동 지방에서 제일 큰 종합병원이 들어오게 된다는 얘기가 들려왔다. 건축 기간이 3년이 넘게 걸린다고 하였다. 이 건물을 짓는 데 관계되는 사람들이 자고 먹고 하는 함바집을 운영하게 되면 짧은 기간에 막대한 돈을 벌 수 있다고 하였다. 3년만 잘하면 시내 웬만한 빌딩도 살 수 있다고 하였다. 이런 방면은 문외한이라, 괜찮은 사업인지 정보를 얻으려 분주히 돌아다녔다. 돈 되는 사업임이 틀림없었다.

어려움은 사업 운영권을 받아 오는 것이 문제였다. 시공사는 2군 업체인 대청봉 건설로 재무 구조가 탄탄하다고 하였다. 대청봉 건설과 인맥이 닿는 사람들을 좇아 분주히 돌아다녔지만, 허사였다.

최소한 대청봉 건설 부사장 정도의 실세로 능력과 힘이 있는 사람의 적극 추천이 있어야만 한다고 하였다.

심운섭 대표의 문을 두드렸다. 그는 경찰서장은 물론 검·판사들과 어울리며 자주 식사와 술자리도 같이한다는 말을 여러 번 들었다. 그에게 부탁하면 용하게 함바집 운영권을 받아낼 것 같았다.

"이 사람아, 함바집 운영이 얼마나 노른자위인지 모르는구나. 그거 보통 빽 가지고는 어림도 없어."

단칼에 거절하였지만, 진드기처럼 매달렸다. 여러 차례 찾아갔다. 전혀 불가능한 일이 아닌 것 같았다.

"버티는 놈한테 못 당한다더니 너 대단한 놈이구나. 내가 한번 알아볼게. 대신 로비 자금이 필요한데, 내 너에게 준 쇠중골 땅값 사등분해서 하나만 주라."

"여부가 있나요."

역시 능력이 있었다.

"자! 함바집 운영권이다."

군더더기 없이 한마디만 던지고 돌아가 버렸다. 군말 없이 약속한 금액을 던져 주었다.

병원 부지 정리 공사가 시작되었다. 하늘 무서운 줄 모르고 쭉쭉 뻗어 올린 아름드리 금강송이 굴취 되어 어디론가 실려 나갔다. 그 자리에는 불도저, 굴삭기, 덤프트럭의 굉음이 조용한 마을을 진동 속으로 몰아넣었다. 동산 하나가 게 눈 감추듯 사라졌다. 절토와 성토로 어마어마한 부지가 조성되어 가고 있었다. 한 마을의 지도를 바꾸어 놓았다.

뒤따라 자동차 주차장 예정 부지에 인부들의 숙소는 물론 튼실한 함바집도 지어 주었다. 주방용품을 사들였다. 이가 맞게 제자리에 찾아 넣었다. 스테인리스로 제작한 냉동고도 번쩍번쩍 윤을 내며 위용을 과시하고 있었다. 200명이 한 번에 먹을 수 있는 식탁도 주문해 놓았다. 주방용품은 수원 도매시장에서 현금으로 구매하였다. 반값이었다. 식탁은 남양주 가구공장에 가서 직접 주문하였다. 이것 역시 현금으로 반값에 사들일 수 있었다.

5월 중순부터 터파기 공사가 시작된다고 하였다. 아직 두 달이 넘게 남아 찬찬히 진행해 나가면 문제가 없었다. 200명이 한 달 동안 먹은 식재료 자금은 넉넉히 통장에 비축되어 있어 걱정이 없었다.

이때부터 이상한 소문이 돌기 시작했다. 모(母)기업의 무리한 확장에 따른 차입경영으로 유동성 자금이 부족하여 상장이 폐지되어 관리 종목으로 지정되는 단계에 있다고 하였다. 얼마 지나지 않아 금융기관과 채권단이 법원의 인가를 받아 법정관리에 들어갔다고 하였다.

회사가 망하는 징조라 하였다. 급기야 모기업의 파산 신청으로 도산되었다는 비보가 전해졌다. 터파기 공사는 졸지에 중단되고 말았다. 우르릉거리던 각종 장비의 굉음이 사라지고 숨 막히는 고요가 아무 말 없이 자리를 잡고 있었다.

앞뒤 분간도 못 하고 얼마나 많은 날을 여기에 진력했는가. 누가 시키지도 않았다. 천둥에 놀란 개 뛰듯 뛰어다니기만 했다. 허허로운 벌판에 지주대도 없는 외로운 허깨비가 서 있을 뿐이다. 허망했다.

그런데 지금은 그렇지 않다. 악고개를 넘어 새우자리 터에 이르렀을 때였다. 동해 바다에서 둥글게 물감을 들인 커다란 달이 바다를 밀어내며 올라서고 있었다. 음력 보름이었다. 걷기가 한층 수월했다. 온몸이 가벼웠다. 용수철을 매단 발걸음은 점점 빨라지기 시작했다.

함바집이 그대로 있을까, 아니면 허물어 빈터만 남아 있을까. 뇌리에서 사라진 지 얼마나 되었는가. 가물가물했지만, 얼추 3년이 다 되어 가는 세월이 지났다. 대청봉 건설 시행사가 파산되고 난 후 눈도 돌리기 싫었던 곳이다.

모전마을을 지나 군선 강줄기를 따라 올라갔다. 강 건너 능선에 일렬로 서 있는 소나무가 호위하는 병사들처럼 걸음을 같이하여 따라 주고 있었다. 저 멀리 산줄기 아래 관동병원 부지가 어렴풋이 시야에 들어왔다.

산맥 발치에서 혈穴이 똬리를 틀고 있는 둔덕에 보안등의 보호를 받는 2층 현장 사무실이 본때 있게 품위를 과시하고 있었다. 발길은 함바집을 향했다. 합판으로 만든 바람벽, 함석지붕은 변함없었다. 출입문에 매단 주먹만 한 자물쇠가 녹슨 채 걸려 있었다. 꿈쩍도 하지 않았다. 까치발을 하고 내부를 넘어 보았다. 냉동고가 반쯤 비춰 주는 달빛을 받고 장승처럼 버티고 서 있는 모습이 대견하게 보였다.

다음 날 용석을 불러내 현장 사무실을 찾았다. 토목 측량이 한창이었다. 사무실에는 여러 명이 분주히 오가며 바쁘게 움직이고 있었다. 활기가 넘쳐나 보였다. 찾아온 동기를 얘기하자, 반갑게 맞으며 응접실로 안내했다. 그러면서 '한강건설 주식회사 대리 이청수'라고 적힌 명함을 건네주었다. 캐비닛에 들어 있는 서류를 꺼내 장섭의 신분증을 대조하며 인적 사항을 확인하였다. 그 당시 계약서가 고스란히 남아 있었다. 계약서 하단부에 자필로 서명한 이장섭의 이름이 뚜렷하게 새겨져 있었다.

"잘 오셨습니다. 그러잖아도 조만간 함바집을 운영해야 하는데, 사장님을 찾지 못해 많이 걱정하던 차였습니다."

부연해서 그동안 애로사항을 말하였다. 사장님이 나중에 알게 되어 유치권 행사를 하게 되면 우리 회사가 큰 애로가 있을 것 같아 진퇴양난이었다는 말과, 여러 사람이 찾아와 자기가 함바집을 인수하겠다는 제의가 들어와 일일이 설명하느라 지쳤었는데, '잘 왔다.'는 말까지 들으니, 하늘을 오르는 기분이었다.

친구들이 몰려와 환영해 주었다. 얼마 지나지 않은 것 같은데 이렇게 변해 있을까. 옛날 까까머리 때의 친구들이 아니었다. 모두가 성숙해 있었다. 용석이는 영동 지방 일대 군부대에 식자재를 독점 공급하는 업체를 운영하고 있었다. 규율 부장이었던 양인수는 물수건 공장을 만들어 시내 요식업체에 납품하고 있었다. 언제나 뒷전에 밀려 쳐다보지도 않았던 3학년 3반 조병수와 박태영은 동업으로 대형 콘도미니엄에 편의점을 하고 있는데 성업 중이라 하였다. 이중구는 오래전부터 아버지가 운영하는 주류 도매업을 증여받아 수완을 발휘하고 있었다.

이 친구들 모두 힘을 모아 주겠다고 하였다. 이들은 서울에 있는 우주산업 정서택과 교류를 하고 있어 얼마 전까지 장섭의 근황을 잘 알고 있었다.

용석이는 친구들과 함께 환영 파티까지 마련해 주었다.

"유붕자원방래 불역열호有朋自遠方來 不亦說乎를 위하여."를 외치며 고급스러운 건배사를 해 주었다. 사기 진작과 유대관계를 더욱 단단하게 맺어 주었다.

용석이는 군납하는 식자재를 외상으로 공급하고 후불로 대금을 받아 가겠다고 하였다. 이중구도 같은 조건으로 술을 대 주겠다고 하였고, 양인수도 물수건을 넣어 주겠다고 하였다. 쪽박만 차고 있던 장섭은 천군만마를 얻게 되었다.

현장 사무실에서는 주변 조경사업도 해 주었다. 적당한 크기와 모양을 갖춘 소나무를 심고 자연석으로 만든 화단에는 철쭉과 회양목도 심어 주었다. 1군 업체답게 생활환경에도 많은 신경을 쓰고 있는 것 같았다.

회사를 믿고 더 이상 실패를 말아야겠다고 다짐하며 소심하리만치 꼼꼼하게 정리해 나갔다. 호사다마는 없을 것이라 마음을 다잡았다.

사업 방향과 모토를 설정했다. 이익의 목적보다 고객의 기호에 맞는 메뉴를 만들어 자유 급식으로 해 보자고 맘먹었다. 여태껏 받은 친구들의 도움을 이곳에서 베풀어 보고 싶었다.

그동안 켜켜이 쌓여 있던 먼지를 걷어내고 말끔하게 청소부터 시작해 나갔다. 부족하고 미흡한 집기도 차근차근 제자리에 올려놓았다. 조리사부터 시중하는 종사원까지 필요한 종사원을 채용했다.

개업식 날, 회사에서 발급한 식권을 받고 급식을 시작하였다. 식사를 끝낸 직원과 작업 종사자들 모두 만족해하였다. 전국 팔도강산을 돌아다녀 봤어도 여기처럼 음식이 잘 나오는 곳이 없다고 칭찬을 아끼지 않았다. 성공인 것 같았다. 지금이야 그렇다 쳐도 절대 밑지는 장사는 아닐 것 같았다. 작업 인원이 많을 때는 300명 가까이 될 것이라 현장 소장이 말해 주었다. 다다익선이 될 것 같았다.

식자재 원가에서 인건비, 공과금, 부대비, 감가상각까지 모든 비용을 공제하여도 절대 적자 운영은 없을 것이라 장담할 수 있었다. 남는 것이 없다면 먼지라도 떨어질 것 같았다. 사업은 순조로웠다.

날이 갈수록 작업 인원이 늘어나기 시작했다. 배근, 목공, 콘크리트 타설, 크레인 · 지게차 운전기사, 여기저기서 일하고 있는 잡부들까지 엄청난 인원이 공사장에 모여들었다. 한꺼번에 몰려드는 인원을 수용할 수 없어 작업 분야별 2부제로 하여 음식을 제공했다.

초심을 잃지 않으려 주일마다 식단을 바꾸며 신선한 고기, 생선, 채소, 과일 등을 번갈아 가며 영양식 위주로 마련해 주었다. 야간작업도 늘어나면서 야식도 준비해 주어야만 했다.

시간이 어떻게 지나가는지, 날짜가, 계절이 어떻게 바뀌어 가는지 관심이 없었다. 오직 함바집에 정신을 집중해 나갔다. 살맛이 났다. 보람이 있었다.

모두 퇴근하고 자정을 넘긴 시간, 각종 장부와 뒷정리를 마무리하고 내일 업무 계획까지 만들어 놓고 잠자리에 들었다.

용석은 서울서 만난 후로 가까이 지내게 되었다. 가끔 찾아올 때면 살아가는 이야기를 나누다 헤어지곤 했다. 바쁜 점심시간이 지난 어느 날 용석이로부터 전화가 걸려 왔다.

"내일 저녁 시간 좀 내주라. 전할 말이 있어 그래."

웬만히 바쁜 일이 아니면 찾아와 얘기하는데 중요한 일이 있는 것 같다는 생각이 들었다. 이쯤 돼서 식자재를 도매가격이 아닌 정상 거래 가격으로 올려 달라는 것일지도 모른다는 생각이 들었다. 그렇다면 직접 얘기하지. 쩨쩨하게 전화로 만나자고 할 사람은 아니라 확신이 들었다.

"그리고 말이야. 작업장에서 입던 옷 말고 깨끗한 옷으로 갈아입고 저녁 6시 심지 다방으로 나와. 기다리고 있을게."

어련히 알아서 하겠지. 설마 조리대에서 입던 음식 냄새 풀풀 나는 가운을 입고 나올까 봐. 그런 걱정 때문에 하는 말은 아닐 것 같았다. 웬일일까, 궁금했다. 시간이 되기 전에 다방에 들어갔다. 용석은 이미 나와 있었다.

"이리 와. 여기야."

웬 여자와 함께 자리하고 있었다. 자리에 앉기도 전에 인사를 시켰다.

"인사해라. 내가 말했던 나하고 제일 친한 친구 장섭이. 장섭아, 얘는 내 막냇동생 희진이야. 너 생각나는지 모르겠다."

가물가물한 생각이 어렴풋이 떠올랐다. 가끔 놀러 갈 때면 밥상을 차려서 용석의 방으로 들어오던 꼬마가 있었다. 까투리 복숭아처럼 뽀송뽀송한 솜털이 가득한 얼굴에 단발머리를 하고 있던 아이. 용석이 엄지손을 치켜 올리며 '우리 희진이가 전교 수석이야.' 자랑삼아 말하던 아이가 장섭과 마주하고 있었다. 까만 눈동자에 촉촉한 눈빛, 볼그스름한 얼굴의 반듯한 여인이 되어 있었다.

무슨 냄새일까. 여인의 분 냄새가 아니었다. 강보에 싸여 어머니 품속에 있던 천륜의 향기도 아니었다. 한적한 오솔길 길섶에 피어난 청초한 구절초 향기 같았다. 바람을 일으키며 폐부 깊숙이 밀려들어 오고 있었다. 가슴을 펴 보았다. 심호흡을 해 보기도 했다. 주체할 수 없이 심장이 출렁거렸다.

"네 살 차이는 궁합도 보지 않는다고 그러더라. 나 먼저 일어날 테니 얘기하다 와."

어색한 자리를 놔두고 용석은 나가 버렸다. 담배 연기 꽉 찬 다방에 앉아 있는 것이 머쓱해 밖으로 나왔다. 벌써 어둠이 자리를 잡고 네온사인이 번쩍거리며 손님을 불러들였다.

둘은 나란히 걸어 남대천에 이르렀다.

"백사장을 걸어 볼까?"

옛날 꼬맹이 때 생각이 나서 어정쩡한 반토막 말투로 해 버리고 말았다. 머릿속이 하얗게 비어 버려 어떤 말을 이어 갈지 도통 생각이 나지 않았다. 신발을 벗어 들고 숙맥처럼 아무 말 없이 걷기만 하였다. 강 건너 불빛이 물여울에 부딪혀 만들어 내는 은빛 조각들이 일렁이고 있었다. 백사장 위로 엷고 긴 그림자가 동행해 주었다.

손을 잡아 주었다. 아기의 손처럼 보들보들하였다. 말초신경에 이르자 온몸이 찌릿찌릿하게 느껴 오는 감정을 애써 억눌렀다. 살며시 힘을 주는 희진의 악력을 감지할 수 있었다.

"네 살 차이라고 그랬지!"

"우리 오빠랑 같은 나이면 그렇겠죠."

대화의 전부였지만, 무엇인가 알지 못하는 교감이 서로 전달되고 있다는 느낌이 들었다.

다음번 약속 시간을 정하고 헤어졌다. 악고개를 넘자, 왼쪽에 볼록한 반달이 마중을 나와 길을 밝혀 주었다. 버덩마을이 훤히 내려다보였다.

희진의 얼굴이 각인되어 떠나지 않았다. 어깨선까지 내려온 찰랑찰랑한 머릿결, 은은한 미소, 도톰한 입술, 선녀의 모습이었다. 하늘에서 지켜보고 계신 어머니가 보내 준 배필이 아닌가 생각되었다.

지금까지 부모님을 몇 번이나 생각해 보았던가. 없는 기억을 굳이 살릴 필요가 없었다. 원망도 해 보지 않았다. 모든 것을 숙명이라 여겼다.

그런데 그것이 아니었다. 큰고모는 '너의 엄마는 조용한 눈에 하얀 피부의 얼굴로 이목구비가 뚜렷한 미인이었다.'고 했다. 몇 번이나 들어 본 말이었다. 희진의 모습은 어머니와 흡사한 데가 있는 것 같았다.

잠자리에 들어도 좀처럼 눈을 감을 수가 없었다. 저녁 내내 있었던 활동사진이 영사되어 가슴을 잠재울 수가 없었다. 손을 마주 잡고 모래사장을 걸을 때의 감정은 잊을 수가 없었다. 난 생처음 느껴 보는 감성이었다. 여태껏 그럴 상대도, 여건과 기회도 없었다. 밤새 잠을 설치고 말았다. 용석이가 더 적극적이었다. 다음 날 다시 찾아왔다.

"어때. 내 동생 희진이, 너 맘에 들지. 희진이도 널 괜찮게 생각하더라. 내 동생이라서 하는 말이 아니라, 인마, 솔직히 말해 어디에 내놔도 일등 신붓감이야."

장섭은 용석이 집안 사정에 대해 알고 있는 것이 별로 없었다. 송정에서 남 부잣집 택호를 가지고 머슴 둘을 데리고 농사를 짓는 것과 용석이 밑으로 남동생과 여동생이 있다는 것이 전부였다. 용석은 자기 집 사정을 말해 주었다.

아버지는 벌써 돌아가시고 연세가 많은 어머니는 경로당을 오가며 소일하고 계신다고 하였다. 두 살 터울 남동생은 대학 다닐 때 등산 동호회에 가입하며 산행하다가 잘못되었다고 하였다. 2학년 때 미국 알래스카에 있는 매킨리봉을 등정하고 나서, 다시 안나푸르나 최고봉을 하산하다 실종되었다며, 잠시 침통한 얼굴로 눈을 감았다가 이야기를 이어 갔다. 몇 차례 안나푸르나 베이스캠프에 올라 찾아보려 했으나 엄두를 내지 못할 만큼 어려워 발걸음을 돌릴 수밖에 없었다는 사정 이야기까지 들려주었다. 동생의 시신을 수습하지 못한 죄스러움을 지니고 있는 모습이었다.

막냇동생 희진의 얘기에 이르자 말이 빨라지기 시작했다. '너 알고 있는지 모르지만, 희진이는 줄곧 전교 수석이었어.' 대학에 진학하려 했으나, 여자가 무슨 대학이냐며 아버지가 완강히 거부해 포기하고 말았다. 그해 공무원 시험, 대한통운, 은행 시험에도 합격했는데, 국책은행인 산업 은행을 선택해 지금까지 다니고 있다고 힘주어 말했다.

두 사람을 맺어 주려고 용석은 희진에게도 장섭의 내력을 얘기해 주었겠지만, 장섭에 대해 아는 것이 그리 많지 않을 것으로 생각되었다. 장섭이 유복자라는 것을 모를 것이고, 어머니가 대관령에서 버스 참사로 사망하여 고아원에 맡겨진 것도 모를 것이다. 다만, 부모가 요절하여 일찍 큰댁으로 들어가 불우한 환경에서 성장하였다는 정도로만 알려 주었을 것이다. 그렇다고 이제 와 구질구질한 과거사를 스스로 털어놓을 필요가 없다고 생각되었다. 굵은 바늘 코로 엮어 동여맨 흔적 진 상처를 후벼 파 덧나게 할 이유가 없었다.

첫 만남 이후 둘은 자주 만남을 가졌다. 희진을 볼 때마다 행복이라는 감정이 봇물 터지듯 흘러나왔다. 잠깐의 긴장감이 지나고 난 뒤 가슴이 설레고 울렁거려 버벅거림을 멈출 수 없었다.

가벼운 바람에 날리는 원피스 자락도 예뻐 보였다. 똑똑똑 구두 소리는 장단같이 울림이 좋았다. 살며시 미소 짓는 얼굴을 보면 억지로 두근거리는 가슴을 숨겨 버렸다.

진부한 표현 같아 사랑이라는 말은 한 번도 못 해 보았지만, 에로스적인지 아가페적인 범주인지 분간할 수 없으나 이유 없이 좋았다. 아마도 원초적인 본능에서 우러나오는 감성인 것 같았다.

만날 때마다 이야기는 그저 소소한 주변의 일상과 가끔 장래 계획을 주고받았다. 장섭은 큰 포부가 없었기에 가식 없이 말해 주었다. 부모에게 물려받은 유전인자가 있어 그런지 몰라도 어떤 직업을 가지든 선의의 경쟁자로 그 방면의 최고가 되는 사업가가 될 자신감이 있다는 말을 해 주었다. 희진이한테는 포근히 감싸 주고 아껴 주는 울타리가 되어 주고, 버팀목이 되어 주고 싶었다.

희진은 긍정적인 시선으로 사물을 관조하는 여인이었다. 그녀는 살가운 반려자가 되어 주겠다며 새끼손가락을 걸어 주었다. 지금까지 살아오면서 처음으로 행복이 무엇인지 알게 되었다.

처음으로 기억이 생성되어 가던 어린 시절은 고아원이었다. 엄격하게 통제된 일상생활, 정해진 시간에 일어나고 잠을 청해야 하고 사유할 능력이 부족한 상태에서 규율화된 일상이 너무나 싫었었다. 작은 잘못에도 가혹한 원장의 체벌을 견디어 내야만 하는 곳에서 즐거움과 기쁨은 찾아볼 수 없었다. 삶이 그런 줄 알았다. 국민학교에 들어가면서 큰댁으로 자리를 옮겼지만, 별반 달라지는 것이 없었다. 비가 와도 소먹이 꼴 베 오는 것과 마구간 청소는 빼먹을 수가 없었다. 작두질과 마당 청소도 일과 중의 하나였다. 몇 번인가 사정으로 빼먹었는데, 큰어머니한테 심한 욕설과 부지깽이로 다리가 붓도록 맞아 걸음도 제대로 걸을 수가 없었던 기억이 사라지지 않았다. 시키는 일 외에는 눈길을 주지 않았다. 밥을 먹든 잠을 자든 공부를 하든 말든 무관심이었다. 때로는 고아원 생활이 더 그리울 때가 있었다.

하루하루가 즐거웠고 보람이 있었다. 매일 아침 웅장한 용암 덩어리가 분출하며 거대한 천평선 위로 찬란한 빛깔을 뿌리고 있는 것을 볼 수 있었다. 하늘을 뚫고 올라오는 태양의 모습에 힘과 용기가 생겼다. 이것이 진정 삶이로구나. 여태껏 어디에 숨어 지나다가 이제 나타났는지, 삶이 이렇게도 좋은 줄 이제 알 수 있었다. 하루하루가 생일날에 맞춰 소풍을 가는 기분이었다.

함바집 운영도 거리낌 없이 잘되어 가고 있었다. 간혹, 유리병을 깨 바닥에 던져 버리거나, 자기 가슴에 금을 긋는 난폭한 행동을 하는 사람도 있었다. 흐르는 피를 막으며 병원으로 실려 가야만 했다. 전국에서 모인 혈기 왕성한 젊은이들이라 개성이 강하고 다양한 견해 차이도 있어 그런 것으로 보였다. 사건을 소리 소문 없이 수습하고, 당사자를 이해시켜 돌려보냈다.

개인 생활이든 조직 생활이든 사소한 분쟁과 알력이 있기 마련이다. 이런 일이 되레 피드백이 되어 초석이 되고 디딤돌이 될 수 있을 것이라 생각되었다.

공사 범위가 넓어지면서 동원 인원이 늘어나기 시작했다. 3층이 올라가고 벌써 4층에는 철근 배근 공사를 하고 있었다. 식당 안은 언제나 포화 상태로 붐비고 있었다. 저녁 식사는 물론 야근 작업을 하는 종사원들에게 야식을 제공해야만 하는 날도 늘어 나갔다.

식당 종업원도 늘려야만 했다. 위생 관리를 철저히 하여 식단에 올려놓았다. '초심을 잃지 말자. 초심을 절대 잃지 말아야 한다.' 매사에 관심을 두며 미흡하고 모자란 부분을 찾아 나섰다.

며칠째 청명한 하늘과 맑은 공기가 계속되는 전형적인 시원한 시월 초순 어느 날이었다. 종업원들은 이미 퇴근하고 잔여 인력으로 정리 정돈을 마무리 짓고 있을 때 연락이 왔다.

3층 거푸집 해체 작업을 하던 작업팀에서 15명분의 야식 주문이 들어왔다. 종업원에게도 불만 없이 그에 상응하는 야근 수당을 지급해 주었기에 맛깔스럽게 음식을 만들어 주었다.

만든 음식을 종업원들과 함께 들고 계단에 올라섰다. 쿵쾅거리며 거푸집을 해체하는 소리가 들려왔다. 하중을 지지하던 쇠 파이프 동바리가 한쪽에 가지런히 쌓여 있는 가운데 콘크리트에 부착된 판넬을 제거하고 있었다.

밤 10시가 다 되어 가는 시간, 아침부터 시작한 작업이 늦은 시간까지 이어지는 장시간 작업으로 다소 지친 모습들이었다. 매우 출출한 모양들이었다. 순식간에 밥그릇을 깨끗이 비웠다. 같이 간 종업원들이 커피까지 한 잔씩 건네주자 흡족해했다. 잠깐 쉬면서 담배 한 대씩 피우고 있을 때였다. 위층인지 어디서인지 알 수 없으나 '뚝뚝 끄르륵' 몇 번에 걸쳐 소리가 났다.

"이게 무슨 소리야. 위층에서도 작업을 하는 건가요?"

"글쎄, 무슨 소리지? 조금 전까지는 소리가 안 들려왔는데. 위층에는 야근 작업을 하는 사람은 없고, 지하에서 방수 작업을 하는 사람들은 있긴 한데… ."

목공 반장 김 씨가 하는 말이었다. 모두 대수롭지 않게 생각하고 망치와 쇠 지렛대를 들고 현장에 들어갔다.

퇴근을 서두르는 종업원은 먼저 보내고 마지막 남은 그릇을 주섬주섬 싸 들고 3층 계단을 막 벗어나려는데 '꽈꽝' 천둥 치는 소리와 같은 굉음이 들려왔다. 건물이 뒤틀리고 있는 것을 느낄 수 있었다. 벽체가 균열되면서 흙먼지가 뿜어져 나왔다. 심상치 않았다. 그릇을 팽개치고 두서너 계단씩 건너뛰며 내려 1층 계단을 빠져나와 각종 자재가 쌓여 있는 빈터로 내달렸다. 얼른 뒤를 돌아보았다. '끄르르 꽈당당 쾅꽝.' 소리를 내며 건물이 무너져 내렸다. 아주 짧은 시간이었다. 뿌연 먼지가 뭉글뭉글 솟아오르고 돌개바람과 함께 콘크리트 파편이 튀어 올랐다. 궤변이었다. 현실 세계에서 있을 수 없는 일이 벌어졌다. 숨이 막혀 왔다. 한참 먹먹하게 서 있었다. 머릿속이 혼란스러웠다. 혼자 할 수 있는 일이 아무것도 없었다.

목공반장 김 씨 생각이 났다. 계단이 있는 방향으로 달려 나갔다. 계단은 흔적도 없이 사라졌다. 다시 건물을 쳐다보았다. 거대하고 웅장한 모습으로 죽순처럼 오르던 건물은 양쪽 외벽만 남은 채 U자 형태로 주저앉아 버렸다.

함바로 달려가 119에 상황 설명과 구난 요청을 했다. 얼마 지나지 않아 사이렌을 울리는 구난차에 구급대원과 경찰관이 동원되었다. 목격자는 장섭 혼자뿐이었다. 매몰되어 있는 사람은 3층 15명은 정확히 설명해 주었으나, 지하에서 방수 작업을 하고 있는지는 목공들에게서 들은 대로 말해 주었다.

구급대원들과 함께 건물 잔해 위로 올라갔다. 시멘트 냄새가 진하게 코를 자극했다. 군데군데 먼지가 피어오르고 있었을 뿐 조용했다. 인기척이 없었다. 비명도 들리지 않았다. 자동차에서 불빛을 비춰 주었지만, 삐죽삐죽 올라온 철근과 엉겨 있는 콘크리트 잔해 위로 걸어 다니는 것조차 위험했다. 구조 인원들은 손 망치와 쇠톱으로 장해물을 걷어내고 작업을 이어 나갔다. 이런 방법으로 밤새 인명 구조 작업을 해 봤자, 턱도 없어 보였다. 관계 기관들의 숙의 결과 한밤중 장비를 동원하여 구조 작업을 하는 것은 더욱 위험을 초래할 것으로 판단되어 내일 아침부터 작업에 들어가도록 결정하였다. 장섭은 그들과 함께 꼬박 밤을 지새웠다.

날이 밝아 오고 해가 솟아오르자 무너져 버린 건물 더미가 한눈에 들어왔다. 관계 기관장들과 시공사 사장, 언론사 기자들이 몰려 법석을 떨고 있었다. 폴리스 라인 밖에서 촬영하고 카메라 플래시를 터트리는 기자들의 모습도 볼 수 있었다. 작업은 쉼 없이 이어졌다.

일간지 신문에는 '관동병원 건물 시공 중 붕괴 발생'이라는 헤드라인에 건물 3층 상판이 무너져 작업하던 인부 15명이 생사불명, 지하에 방수 작업을 하던 인부 다수가 있는 것으로 추정된다는 기사가 도배되어 있었다.

연이어 방송사와 일간지 신문에서 새로운 사실을 보도했다. 국과수, 한국 산업안전보건공단, 강원도 소방본부, 경찰 등 관련 기관의 합동정밀감식 결과 붕괴 사고의 원인은 설계상 복합적인 문제와 시공사의 압박에 콘크리트 타설 공사의 양생 기간을 준수하지 않아서 발생한 사고라고 하였다.

당초 24개의 기둥 가운데 10개는 지름이 800mm인 고장력 철근을 16개를 설치하게 되어 있는데, 설계 과정을 거치면서 철근 개수를 8개로 줄였고, 지름도 600mm짜리로 변형하여 사용하였다. 또한, 콘크리트 조각이 부슬부슬한 흙처럼 보이는 것으로 보아 강도에도 문제가 있는 것으로 확인되었다. 철근이 생선 뼈처럼 말끔하게 분리되어 드러난 것은 콘크리트 양생에 문제가 있다는 내용도 보도되었다.

구조 작업은 속도를 내기 시작했다. 최신 장비 투입과 소방관들과 동원된 군인들의 헌신적인 노력이 있어 진척이 빨라졌다. 3층에서는 15구의 시신이 발견되었다. 생존자는 한 사람도 없었다. 지하층에서도 시신 3구를 수습하였다.

신원이 확인되면서 애달프고 가여운 사연들이 뉴스를 통해 전해졌다. 전남 보성이 고향인 전재구 씨는 선천적 장애로 앞을 볼 수 없는 맹인으로 태어난 셋째 딸이 다음 달 결혼 날을 받아 놓고 있었다. 집착할 정도로 보듬고 감싸며 사랑해 주었는데, 한을 풀지 못하고 유명을 달리하였다는 내용이었다. 경기도 용인에 살고 있는 인용학 씨의 사연도 눈물겨웠다. 그의 아내는 3년 전 급성신부전 진단을 받고 일주일에 세 번 투석하고 있어 일상의 흐름이 흐트러지며 힘들게 생활하고 있었다. 설상가상으로 재작년 중학교 3학년에 다니던 딸 서현이가 방과 후 집으로 돌아오던 길에 행방불명이 되었다. 제 어미를 닮아 넓은 이마에 서글서글한 눈매가 예뻤다. 공부도 중상위권으로 모자람이 없었다. 더구나 아픈 엄마를 위해 성심껏 간병하는 자랑스러운 외동딸이었다.

해가 진 뒤에 집에 들어오는 날이 한 번도 없었는데 늦은 시간까지 집에 돌아오지 않아 온 동네를 찾아 나섰다. 목격자가 없었다. 학교로 오가는 동선을 몇 번이나 돌아다녀 보았지만, 찾을 길이 없었다. 경찰서에 실종 신고를 하고 밤새 거리를 헤매었다. 학교에서도 협조하여 주어 찾아 나서 보았지만, 오리무중이었다. 전단지를 만들어 배포하고 플래카드 현수막을 제작해 길거리에 부착해 보기도 했다. 어쩌다 신고가 들어와 현지에 가 보면 뚱딴지같은 아이가 서 있었다. 아내의 간병과 서현이를 찾으러 전국을 헤매다 보니 얼마 안 남은 재산마저 소진되었다.

직업이 목수인 인용학 씨는 우선 생활비를 마련하려고 여기까지 오게 되었는데, 안타깝게 변을 당하고 말았다고 방송국에서 화면을 채워 나갔다.

함바 식당에는 고요만이 자리를 지키고 있었다. 찾아오는 사람도 맞이할 사람도 없었다. 냉장고에는 쓸모를 잃어버린 식자재만이 윙윙거리는 소리 속에 갇혀 있을 뿐이었다. 반짝반짝 윤이 나던 주방 기구는 뿌연 먼지만 쌓여 가고 있었다.

재기의 발판을 잃어버린 장섭은 용기를 내 보았다. 하늘이 무너져도 지구는 융기되기에 반드시 살아나리라 맘먹었다.

한동안 잊어버렸던 희진한테 연락했다. 오늘 저녁 퇴근 후 만나자고….

희진은 '네, 우리 만나요.' 단 한마디로 대답하였지만, 목소리에는 힘이 없어 보였다.

왠지 불길한 생각이 들었다. 병원 신축 공사 붕괴 사고로 사업 실패에 따른 비전과 희망이 사라져 걱정이 되어서 그럴까. 아니면 감기라도 걸려 몸이 불편해서 그럴까. 별생각이 다 들었다. 늘 만나는 송도회관으로 달려갔다. 회관 입구에서 마주쳤다. 즐겨 입던 엷은 블루 색상의 원피스를 입고 나왔다. 별을 주워 담던 촉촉한 눈망울에 반짝이는 물기가 보이지 않았다.

장섭은 태연한 척 애를 써 보았으나 별말이 나오지 않았다. 저녁밥을 먹은 둘은 언제나 걷던 남대천 둔치 길을 걸었다. 마주 잡은 희진의 손이 힘이 없었다. 보드랍고 따뜻한 손바닥이 아니었다.

"저기요."

그녀가 장섭을 부르는 호칭은 언제나 '저기요.'였다. 무슨 말을 할까, 궁금해서 그녀의 얼굴을 쳐다보았으나 더 이상 말을 이어가지 않았다. 침묵만 흘러갔다. 정방 집 앞까지 왔을 때였다.

"오늘은 그만 돌아가요."

나지막하게 한마디를 하고 그 자리에 서 있었다. 평상시 걷던 거리의 절반도 안 되는 거리였다. 헤어져 돌아오는 발걸음이 너무나 무거웠다. 희진이한테 심정 변화가 일어난 걸까. 어딘지 모르게 불편한 모습이 역력히 나타나 보였다. 둘 사이의 관계를 용석이한테 물어볼 수도 없었다. 터덜터덜 집으로 향했다. 종일 꾸물거리던 하늘이 비를 뿌리기 시작했다. 굵은 빗줄기가 온몸을 후려쳤다. 전신으로 맞으며 악고개를 넘고 은방거리를 지나면서 빗줄기는 장대처럼 쏟아지면서 도로 곳곳에 있는 웅덩이를 가득 채웠다.

희진은 깊고 폭넓은 심미안을 가지고 있었다. 언젠가 이런 말을 한 적이 있었다. '신이 인간에게 공평히 준 것은 아름다움을 발견하는 눈과 행복을 누릴 줄 아는 마음이라고….' 그러면서 '물질로만 행복을 찾아 나서는 것보다 내면의 의식을 보며 마음속으로 미와 행복을 발견하는 삶이 사람답게 살아갈 수 있는 것이 아니냐.'고 말하였던 것이 생각났다. 밤새 잠을 설치며 생각이 꼬리를 물고 물음표를 던졌다.

물질에 매여 반려자를 찾는 그런 여자가 아니라는 것을 확신할 수 있었지만, 점점 불안하고 초조해지기 시작했다.

며칠을 사이에 두고 전화를 해 보았으나 소식이 없었다. 근무 중인 은행을 찾아가 기다리는 것은 그에게 불쾌감을 주는 것 같아 그럴 수도 없었다.

그 의문점을 찾는 데는 오랜 시간이 걸리지 않았다.

건물이 붕괴한 지 두어 달이 지나도록 머릿속이 혼란스럽고 의욕 저하와 무력감에 빠져 있던 어느 날 오후, 용석이가 찾아왔다. 항상 기운이 탱천할 것 같은 환한 얼굴에 웃음을 선사하던 그런 모습이 아니었다. 직감적으로 어떤 사달이 일어난 것이라 알 수 있었다. 먼지가 쌓여 있는 휑덩한 식당으로 안내했다.

선반 안측에 놓여 있던 믹스커피를 꺼내 마주 앉았다. 용석이 어떤 말을 하려는지 매우 궁금했다. '안정된 경제생활이 어려울 뿐 아니라 사고무친이라 장래를 보장할 수 없다.'라는 아킬레스건을 말하리라 짐작했다. 용석은 몇 번이고 입술을 열려고 하다가 닫아 버렸다.

"장섭아, 내 말 잘 들어, 우리 희진이가 널 만날 수 없게 되었어."

둔탁한 망치가 뒷머리를 내리쳤다. 한없는 나락으로 곤두박질치고 있었다.

"우리 희진이 말이야, 췌장암에 걸렸어. 울면서 말하더라. 널 만날 수 없다고…."

차마 말하기 힘들었던지 띄엄띄엄 더듬거리며 말을 이어 갔다.

"얼마 전 직원들과 매운 칼국수를 먹고부터 소화가 안 되는지 명치가 아프기 시작했는데, 소화제를 먹고 괜찮은 줄 알았는데 자주 복통이 와 병원을 찾았지만 별 이상이 없다고 하더래. 그런데 이어 허리에 통증이 오며 어깨까지 아파 종합병원을 찾았는데, 진찰 결과 날벼락 같은 소리를 듣게 되었어. 그 진단이 나온 날이 이 병원이 무너지던 날이었어. 간까지 전이된 말기 암이라 수술도 할 수 없대. 3개월을 넘기기가 힘들다고 하였어. 의사의 소견이…."

허무함을 넘어 절망에 이르렀다. 고통스러워 참을 수가 없었다. '희진이와 같이할 수 있다면 거친 광야든, 끝없는 사막이든 바람막이가 되고 울타리가 되어 보듬고 안아 주며 함께하려 했

는데….'

몸을 가눌 수가 없었다. '신은 이미 죽었어. 30여 년간 그만큼 시험에 들게 하고 괴롭혔으면 됐지 또다시 이렇게 고문을 할 수는 없잖아.' 주술에 걸린 사람처럼 주절거리며 참아왔던 울음을 토해 내고 말았다.

"희진이 지금 어디 있나? 집이야, 병원이야? 같이 가 보자."

장섭이 앞장섰다. 입원실로 들어갔다. 희진은 커다란 눈망울로 놀라는 표정을 짓더니 머리를 젖히며 눈을 감았다. 얼마 전에 본 모습이 아니었다. 창백한 얼굴에 볼살이 빠져 있었다. 무슨 말이든 할 수 없었다. 침묵만 흘러갔다. 희진의 왼손을 두 손으로 꼭 잡아 주었다. 따뜻한 촉감의 희진의 손에도 힘이 들어갔다.

"희진아, 세상에 어떤 것이든 긍정적이고 능동적인 사고로 대처하면 안 되는 게 없대. 현대의학에서 못 하는 것이 어디 있어. 지금부터 내가 희진이 간병은 책임질게. 모두 다 나에게 맡겨."

힘을 주어 말을 했으나 아무런 반응이 없었다. 미동도 없었다. 매달아 놓은 링거병에서 뚝뚝 떨어지는 수액에 눌려 조그만 체구는 점점 침대 속으로 파묻혀 버리는 것 같았다.

희진의 얼굴에 가까이 다가갔다. 마음을 끌게 하였던 도톰한 분홍색 입술이 물기를 잃어 보풀이 일어나 파리하게 변해 버렸다. 수염을 깎지 않아 거칠어진 얼굴을 희진의 입술로 가져갔다. 처음이었지만, 늘 해 오던 관계처럼 부끄럽지 않았다. 어색하지도 않았다. 가늘게 들려오는 숨소리가 들려왔다. 승모판과 폐동맥이 닫히면서 나는 심장 뛰는 소리만 방 안을 채워 놓을 뿐이었다. 지금 당장 해 줄 것은 아무것도 없었다.

다음 날 간단히 짐을 챙겨 병원으로 달려갔다. 희진이가 있던 침대는 덩그러니 비어 있었다. 간호사를 찾았다.

"남희진 환자 711호로 1인실 병실로 옮겨 갔어요. 환자의 요구로 지금은 병원 관계자 외 누구와도 면회할 수 없습니다."

장섭은 술에 취해 비칠거리는 것처럼 몸을 가누지 못하고 있었다. 싱그런 잎사귀에 묻어나는 풋풋한 풀냄새를 한 아름 안고 달려오는 희진이가 보였다. 환한 웃음으로 두 손을 내밀며 반갑게 맞아 주었다. 힘줘 가슴으로 안으려는데 온데간데없이 사라져 버렸다. 그 자리에는 거대한 장승이 자리를 잡았다. 단번에 장섭의 멱살을 잡더니 한 손으로 팽개쳐 버렸다. 모여 있던 사람 중 간호사가 앞으로 나섰다.

'당신 때문에 저 환자가 더 괴롭고 힘들어하는 거야.' 어깃장을 놓으며 냉소적인 어투로 말하며 돌아서 버렸다. 모두 다 외면하고 있었다. 가까이 다가오는 사람은 어디에도 보이지 않았다.

병원 문을 나서자, 몽환 속에서 꿈을 꾸고 있었다는 것을 알게 되었다. 집으로 돌아온 후 장섭은 종일 집 안에 박혀 있었다. 마땅히 할 일도, 해야 할 일도 없었다. 하고 싶은 일도 없었다. 가끔 찾아오는 친구들도 귀찮았다. 모두 다 비웃고 무시하고 깔보는 시선 같아 더더욱 싫어졌다.

두어 번 희진으로부터 연락을 받아 보았다. '건강히 잘 계셔요. 이제는 찾아오지 마시구요. 정말 정말 사랑했어요. 미안해요.'

처음으로 받아 보는 연정의 메시지라 가슴이 떨려 왔다. 몇 번이고 병원 문 앞에서 서성거렸지만, 희진한테 누가 될까 봐 차마 얼굴을 내밀지 못했다.

자정을 넘긴 시간이었다. 불면증으로 잠을 못 자고 뒤척이고 있을 때 전화기 착신음이 들려왔다. 적막이 감도는 공간에 증폭되는 소리에 소름이 돋았다. 용석이의 목소리였다. 직감적으로 희진이가 잘못되었다는 것을 알 수 있었다. 예상대로였다. 주섬주섬 옷을 갈아입고 운전석에 올랐다. 핸들을 잡고 있는 손이 부들부들 떨렸다. 입이 말라 침이 넘어가지 않았다. 병원에 도착했을 때는 이미 희진의 시신은 영안실 냉동고로 옮겨진 상태였다. 얼마 지나지 않았는데 날이 밝아 왔다. 이른 새벽 화장장으로 향한 시신은 한 줌 재가 되어 유골함이 상주에게 전달되었고, 재 가루는 바람을 타고 멀리 천상의 하늘을 향해 올라가고 있었다.

저기 올라가는 한 점 먼지는 어디로 가고 있을까. 낯선 안드로메다 은하계의 어느 행성을 찾아가다 소멸하여 버리겠지. 시간, 형체, 모양, 크기도 없이 사라질 것이다. 삶이란 정말 보잘것없고 가치도 없어 보였다.

누가, 왜, 무엇 때문에 이처럼 고통스럽고 억장이 무너지는 세상을 만들어 놓았을까. 원망스러웠다. 일찍이 죽어 버렸더라면 이런 아픔은 없었을 텐데….

여태껏 몇 번이나 죽음을 맞이할 기회를 넘겨 버렸을까. 더듬어 보았다.

갓난아기 때 대관령에서 낭떠러지로 굴러떨어지는 대형 참사에도 어머니의 품에서 오직 혼자 살아남았다는 얘기는 큰고모에게서 들은 것이라 차치하고 손을 꼽아 보았다.

국민학교 다닐 때 포탄 속에 있는 폭약을 제거하려다 터지는 바람에 죽을 뻔했던 일, 황토 흙더미에 묻혀 운 좋게 살아난 일, 고등학교 다닐 때 한밤중 달리는 기차에서 떨어졌지만 간단없이 살아난 일, 고로포기에서 농약 차를 운전하다 떨어져 죽을 뻔했던 사건, 김철기와 횡단보도를 건너다 승용차에 치여 김철기는 현장에서 즉사하였으나 그 차량을 타고 넘어 살아남았던 일, 우주산업에서 레일에 올라탔다가 와이어로프가 끊어지면서 튕겨 나갔던 일, 한강에서 투신하였지만 헤엄쳐 나온 해프닝, 건설 현장에서 지하 콘크리트 벽면이 무너지는 찰나 뛰어나와 살아난 사건, 병원 건물이 무너지는 것을 보면서 뛰어나와 목숨을 건진 일, 손을 꼽아도 열 손가락은 될 법한 끔찍한 사고를 당하면서 무엇 때문에 위험을 이겨 내며 살아왔는지 알 수가 없었다.

어머니는 나 때문에 돌아가셨고, 종석이도 폭탄 파편을 맞아 불구자가 되었다. 같이 농사를 짓던 김철기, 시멘트 파일을 옮기다가 3명이 압사당한 사건, 콘크리트 벽면에 깔려 사망한 충청도 양반, 희진의 운명도 장섭은 자신의 어디에 유해한 기운이 서려 있기 때문이라 생각되었다.

생각하고 싶지 않지만, 가끔 죽을 고비를 넘기던 사건들이 문뜩 떠오르면 격렬한 반응을 일으키며 신체적인 외상으로 전신이 후들후들 떨리며 몸서리칠 때가 한두 번이 아니었다. 근 삼십 년을 넘기며 이런 상태로 살아왔다. 이건 분명 하늘이 내린 천형이다. 천벌을 받는 업장이라 생각되었다. 살아갈수록 같이 하는 이웃에게 죽음과 불행만 넘겨주며 살아가고 있는 것은 죄악이라 생각되었다.

'제우스 신이여! 판도라 상자를 열어 보았다고 인간에게 이처럼 엄청난 고통을 주는 일이 어디 있습니까. 당신의 명령으로 유한한 시간의 존재로 살아갈 수밖에 없다면 그 고통을 끊기 위해 명을 단축하면 어떻습니까. 나에게도 죽을 자유와 권리가 있습니다.'

머리가 혼란스러워졌다. 주절거리며 하늘을 쳐다보았다. 희미하고 불투명한 자신의 과거 어디쯤을 들여다보다가 울컥 치밀어 오르는 분노에 치가 떨렸다. 나락으로 떨어지는 암흑을 지나자, 삼라만상 모두가 고통을 벗어나 침잠과 고요에 덮이고 있는 것을 볼 수 있었다.

'수세미 같은 해는 서산에 남는데, 가도 가도 황톳길, 숨 막히는 더위 속에서 쩔름거리며 가는 길, 신을 벗으면, 버드나무 밑에서 지까다비를 벗으면, 발가락이 또 한 개 없다.'라는 시를 가슴에 두고 고독과 절망적인 고통을 참고 견뎌왔는데, 이제는 자신이 선고한 사형을 묵묵히 받아들였다.

작년에 쓰다 만 제초제 한 병과 소주 한 병, 야전삽을 챙겨 문밖으로 나섰다. 해가 지고 있는 대관령 산허리를 바라보았다.

태양이 무게를 못 이겨 꺼져 내리는지 뒤죽박죽 몸살을 앓고 있었다. 산마루에 펼쳐져 있는 노을은 멍든 황갈색 구름 속에서 긴 그림자를 만들며 사위어 가고 있었다. 눈을 감았다.

도둑골을 지나 관음마을을 지나자, 구절양장처럼 구불구불한 황톳길을 외로 돌고 모로 돌아갔다. 한 식경을 지나자 힘찬 물살이 바위에 부딪히며 허연 포말을 만들며 소리 내 흐르는 계곡에 다다랐다. 높은 양안에는 반송과 단풍나무가 무쇠처럼 바위에 박혀 당당하게 버티고 있는 모습이 적자생존자인 양 꽤 과시하고 있는 모양새였다. 좁고 험한 계곡을 지나자, 몽유도원도와 같이 복숭아꽃이 만발한 농촌 마을 언덕 위에 광채를 내는 커다란 바위가 보였다. 바위 아래 잠자고 있던 사슴이 깜짝 놀라 자리를 비켜 주는 바람에 눈을 떴다.

잠깐 감았던 눈에 생생한 그림이 온전히 펼쳐져 보였다. 아주 오래전 언제인지 알 수 없는 어느 때, 그곳을 다녀와 본 것 같은 생각이 들었다.

금산 뜰을 지나자 꾸물대던 빗줄기가 굵어지기 시작했다. 질척거리는 황톳길이 걸음을 더디게 했다. 까치고개 마루에 이르자 먹장 같은 구름이 앞을 가로막고 길을 터 주지 않았다. 놋날 같은 빗줄기가 전신을 후려치며 내리고 있어 눈을 뜰 수가 없었다. 온몸에 물이 줄줄 흘러 금방 흠뻑 젖어 버렸다. 기다리는 사람 없으니 늦어도 관계없지. 덤덤하게 걸어가고 있었다. 무작정 걸어가고 있었다. 깜깜한 밤인데 길이 서툴지 않았다.

보현평을 지나 명주 군왕을 비켜 왼쪽 계곡으로 스며들었다. 어두워 길이 보이지 않았다. 더듬더듬 미끄러지고 자빠지며 강길을 따라 올라갔다. 널따란 너덜지대가 앞을 꽉 채웠다. 얼마를 올랐을까. 이곳으로 떠나기 전 잠깐 눈을 감았을 때, 그 모습 그 영상보다 엄청 큰 암석이 가로막고 있었다. 너덜지대가 한눈에 드러나는 암석 한가운데 비 가림에 맞춤한 동굴이 보였다. 사람이고 산짐승이고 잠시 눈비를 피하기가 적당한 장소였다.

'이 자리가 내 거구나.' 얼른 자리를 차지하려고 기어들었다. 그런데 어떤 물체가 벌써 자리를 차지하고 있었다. 물컹하게 전달되는 느낌에 소름이 돋았다. 직감적으로 사람이라는 것을 알 수 있었다. 얼른 랜턴을 꺼내 비추어 보았다.

기막힐 노릇이 눈앞에 나타났다. 서용수가 자리를 차지하고 있었다. 입언저리에는 뭍으로 끌려 나온 대게처럼 흘러내린 거품이 굳어 있었다. 머리 옆에는 맹독성 제초제 근사미 100ml 빈 병이 놓여 있었다. 장섭은 자기가 가지고 온 제초제와 대조해 보았다. 동일 회사에서 만든 제품으로 동일 용량이었다. 가슴을 열고 손을 넣어 보았다. 온기가 남아 있는 것으로 보아 죽은 지 얼마 지나지 않은 것 같았다. 바닥에는 폭신폭신한 낙엽과 윤기 흐르는 솔가리를 깔아 놓고 그 위에 반듯이 누워 있었다.

서용수가 어떻게 이곳을 알고 먼저 와서 자리를 잡았을까. 이해가 되지 않았다. 언제쯤 흘러가는 말로 명주 군왕 부근에서 목장을 운영하였다고 했는데, 하도 거짓말을 잘해 새겨듣지 않았다.

이자는 안 가 본 곳이 없는 사내로 고향이 불분명했다. 소라 여인숙에 있을 때 옆방 연탄 공장에 다니는 사람이 전라도 임실이 고향이란 얘기를 듣고 접근했었다. 연탄 공장에 다닌다는 천 씨와 통성명하며 자기도 임실 성수리 배나무골이 고향이라며 고향 까마귀를 만났다고 반갑게 맞아 주었다. 갑자기 말씨도 전라도 말투로 바뀌어 버렸다. 며칠 지나지 않아 둘은 원수가 되어 있었다.

연탄 공장 천 씨의 얘기로는 '고향 사람이라 대폿집에서 거하게 한잔 사 주었지. 나오면서 서용수가 2차에 가서 자기가 한 잔 내겠다고 하여 따라갔는데, 그자가 깜박하고 지갑을 안 가지고 왔다며 먼저 내빼는 바람에 하는 수 없이 차고 있던 시계를 맡기고 돌아왔다.'며 도끼눈을 하며 소리를 질러 댔다.

옹벽 철거 작업을 할 때였다. 작업을 하다 매몰된 충청도에서 올라온 이 씨를 처음 만났을 때도 비슷한 방법으로 접근하였다. 이 씨의 말로는 서정리 만세봉 아래서 3대째 살고 있다고 하자, 자기는 멀지 않은 달성 서씨 집성촌인 용두리 절터 골에 살다가 스무 살이 넘어 고향을 떠나오게 되었다고 하였다. 지금도 고향에는 가까운 친척이 살고 있다며 능청스럽게 충청도 말을 그럴듯하게 구사하며 반갑게 맞이했다. 열흘 순으로 급여를 받던 날, 서용수는 급전이 필요하다면서 이틀만 빌려달라며 이 씨에게 돈을 빌려 쓰고 가물치 콧구멍처럼 돌려주지 않는다고 하였다. 아주 교활하고 치사스러운 놈이었다. 그런 놈이 하필이면 왜 나보다 여기에 먼저 와 누워 있을까. 도무지 이해되지 않았다.

시체 옆에 쪼그려 앉아 밤을 새웠다. 어느새 동창에서 희붐한 기미가 보이기 시작했다.

시체를 더듬어 보았다. 아무것도 집히는 것이 없었다. 손이 허공을 헤집고 있었다. 밤새 헛것을 보고 있었다. 무슨 연유로 서용수가 머릿속을 차지하고 있었을까? 머릿속에 각인된 희진이도, 용석이도 아니고, 공사장에서 매일 얼굴을 보던 엔지니어도, 현장 소장도 아닌, 생각하기조차 싫은 서용수가 하룻밤을 같이하고 떠나 버린 것이 이해되지 않았다.

생각하지 않는 곳에 존재하고, 존재하지 않는 곳에 생각하고 있는 무의식 속의 의식이 의식으로 나타나며 돌연변이 인물이 의식을 지배하고 있다는 생각이 들었다.

"밤새도록 이러고 있었네요. 요즘 와서는 뜸했는데, 금년에 들어와서 처음이네요. 이제는 되었습니다."

깜짝 놀라 고개를 쳐들었다. 온화한 모습의 여인이 조용한 미소를 지으며 내려다보고 있었다. 하얀 운동화가 반쯤 보이는, 땅에 끌릴 정도의 옮은 남색 줄무늬 치마를 입고 있었다.

"우리 집에 가시죠. 따끈한 밥과 국물이 있으니…."

나지막한 언덕 위에 따개비만 한 글씨로 새겨진 '새 빛 기도원'이라는 간판에 하얀 십자가가 지붕에 꽂혀 있었다.

아침 햇살에 비친 여인의 묶음 머리에는 유난히 광채가 빛나고 있었다.

"죽음의 선택은 자기 실패의 도피 행위로 그보다 더 이상 큰 죄악이 없지요. 인생에 최고의 노력을 해 본 사람이야말로 자신의 한계를 경험해 보지 않은 사람은 없답니다. 겸손해지면 안정을 찾을 겁니다."

앞선 여인은 알 듯 모를 듯 말을 남기고 안으로 들어갔다.

장섭은 자석에 끌리듯 여인의 치맛자락이 밟힐 듯 바짝 뒤를 좇아 따랐다.

지워지지 않는 흔적

초판 1쇄 발행 2025년 3월 27일

지은이 박도근
펴낸이 이기봉
편집 좋은땅 편집팀
펴낸곳 도서출판 좋은땅
주소 서울특별시 마포구 양화로12길 26 지월드빌딩 (서교동 395-7)
전화 02)374-8616~7
팩스 02)374-8614
이메일 gworldbook@naver.com
홈페이지 www.g-world.co.kr

ISBN 979-11-388-4106-1 (03810)